Terry Bisson
The Two Janets

ふたりジャネット

テリー・ビッスン
中村融編訳

奇想コレクション

河出書房新社

The Two Janets and other stories

by Terry Bisson

Bears Discover Fire, 1990
Press Ann, 1991
Two Guys from the Future, 1992
England Underway, 1993
The Two Janets, 1990
Necronauts, 1993
The Hole in the Hole, 1994
The Edge of the Universe, 1996
Get Me to the Church on Time, 1998

Japanese anthology rights arranged with Susan Ann Protter Literary Agent, New York through Tuttle-Mori Agency, Inc., Tokyo.

ふたりジャネット　目次

装画　松尾たいこ
装丁　阿部聡（コズフィッシュ）

ふたりジャネット

熊が火を発見する

タイアがパンクしたのは、牧師をしている弟と牧師の息子にあたる甥《おい》っ子《こ》を乗せて、ボウリング・グリーンのすぐ北の州間高速《インターステート》六十五号線を走っていたときだった。日曜日の晩で、ホームにおふくろを見舞ってきた帰りだった。乗っていたのは、おれの車だ。パンクしたとたん、ほらいわんこっちゃない、といいたげなうめき声があがった。というのも、一家の時代遅れ（といわれてるんだ）として、おれは自分で修理したタイアを使ってるから、弟のやつはラジアルをはめろ、古タイアを買うのはよせ、と口をすっぱくしていっていたからだ。

でも、自分でタイアをはめたり、修理したりする方法を知っていれば、タイアなんかただ同然で手にはいる。

左後部のタイアだったから、車を左に寄せ、分離帯の草むらに乗りあげさせた。キャディがガタガタと止まる感じで、タイアはおしゃかだとわかった。

「まあ訊くだけ野暮ってもんだが、例のパンク修理剤《フラットフィックス》をトランクに積んでたりはしないよな」とウォーレス。

「よお、坊主、懐中電灯を持っててくれ」おれはウォーレス・ジュニアにいった。手伝いをしたい盛りの年ごろで、酸《す》いも甘いもかみ分けた気になる生意気盛りには（まだ）なっていない。結婚して子供ができてたら、こういう子供がほしかったところだ。

古いキャディには大きなトランクがつきもので、つい物置みたいにものがあふれかえる。おれのは五十六年型。ウォーレスは日曜の晴れ着を着ていたんで、おれが雑誌やら、釣り道具やら、木製の道具箱やら、古着やら、袋にしまってある手動式ウィンチやら、消臭スプレーやらをかき分けてジャッキを探すあいだ、手を貸そうとしなかった。スペアタイアはちょっとばかりふにゃふにゃして見えた。

懐中電灯が消えた。

「ふってみろ、坊主」おれはいった。

懐中電灯がまたついた。バンパー・ジャッキはとっくのむかしにどこかへ行っていたが、ささやかな四分の一トン油圧ジャッキが積んである。ジャッキはおふくろの古い〈南部の生活〉誌、一九七八年から一九八六年分の下敷きになっていた。ずっとゴミ捨て場に捨てるつもりだったんだ。ウォーレスがいっしょじゃなかったら、ウォーレス・ジュニアにジャッキをアクセルの下に置いてもらうところだが、膝《ひざ》をついて自分で置いた。男の子がタイア交換のしかたをおぼえるのは、悪いことじゃない。いくらタイアを修理したり、はめたりするつもりがなくたって、それでも生きているうちには何度か交換するはめになるだろう。車輪がまだ地面からはなれないうちに、懐中電灯がまた消えた。驚いたことに、もうとっぷり日が暮れていた。十月下旬で、冷えこみがはじまっていた。

「もういっぺんふってみろ、坊主」とおれ。

またついたが、いかにも頼りない。ついたり消えたりだ。

「ラジアルだったら、そもそもパンクなんて起こらない」とウォーレスが、いちどに大勢の人間に話しかけるときに使う例の声で説明した。この場合はウォーレス・ジュニアとおれだ。

「万が一パンクしたって、あのフラットフィックスなるしろものをちょいと吹きつければ、そのまま走りつづけられる。ひと缶三ドル九十五」

「ボビー伯父《おじ》さんは自分でタイアを直させるよ」とウォーレス・ジュニア。たぶん忠誠心を発揮したんだろう。

「直せる」と車の下に体を半分つっこんだままおれ。ウォーレスにまかせておけば、坊主のしゃべりかたは、おふくろがよく「山だしのサル」といってたものになっちまう。もっとも、ラジアルで車を走らせるサルだが。

「懐中電灯をもういっぺんふってくれ」おれはいった。いまにも消えそうだ。おれはナットをはずしてホイールキャップに落とし、車輪をひっぱった。タイアはサイドウォールが破裂していた。

「こいつは直しようがないな」おれはいった。べつに困ったわけじゃない。納屋《なや》のわきには人間の背丈くらいタイアを積みあげてある。

スペアタイアを突出部《ラグ》にはめていると、懐中電灯がまた消えてから、前より明るくなってまたついた。

「こりゃあいい」とおれ。

ほの明るいオレンジ色のちらちらする光が、あたりにあふれていた。ところが、ラグ・ナットを探してふりむくと、驚いたことに、坊主のかかえている懐中電灯は消えていた。光の出所《でどころ》は、木立《こだち》のへりに立つ二頭の熊のかかげている松明《たいまつ》だったんだ。熊はでっかく、体重は三百ポンド、立った背丈は五フィートくらいありそうだ。ウォーレス・ジュニアと父親は、おれより先にそいつらを目にして、いまはぴくりとも動かない。熊は驚かさないのが肝心だ。

おれはホイールキャップからラグ・ナットをすくいあげ、レンチでとりつけた。いつもならちょっぴりオイルを垂らすところだが、このさいそいつは省略した。車の下に手をのばし、ジャッキをさげると、ひっぱりだす。ほっとしたことに、スペアタイアは走れるだけの空気圧があった。おれはジャッキとラグ・レンチとパンクしたタイアをトランクにつっこんだ。ホイールキャップをはめ直すかわりに、そいつもトランクに押しこむ。このあいだずっと、熊は身動きしなかった。松明をかかげているだけだった。好奇心からなのか、親切心からなのかは見当もつかなかった。そいつらのうしろ、木立のなかにはもっと熊がいるように見えた。

三つのドアをいっせいにあけて、おれたちは車に乗りこみ、走り去った。ウォーレスが最初に口を開いた。

「どうも熊が火を発見したみたいだな」とやつはいった。

四年近く（四十七カ月）前、はじめてホームに連れていったとき、おふくろはウォーレスとおれに、死ぬ覚悟はできているといった。

「心配しないで、あんたたち」と、看護婦に聞こえないよう、おれたちふたりを引き寄せて、おふくろはささやいた。「百万マイルも車を走らせてきたんだ。アチラへわたる覚悟はできてる。ここでぐずぐずするつもりはないからね」

　おふくろは三十九年も合同小学校のスクールバスを運転したのだ。あとで、ウォーレスが立ち去ると、おふくろが夢の話をしてくれた。一団の医者が車座になって、おふくろの症例を論じている。ひとりがいう。「できるだけの手をつくしたのです、諸君、彼女を行かせてやりましょう」全員がお手あげの仕草をして、にっこりする。その秋に死ななかったおふくろは、がっかりしているように思えた。もっとも、春がくると、いかにも年寄りらしく忘れてしまったが。

　ウォーレスとウォーレス・ジュニアを日曜の晩に連れていくほか、おれは火曜と木曜にひとりでおふくろの見舞いに行く。おふくろはたいていＴＶの前にすわっている。たとえ番組を見ていなくても。看護婦は一日じゅうＴＶをつけっぱなしにしておく。年寄りはちらちらする光が好きなんだそうだ。気が安まるらしい。

「熊が火を発見とかいうこの騒ぎはなんなんだい？」と火曜日におふくろがいった。

「ほんとなんだよ」ウォーレスのフロリダ土産《みやげ》である貝殻《かいがら》の櫛《くし》でおふくろの長い白髪をすいてやりながら、おれはいった。月曜にルイヴィルの〈毎日新報《クーリエ・ジャーナル》〉に記事が載り、火曜にはＮＢＣだかＣＢＳだかの《今日のニュース》で報道された。熊は州のいたるところで目撃されていて、ヴァージニアでも同様だった。冬ごもりをやめてしまい、インターステートの分離帯で冬を過ごすつもりらしい。ヴァージニアの山地には熊がつきものだが、この西ケンタッキーではそうじゃない。とにかくここ百年近くは。最後の熊が殺されたのは、おふくろが子供のころだ。〈クーリエ・ジャーナル〉の説だと、連中はミシガンとカナダの森から六十五号線伝いに南下しているそうだが、アレン郡のある老人が（全国放送のTVインタビューに応えて）いうには、山奥にはずっと二、三頭の熊が生き残っていて、火を発見したからには、ほかの連中と合流しに出てきたんだそうだ。

「もう冬ごもりをしないんだ」とおれはいった。「火を熾《おこ》して、冬じゅう燃やしておくんだよ」

「まったくもう」とおふくろ。「つぎはなにを考えつくやら！」

看護婦がやってきて、おふくろに煙草《たばこ》を消すようにいった。それが就寝時間の合図なんだ。

毎年十月、両親が合宿に参加するあいだ、ウォーレス・ジュニアはおれのうちに泊まりにくる。なんとも時代遅れに聞こえるだろうが、そういうことだからしかたない。弟は牧師（改革派正義の道教団）だが、生計の三分の二は不動産収入に頼ってる。やつとエリザベスの出かけるのは、サウス・カロライナのキリスト教徒成功修養会で、そこでは国じゅうからきた善男善女が、ものを売りつけあう技を磨くのだ。そういうふうだと知ってるのは、ふたりがわざわざ話してくれたからじゃなく、深夜TVで株式回転成功プランの宣伝を見たことがあるからだ。

スクールバスがウォーレス・ジュニアをおれの家の前でおろしたのは水曜日、両親の出かけた日だった。おれの家に泊まりにくるとき、坊主は大荷物を作らないですむ。ここに自分の部屋があるんだ。一族の最年長者として、おれはスミスズ・グローヴにほど近い先祖伝来の地所にとどまった。あたりはさびれるいっぽうだが、ウォーレス・ジュニアとおれは気にしない。坊主の部屋はボウリング・グリーンにもあるが、ウォーレスとエリザベスが三カ月ごとにべつの家に引っ越すんで（株式回転成功プランの一部）、二二口径やコミックスといった、この年ごろの男の子にとっての宝物をこの家の自分の部屋に置いている。むかし坊主のおやじとおれがふたりで使っていた部屋だ。

　ウォーレス・ジュニアは十二歳。仕事から帰ると、やつはインターステートを見晴らす裏のポーチにすわっていた。ちなみにおれの仕事は、穀物保険のセールスだ。

　着替えをすませたあと、タイアについたビード（ゴムタイアをリムに固定させる内側補強部分）を壊す方法をふたとおり教えてやった。ハンマーを使うのと、車をその上にバックさせる方法だ。サトウモロコシのシロップ作りみたいに、手でタイアを修理するのは廃《すた》れかけた技だ。もっとも、坊主は呑みこみが早かったが。

「明日はハンマーとホイールナット・レンチでタイアをはめる方法を教えてやる」

「熊が見えればいいのに」と坊主がいった。畑ごしに六十五号線をながめている。北行き車線がうちの畑の角をつっきっているあたりを。夜中、家にいると、行き交う車の音が滝みたいに聞こえることがある。

「真っ昼間に火は見えんさ」とおれ。「でも、夜まで待てばいい」

その夜、CBSだかNBCだか（どっちがどっちか忘れた）が熊に関する特番を組んだ。全国的な関心を集める話題になりかけていたんだ。連中はケンタッキー、ウェスト・ヴァージニア、ミズーリ、イリノイ（南部）、それにもちろんヴァージニアで目撃されていた。ヴァージニアには熊がつきもんだ。いくつかの地方では、熊を狩れという声も出ているらしい。ある科学者によれば、多少の降雪はあっても大雪は降らず、薪《たきぎ》にする木が分離帯にたくさん生えている州を連中はめざしているとか。そいつはヴィデオ・カメラをかついで林へはいっていたが、映っているのは、焚《た》き火《び》を囲んですわっているぼんやりした影だけだった。べつの科学者によれば、熊はインターステートの分離帯にだけ生える新種の灌木《かんぼく》の実が目当てだとか。そいつにいわせると、この実は最近の歴史にあらわれた最初の新種で、ハイウェイぞいに種子がいりまじった結果生まれたんだそうだ。そいつはTVカメラの前で顔をしかめながら実を食べて、〝ニューベリー〟と命名した。ある気候生態学者によれば、暖冬（去年の冬はナッシュヴィルで雪が降らず、ルイヴィルでもにわか雪がいちどあっただけ）で熊の冬眠周期が変化してしまい、連中はいまでは年を超えてものをおぼえていられるという。「熊は何世紀も前に火を発見していたのかもしれません」とそいつはいった。「しかし、忘れてしまったのです」べつの説によれば、連中が火を発見した（あるいは思いだした）のは、何年か前にイエローストーンが火事にあったときだそうだ。

TVには熊よりも、熊についてしゃべる人間のほうが多く映ったんで、ウォーレス・ジュニアとおれは興味を失った。夕飯をすませると、おれは坊主を連れて家の裏へ出て、うちの柵《さく》まで足をのばした。インターステートをはさんで、木立の奥に、熊の焚き火の明かりが見えた。ウォーレス・ジュニアが家へ二二口径をとりにもどり、あらためて熊を撃ちに行きたがったんで、いけない理由を説明してやった。

「おまけに」とおれはいった。「二二口径じゃ熊を怒り狂わせるのが関の山だ」

「おまけに」とおれはいいそえた。「分離帯での狩猟は法律違反だ」

たたくか梃子《てこ》を使うかして、いったんリムにはめてしまえば、タイアを手ではめるコツはひとつだけで、ビードを固定することだ。タイアを直立させ、その上にすわり、股にはさんで上下にはずませながら、空気をいれればいい。ビードがリムに固定されると、申し分のない〝パンパンのタイア〟のできあがりだ。木曜に、おれはウォーレス・ジュニアに学校を休ませ、ちゃんとできるようになるまで、このやりかたを教えこんだ。それからうちの柵をよじ登り、畑をよぎって熊を見物にいった。

《おはようアメリカ》によれば、北ヴァージニアでは、熊は一日じゅう火を絶やさないでいるそうだ。もっとも、ここ西ケンタッキーでは、十月下旬にしてはまだ暖かかったんで、連中が火を囲むのは夜中だけだった。昼間どこでなにをしているのかは、さっぱりわからない。ひょっとしたら、ウォーレス・ジュニアとおれが政府のフェンスをよじ登り、北行き車線をわたるのを、ニューベリーの茂みからうかがっているのかもしれない。おれは斧《おの》をさげていたし、ウォーレス・ジュニアは二二口径を持ってきていた。べつに熊を殺したいわけじゃなく、男の子は銃みたいなものを持って歩くのが好きだからだ。分離帯には灌木と蔓《つる》植物がはびこっていて、楓《かえで》と樫《かし》と鈴掛《すずかけ》がそびえていた。家から百ヤードしかはなれていないのに、ここへはきたことがなかったし、ほかの者がきたという話も聞いたことがない。まるで人工の田園地帯だ。まんなかにけもの道が見つかったので、それをたどり、排水口から排水口へのびる流れのゆるやかな小川をわたった。灰色の泥に残された足跡が、はじめて目にする熊の痕跡《こんせき》だった。むっとするにおいがたちこめていたが、かならずしも不快なにおいじゃなかった。うろのあるブナの大木の生えた空き地、つまり焚き火のあったところでは、灰しか見つからなかった。丸太が大雑把《おおざっぱ》な円形にならべられていて、においが前よりきつかった。灰をかきまわすと、あらためて火を熾すのに間にあうだけの燠《おき》が見つかったので、灰を元どおりにかぶせておいた。

すこしばかり薪を切り、空き地の片側に積みあげておいた。ほんのお近づきのしるしだ。ひょっとすると、熊はいまも茂みからこっちをうかがっているのかもしれない。知る由《よし》もないが。おれはニューベリーを味見し、ぺっと吐きだした。えらく甘いのにすっぱいんだ、いかにも熊が好きそうな味だったよ。

その晩、夕食のあと、おふくろの見舞いにいっしょに行きたいか、とウォーレス・ジュニアに訊いてみた。返事が行きたいでも、べつに意外じゃなかった。子供っていうのは、おとなの考えているより思いやりにあふれているものだ。おふくろは、ホームのコンクリート製玄関ポーチにすわって、六十五号線を行き交う車をながめていた。看護婦によると、一日じゅうそわそわしていたらしい。それもやっぱり意外じゃなかった。秋がきて葉が色づくたびに、おふくろは落ち着きがなくなる。ひょっとすると、また〝期待〟をかけるのかもしれない。おふくろを娯楽室に連れていき、長い白髪をすいてやった。

「TVはもう熊のことしかやらないのね」とチャンネルをつぎつぎに替えながら、看護婦が不平をもらした。

看護婦が立ち去ったあと、ウォーレス・ジュニアがリモコンをとりあげ、おれたちはCBSだかNBCだかの報道特別番組を見た。ヴァージニアで何人かのハンターが、家を焼かれる騒ぎがあったんだ。TVは、シェナンドアー・ヴァレーにかまえた十一万七千五百ドルもする家を灰にされたあるハンターとその妻にインタビューした。妻は熊をなじった。夫は熊をなじらなかったが、正規の狩猟許可証を所持しているのを盾《たて》に、州を訴えて賠償金を請求していた。州の狩猟監督官が登場し、狩猟許可証を保持していても猟獣の反撃をまぬかれられる（たしか〝免除〟って言葉を使ったはずだ）わけではない、といった。州の監督官にしちゃあ、けっこうリベラルな見解だと思った。もちろん、賠償金を支払わないですめば、それに越したことはないわけだ。おれ自身は狩猟とは縁がない。

「わざわざ日曜にこなくていいよ」とおふくろがウィンクしながら、ウォーレス・ジュニアにいった。「百万マイルも車を走らせてきたし、片足を棺桶《かんおけ》につっこんでるから」

おふくろがそういうことをいうのには――とりわけ秋には――慣れっこだったが、坊主が動揺するんじゃないかと心配だった。じっさい、ホームをあとにしたあと、やつが気に病んでいるようだったんで、どうかしたのかと訊いてみた。

「どうしておばあちゃんは百万マイルも車を走らせられたんだろう？」と坊主がたずねた。おふくろが一日四十八マイルで三十九年間といったので、電卓をたたいてみると、答えは三十三万六千九百六十マイルと出たのだ。

「車を走らせた」とおれはいった。「ええと、朝に四十八マイル、夕方に四十八マイル。おまけにフットボール遠征。おまけに年寄りはすこし大げさにいうもんだ」

おふくろは州で最初の女性スクールバス運転手だった。毎日バスを走らせたうえ、おれたち兄弟を育てあげた。おやじは種をまいただけだ。


いつもならスミスズ・グローヴでインターステートをおりるんだが、その夜ははるばるホース・ケイヴまで北上し、引きかえしたんで、ウォーレス・ジュニアとおれは熊の焚き火を見物できた。TVで見て思うほどたくさんあるわけじゃない――六、七マイルごとにひとつの割合で、木立の奥か岩の張りだしの下に隠れている。きっと薪だけでなく水も探しているんだろう。ウォーレス・ジュニアは車を止めたがったが、インターステートで車を止めるのは法律違反だし、州警察に追いはらわれそうな気がした。

郵便受けにウォーレスからの葉書がはいっていた。自分とエリザベスは元気で、すばらしい時を過ごしているとあった。ウォーレス・ジュニアを気づかう言葉はひとこともなかったが、坊主は気にするふうもなかった。この年ごろの男の子の例にもれず、両親と出かけるのは、ほんとうは楽しくないんだろう。

　土曜の午後、ホームからおれの勤め先（バーレイ・ベルト旱魃《かんばつ》および雹《ひょう》保険）に電話があって、おふくろがなくなったという伝言が残されていた。おれは外まわりのさいちゅうだった。土曜も仕事なんだ。たいていの兼業農家は、この日しか家にいない。電話をいれて、伝言を聞いたとき、おれの心臓は文字どおり一拍打ちそこなった。でも、一拍だけだ。とっくに覚悟はできていた。

「神の思し召しです」と看護婦が電話に出ると、おれはいった。

「誤解されてます」と看護婦。「亡くなったわけじゃありません。いなくなったんです。逃げだしたの。あなたのお母さんは脱走したんです」

　おふくろは人目のないときを見はからって、廊下の突きあたりにあるドアからぬけだしたのだという。櫛でドアをこじあけ、ホームの備品であるベッドカヴァーを持っていった。煙草はどうです、と訊いてみた。そいつも消えていた。ということは、本気で帰ってこないつもりなんだ。おれはフランクリンにいたんで、六十五号線に乗って一時間足らずでホームに駆けつけた。看護婦の話だと、おふくろは近ごろおかしな言動が目立つようになっていたという。もちろん、連中はそういうだろう。おれたちは運動場を探しまわった。インターステートと大豆畑のあいだで木が生えてないのは、その半エーカーだけなんだ。それからやっと保安官事務所に通報させてくれた。おふくろが正式に失踪人リストに載るまでは、入園費を払わなくちゃいけないわけだが、リストに載るのは月曜だ。

家へ帰るとすっかり暗くなっていて、ウォーレス・ジュニアが夕飯の支度をしていた。といっても、前もって選んで、ゴムバンドでまとめてあった缶詰をふたつか三つあけるだけの話だが。おばあちゃんがいなくなったと伝えると、坊主はうなずいて、「そうするつもりだっていってた」といった。おれはフロリダに電話し、伝言を残した。ほかに打つ手はない。腰をおろし、TVを見ようとしたが、ろくなものをやっていない。そのとき、裏のドアに視線が行き、六十五号線の北行き車線ごしに、木立の奥できらめいている火明かりが目にはいった。とたんにピンときた、おふくろが見つかりそうな場所が。


おそろしく冷えこんできたので、ジャケットをはおった。保安官から電話があるといけないから、電話機のそばで待ってろと坊主にいったが、畑を半分よぎったところでふり返ると、坊主がついてきていた。ジャケットを着ていなかった。おれは坊主が追いつくのを待った。二二口径をかかえていたんで、うちの柵に立てかけて置いていかせた。暗闇のなかで政府のフェンスをよじ登るのは、この年になると、昼間よじ登るよりずっと骨が折れた。おれは六十一になる。道路には南へむかう乗用車と北へむかうトラックが行き交っていた。

路《ろ》肩《かた》を横切るひょうしに、ズボンの裾《すそ》を濡らしてしまった。長い下草はもう夜《よ》露《つゆ》でぐっしょりだった。ほんとうは洋芝《ブルーグラス》なんだ。

木立に数フィート踏みこむと、墨《すみ》を流したような真っ暗闇で、坊主がおれの手をぎゅっと握った。と、あたりが明るくなった。はじめは月かと思ったが、木の梢《こずえ》からさしこんでいるのは、月光のように輝くハイビームだった。おかげでウォーレス・ジュニアとおれは、茂みをつっきっていけた。じきに例のけもの道と嗅ぎおぼえのある熊のにおいにぶつかった。

夜中に熊に近づくのだから用心が必要だった。このままけもの道をたどれば、暗闇のなかで熊とはちあわせするかもしれないが、茂みをぬけていけば、侵入者と思われるかもしれない。ひょっとしたら、銃を持ってきたほうがよかったのかもしれない。

おれたちはけもの道をたどりつづけた。光は森の樹冠から雨だれのようにポタポタ落ちてくるように思えた。道は歩きやすかった。とりわけ、けもの道を見ようとせず、足がひとりでに道を見つけるようにすれば。

やがて木立ごしに連中の焚き火が目にはいった。

薪の大半は鈴掛と橅《ぶな》の枝だった。熱や光をほとんどださず、煙を盛大にだす種類だ。熊はまだ木の善し悪しを学んでいない。もっとも、火のあつかいはみごとなものだったが。北国生まれらしい大きな暗褐色のクロクマが、棒で火をつっつきながら、ときおりわきの小山から枝をくべ足していた。ほかの連中は丸太にすわり、ゆるやかな車座になっていた。おおかたは小ぶりのクロクマかナマケグマで、一頭は子連れの母熊だ。なかにはホイールキャップからニューベリーを食べているものもいた。食べるかわりに、じっと火を見つめながら、おふくろがホームのベッドカヴァーを肩に巻きつけ、連中にまじってすわっていた。

おれたちに気づいたとしても、熊はそのそぶりを見せなかった。おふくろが丸太の上の自分の隣をたたいたので、おれは腰をおろした。一頭の熊が席をつめ、ウォーレス・ジュニアにおふくろの反対隣の席をゆずった。

熊のにおいはきついが、慣れてしまえば、不愉快じゃない。納屋のにおいとはちがい、もっと野性的だ。おれは身を乗りだし、おふくろに小声で話しかけようとしたが、おふくろは首をふった。**ものをいう力のないこの生きもののまわりで、ひそひそ話をするのは不作法というものだ**、とおふくろは口をきかずにおれにわからせた。ウォーレス・ジュニアも黙っていた。おふくろがベッドカヴァーを広げてくれ、おれたちは何時間にも思えるあいだ、火を見つめながらすわっていた。

大きな熊が火の世話をした。人間がやるみたいに、枯れ枝の端を握り、その上に乗って枝を折る。火を大きくも小さくもせず、うまいこと燃やしていた。もう一頭の熊がときどき火をつついたが、ほかの連中は手をださなかった。ほんの数頭の熊だけが火の使いかたを知っていて、ほかの連中にあたらせてやっているように見えた。でも、なにごともそういうものじゃないだろうか？　ときおりひとまわり小さな熊が、両腕に木をかかえて、火明かりに照らされた円のなかにはいり、薪の山に木をおろした。分離帯の木は、流木のように銀色がかっていた。

ウォーレス・ジュニアはたいていの子供とちがってせかせかしていない。腰をおろして、火をじっと見つめるのは、なかなか楽しいものだった。おれはふだんかみ煙草をやらないが、おふくろのレッド・マンをすこし分けてもらった。ホームに見舞いに行くのとなんのちがいもなかった。それどころか、熊のおかげでずっと、面白かった。八頭から十頭の熊がいた。焚き火そのものの内側でも、いろいろなことが起きていた。炎につつまれた部屋が生まれたかと思うと、火の粉を散らして崩壊するたびに、ささやかなドラマが演じられていたんだ。おれの想像力はとめどなく広がった。車座になった熊をぐるっと見まわし、この連中はいったいなにを見ているんだろう、と首をひねった。なかには目を閉じている熊もいた。身を寄せあってはいるけれど、心は孤独のままのように思えた。まるでそれぞれの熊が、自分だけの焚き火の前にぽつんとすわっているみたいだった。

ホイールキャップがまわされ、みんながニューベリーをとった。おふくろはいざ知らず、おれは食べるまねだけにした。ウォーレス・ジュニアは顔をしかめ、口にいれたニューベリーをぺっと吐きだした。坊主が眠りこむと、おれはベッドカヴァーでおれたち三人をくるんだ。底冷えがしてきたのに、熊とちがって、おれたちは毛皮に恵まれていない。おれは家へ帰るつもりだったが、おふくろはそうじゃなかった。光の広がっている森の樹冠のほうを指さしてから、自分を指さした。天上から近づいてくる天使だと思ったんだろうか？　南へむかうトラックのハイビームにすぎないのに。でも、おふくろはすっかり満足しているように思えた。おふくろの手を握りしめると、おれの手のなかでどんどん冷たくなっていった。

ウォーレス・ジュニアに膝をたたかれて目をさました。夜が明けていて、坊主の祖母はおれたちにはさまれて丸太にすわったまま、冷たくなっていた。焚き火には灰がかぶせられていて、熊たちは姿を消していた。だれかがけもの道をたどらずに、派手な音をたてて森をつっきってこようとしていた。ウォーレスだった。ふたりの州警察官が、そのすぐあとにつづいていた。ウォーレスが白いシャツを着ていたんで、いまが日曜の朝であることに思いあたった。おふくろが亡くなったのを知ってうわべは悲しんではいたけれど、やつは不機嫌そうだった。

警官たちはくんくんにおいを嗅ぎ、しきりにうなずいていた。熊のにおいはいまだに強烈だった。ウォーレスとおれは、おふくろをベッドカヴァーでくるみ、亡骸《なきがら》をかかえてハイウェイのほうへもどりはじめた。警官たちはあとに残り、熊の焚き火の灰を蹴散《けち》らしたり、薪を茂みに放りこんだりした。おとなげないことをするものだ。連中自身が熊のようだった。自分だけの制服を着て、それぞれが孤独のようだった。

分離帯にウォーレスのオールズ98があり、草の上だとラジアル・タイアはぺしゃんこに見えた。その正面にパトカーが停まっていて、かたわらに警官が立っていた。裏には葬儀屋の霊柩《れいきゅう》車《しゃ》が停まっていて、やっぱりオールズ98だった。

「熊が年寄りをさらうなんて初耳だよ」と警官がウォーレスにいった。

「そいつは起こったことと全然ちがうな」

とおれはいったが、だれも説明を求めなかった。みんな自分のことで手いっぱいだったんだ。スーツ姿のふたりの男が霊柩車をおり、後部ドアをあけた。おれにとっては、まさにこの瞬間がおふくろの他界したときだった。おふくろを車に乗せたあと、おれは坊主に腕をまわした。坊主はがたがたふるえていた、そんなに寒くなかったけれど。死はときどきそういうことをする。とりわけ夜明けで、まわりに警官がいて、草が濡れているときは。たとえ死が友人としてやってきたとしても。

おれたちはしばらく立ちつくし、通りすぎる乗用車やトラックをながめていた。

「神の思し召しだ」とウォーレスがいった。驚いたことに、朝の六時二十二分にもこれだけの交通量があるわけだ。


その午後、分離帯にもどり、薪をすこし切って、警官たちが投げすてた分の埋めあわせにした。その夜、木立の奥に火が見えた。

ふた晩後、葬儀をすませたあとまた行ってみた。焚き火がめらめら燃えていて、おれにわかるかぎりじゃ、同じ熊の群れだった。しばらく連中にまじってすわったが、むこうがそわそわしているように思えたんで、家へ帰った。ホイールキャップからひとつかみのニューベリーをとってきた。日曜に坊主とおふくろの墓参りに行き、墓前に供えた。もういっぺん試してみたが、やっぱり無理だ。あんたにだって食べられないさ。

あんたが熊でないかぎり。

アンを押してください

いらっしゃいませ
毎度ご利用いただき
ありがとうございます
カードをお入れください

ありがとうございます
暗証番号を押してください

ありがとうございます
ご利用のお取引をお選びください
　　お預け入れ
　お引き出し
残高照会

お天気

「お天気ですって？」

「どうしたんだ、エム？」

「いつからこの機械が天気をあつかうようになったの？」

「新手のサービスかなんかだろ。さっさとお金をおろせよ、六時二十二分だぜ。遅れちゃうぞ」

《お引き出し》
ありがとうございます
ご利用口座は――
　普通預金
　当座預金
　キャッシング
　その他

《当座預金》
ありがとうございます
ご利用金額を押してください――

二〇ドル
六〇ドル
一〇〇ドル
二〇〇ドル

《六〇ドル》
映画に六〇ドルも？

「ブルース、こっちきて、これ見てよ」

「エミリー、六時二十六分だぜ。映画は六時四十一分にはじまるんだ」

「どうしてあたしたちが映画に行くのをキャッシュ・マシンが知ってるの？」

「いったいなんの話だ？　自分の貯金をおろすはめになって怒ってるのかい、エム？　機械がぼくのカードを呑みこんだんだから、しょうがないじゃないか」

「気にしないで。もういっぺんやってみる」

《六〇ドル》
映画に六〇ドルも？

「やっぱりおんなじだわ」

「どうしたんだ？」

「ブルース、こっちへきて、これ見てよ」

「映画に六十ドルも？」

「ディナー代もおろすのよ。あたしの誕生日だもの、自分でパーティを開いたって罰《ばち》はあたらないわ。もちろん、その代金をおろすの」

「信じられないね。機械がぼくのカードを呑みこんだから、怒ってるんだろう」

「そのことはおいといて。問題は、あたしたちが映画に行くのをどうしてキャッシュ・マシンが知ってるかよ」

「エミリー、六時二十九分だ。さっさと《確認》を押せよ、ほら」

「はい、はい」

時間を気にしている男は何者？
ボーイフレンド
夫
親戚
その他

「ブルース！」

「エミリー、六時半だ。さっさとお金をおろせよ、ほら」

「こんどはあなたのことを訊いてるのよ」

「六時三十一分！」

「わかったわよ！」

《その他》

「ねえちょっと、まだかかるのかい――」

「ねえ、あんた、この機械調子が悪いんだよ。どうしても急ぐんなら、通りのすぐ先にべつのがあるからさ」

「ブルース！　失礼でしょ」

「気にするな、行っちゃったよ」

誕生日おめでとうエミリー
ご希望は――
お預け入れ
お引き出し

残高照会
お天気

「どうして誕生日だって知ってるのよ？」

「気にするなよ、エム、きっとカードに打ちこんであるかなにかだよ。もう六時三十四分だ、きっかり七分後に……。おいおい、こいつはどういうこった？　お天気だって？」

「だから、さっきからそういってるじゃない」

「まさか押すんじゃないだろうな」

「押してみよっと」

《お天気》
ありがとうございます
ご希望の条件をお選びください——
　肌寒い曇り
　快晴で穏やか
　小雪
　小雨

「エム、ふざけるのはやめろよ！」

《小雨》

「雨だって？　自分の誕生日に？」

「ただの小雨よ。ほんとにそうなるのか知りたいだけ。どうせ映画に行くんでしょ」

「ここにいたら行けないけどね」

申し分のない映画日和《びより》
ご希望は――
お預け入れ
お引き出し
残高照会
ポップコーン

「エム、この機械はまじでおかしいよ」

「知ってるわよ、やっとわかってきたみたいね」

「六時三十六分だ。さっさと《お引き出し》を押して、ここから出よう。あと五分で映画がはじまっちまう」

《お引き出し》
ありがとうございます
ご利用の口座は——
**　普通預金**
**　当座預金**
**　キャッシング**
**　その他**

「ねえちょっと。《金ピカの罪の宮殿》を観にいくのかい？」

「うるさいな。黙ってろよ」

「ついさっき映画館に行ったんだ。新聞に載ってた上映時間はまちがい。切符売場の掲示だと、映画のはじまりは六時四十五分。だからあと九分あるよ」

「ほかの機械に行ったのかと思った」

「行列ができてたから、雨に濡《ぬ》れたくなかったんだ」

「雨ですって？　ブルース、見て！」

「ただの小雨だよ。でも、一張羅を着てるから」

《その他》

「エミリー、六時三十七分なのに《その他》を押したのか？」

「この機械にほかになにができるか知りたくない？」

「知りたくない！」

ありがとうございます
その他の預金口座をお選びください――
アンドルー
アン
ブルース

「いったいアンドルーとアンってのはだれだ？　それにどうしておれの名前がそこに出てるんだ？」

「機械があなたのカードを呑みこんだっていったじゃない」

「それは……べつの機械だよ」

「ねえちょっと。アンはぼくのフィアンセだよ。いや、フィアンセだった。いってみれば。たぶん」

「またくちばしをつっこもうってのか?」

「待って! じゃあ、あなたが――」

「アンドルー。アンドルー・P・クレイボーン三世。きみはエミリーにちがいない。するとこっちの彼が――」

「ブルースよ。すこし野暮なのは気にしないで」

「だれが野暮だ!」

《ブルース》

「おい、ぼくの口座だぞ、エミリー。きみに《ブルース》を押す権利はない!」

「かまわないでしょ。ディナーと映画をおごってくれるっていったじゃない。でも、機械がカードを呑みこんだからだめになったって。だから、これでいいのよ」

それでいいんです、エミリー
ご利用の金額を押してください――
二〇ドル
六〇ドル

一〇〇ドル
二〇〇ドル

《六〇ドル》
あいにくですが、残高が不足しております。二〇ドルでいかがでしょう?

《二〇ドル》
あいにくですが。残高が不足しております。
残高照会をなさいますか?

「だめだ!」

《確認》
ブルースの残高:一一・七八ドル
驚きました?

「驚いたかって? 頭にきたわ。とんだ誕生祝いね! 映画代にも足りないじゃない、なにがディナーよ！　この嘘つき！」

「ねえちょっと、きみの誕生日なのかい？　ぼくも誕生日なんだ！」

「ひっこんでろ、アンドルー、だかなんだかこの馬の骨が」

「失礼でしょ、ブルース。この人にもあたしの誕生日を祝う権利はあるの、絶対まちがいなく」

「こいつはきみの誕生日を祝いたいんじゃない、おれの人生にくちばしをつっこんでるんだ」

「お誕生日おめでとうをいってもいいかな、エミリー」

「こちらこそ、アンドルー、以下同文」

「おまけにこいつはくそったれだ！」

お取引の指定がありません
さらに残高照会をご希望でしょうか？
ブルース
エミリー
アンドルー
アン

「いまだにアンがだれかわからないわ」

「ぼくのガールフレンド。みたいなもの。映画館で待ちあわせしてたのに、すっぽかされたんだ」

「なんてひどい！　あなたの誕生日なのに！　アンドルー、お気持ちお察しするわ」

「じっさいは、おまえらふたりともくそったれだ！」

お取引の指定がありません
エミリーとアンドルー
誕生祝いにディナーと映画を
プレゼントさせてください

「百ドルだわ！」

「プレゼントしてくれるってさ。とりなよ、エミリー」

「あなたがとって、アンドルー。お金は男の人にまかせるべきだと思うもの。それからエムって呼んで」

「こんなばかなことがあってたまるか！」

「急いだほうがいい。ねえちょっと、ブルース、いま何時だい？」

「六時四十二分だ、くそったれ」

「走れば、六時四十五分に間にあうな。そのあと、スニーキイ・ピートの店ってのはどう？」

「テックス・メックス料理は大好きよ！」

カードをおとりください
ブラックンド・ファヒタス（香辛料の効いたメキシコ風鉄板焼きの一種）を
ぜひお試しあれ

「おまえらみんなくそったれだ！　こんなばかなことがあってたまるか。エミリーがあいつと行くなんて！」

いらっしゃいませ
毎度ご利用いただき
ありがとうございます
どうか機械を蹴らないでください

「くたばっちまえ！」

カードをお入れください

「くそくらえだ」

まあまあ、ブルース
あなたはなにを失ったのですか？
ありがとうございます
けっきょく「呑みこまれた」んじゃなかったんですね？

「知ってるくせしやがって。くそったれ」

お取引の指定がありません
ご希望は――
　同情
　復讐
　天気
　アン

「すいません」
「おいおい、お嬢さん、ドアをたたくのをやめてくれ。知ってるよ、雨が降ってるんだろう。よせったら。はいってくるな。ここはキャッシュ・マシンだ、ホームレスの救護所じゃない。

カードかなにか持ってなきゃだめだ。なんだって？」

「こういったの。わめくのをやめて、さっさと《アン》を押しなさい」

未来からきたふたり組

「われわれふたりは未来からきました」

「へえ、そいつはよかった。とっととこっから出てって！」

「撃たないで！　それは銃でしょう？」

それであたしはためらった。懐中電灯だったのだ。たしかにふたり組だ。ふたりともピカピカ光る服を着ている。背の低いほうはちょっとキュートだ。背の高いほうがもっぱらしゃべる役まわりだった。

「お嬢さん、われわれは未来からきた者で、怪しい者ではありません」男はいった。「これは勃起《ハード・オン》ではありません」

「それをいうなら悪ふざけ《プット・オン》」とあたし。「さあ、お願いだからこっから出てって」

「われわれは全人類に対する正常位《ミショナリー・ポジション》を帯びてやってきました。これからののんびりする《ハング・ルーズ》手だてを講じます」

「脱出する《ブレイク・ルーズ》」とあたし。「ねえ、あんたたちがいってるのは核戦争のこと？」

「それを口にすることは許されていません」とキュートなほう。

「要するに、われわれはあなたのうしろにある芸術作品を回収にきたんです」と背の高いほう。

「芸術は救い、世界はうっちゃっとくのね。まあ、悪い考えじゃないわ。でも、いい《ミラ》、いまは真夜中だし、ギャラリーは閉まってるの。朝になったら《エン・ラ・マニャナ》きてちょうだい」

「よかった！《ケ・ブエノ》　英語でしゃべらなくてすむぞ《ノ・アイ・マス・ネセシデイダ・ケ・アブラル・エン・イングレス》」と背の高いほう。「滅びた言語で意思疎通をはかろうとするのは最悪だ」とスペイン語でつづけ、「でも、どうしてわかったんです？」

「ただの勘よ」とやはりスペイン語であたし。あとはずっと母語で話をした。「あんたたちふたりが、ほんとに未来からきたんだったら、未来にもどれるんでしょ、たとえば明日のギャラリーがあいてるときに？」

「タイムスリップの危険が大きすぎます」と男。「往復できるのは、午前零時と四時のあいだにかぎられているのです、あなたがたの世界に干渉しなくてすむように。おまけに、われわれは遠い未来からきているのであって、ただの明日ではありません。われわれがやってきたのは、芸術作品を救うためであり、時間の裂目《クロノスロット》を通してわれわれの世紀、つまり、あなたがたにとっての遠い未来に送らないかぎり、それはきたるべき災厄で失われてしまうのです」

「事情は呑みこめたわ。でも、話をする相手がちがうわよ。あたしはこのアート・ギャラリーのオーナーじゃない。ただの画家」

「あなたの世紀では、画家は制服を着用するんですか？」

「まさか、だから警備員のアルバイトをしてるの」

「そうすると、あなたのボスと話をする必要があるわけだ。明日の午前零時に彼をここへ連れてきてもらえますか」

「彼じゃなくて彼女」とあたし。「ところで、いい《ミラ》、正直な話、あんたたちふたりがほんとに未来からきたって証拠はあるの？」

「部屋のまんなかにいきなり実体化したのを見たでしょう？」

「そりゃあね、でも、居眠りしてたのかも。昼も夜も働いてごらんなさいよ」

「でも、われわれの英語《イングレス》のまずさに気づいたじゃないですか。それにこの服はどうなんです？」

「あんたたちよりひどいイングレスをしゃべる人間は、ニューヨークにごまんといるわ。それに、このロワー・イースト・サイドじゃ、おかしな服装はあたりまえ」そのときあたしは前に聞いたことのあるＳＦの話を思いだした（ちなみに、ＳＦをじっさいに読んだことはいちどもない）。


「なにをしたって？」とギャラリーのオーナー、ボロゴーヴがいったのは、翌朝、未来からきたふたり組のことを話したときだった。

「マッチをすって、袖《そで》に近づけたの」

「まったく、よく撃たれなかったわね」

「銃を持ってなかったもの。それはたしか。あのピカピカ光る服はかなり丈夫ね。とにかく、服が燃えないのを見て、ふたりの話を信じることにしたわけ」

「燃えない素材はいくらでもあるわ。それにもしそのふたりが、ほんとに未来から今世紀の偉大な芸術作品を救いにきたんだったら、どうして手ぶらで帰ったのよ？」

彼女は、ばかでかいプラスチックのおっぱいとお尻がぎっしりつまったギャラリーを見まわした。彼女の亡くなった旦那《だんな》、〝バッキー〟・ボロゴーヴの作品だ。どれも壁にかかったままなので、がっくりきてるみたいだった。

「さあね。ギャラリーのオーナーと話すっていってたわ。ひょっとしたら、サインかなにかするはめになるかもよ」

「ふむむむ。近ごろ偉大な芸術作品がいくつも謎の消失をとげてるのよ。だからあんたを雇ったわけ。バッキーの遺言にもあったし。じっさい、あの人が死後の売名行為をたくらんだんじゃないかって気もするわ。その未来からきた連中は、何時にあらわれることになってるの？」

「午前零時」

「ふむむむ。わかったわ、他言無用よ。午前零時に落ちあいましょう、塔の上のマクベスみたいに」

「ハムレット」とあたし。「それと明日は非番よ。ボーイフレンドが闘鶏に連れてってくれるの」

「五割増しの手当てをつけるわ。通訳してもらわなくちゃいけないかもしれない。わたしのエスパニョール、ちょっとばかり錆《さ》びついてるのよね」

女の子は闘鶏になんか行かないし、あたしにボーイフレンドはいない。いるわけないじゃない。ニューヨークにシングルの男なんていやしないんだから。ただボロゴーヴにお安く見られたくなかっただけ。

　でも、じつをいえば、天地がひっくり返っても見逃す気はなかった。

　午前零時にボロゴーヴとならんでギャラリーに立っていると、部屋のまんなかで空気が柱みたいにキラキラと輝きはじめ、それから……。でも、《スター・トレック》は見たことあるでしょ。で、ふたりがそこにいたわけ。背の高いほうをのっぽ《ストレッチ》、キュートなほうをおちびちゃん《ショーティ》って呼ぶことにした。

「われらが世紀にようこそ《ビエンベニドス》」とボロゴーヴがスペイン語でいった。「そして当ボロゴーヴ・ギャラリーに」彼女のスペイン語は、ちょっとばかり錆びついてるなんてもんじゃなかった。あとでわかったんだけど、一九六四年にクエルナバカ（メキシコの別荘地）にひと月いたことがあるだけなのだ。「〈アート・トーク〉誌の記事によれば、『ダウンタウン芸術ルネサンスの交通管制センター』なんですよ」

「われわれふたりは未来からきました」とストレッチがこんどはスペイン語でいった。片腕をさしだす。

「証明しなくてもけっこう」とボロゴーヴ。「ここへの到着のしかたで、わたしたちの世界の人でないことはわかりました。でも、よかったら、未来のお金を見せていただけないかしら」

「現金を所持することは許されていません」とショーティ。

「タイムスリップの危険が大きすぎます」とストレッチが説明した。「じつは、そもそもわれわれがここにいられるのは、時間法の適用を特別に免除してもらったからなんです。おかげで、きたるべき災厄で破壊されてしまう運命にある偉大な芸術作品を救えるわけです」

「なるほど。きたるべき災厄というと？」

「それを口にすることは許されていません」とショーティ。それしか口にすることを許されてないみたいだ。でも、だれに話しかけていようと、絶えずあたしのほうをちらちらと盗み見ているようすは気にいった。

「心配ありませんよ」と腕時計を見ながらストレッチ。「もうしばらくは起きません。われわれは早めに芸術作品を購入して、値段がつりあがらないようにしています。われわれの時間の来月（あなたがたの去年ですね）、このすぐ近くでハリングスを二枚とレデズマを一枚買いました」

「買った？」とボロゴーヴ。「盗まれたって話だけど」

ストレッチは肩をすくめ、

「ギャラリーのオーナーと保険会社のあいだのことです。しかし、われわれは泥棒ではありません。じっさい――」

「人間はどうなるの？」とあたしは訊いた。

「口をつっこまないで」とボロゴーヴがイングレスで耳打ちした。「あんたは通訳でここにいるだけなんだから」

それにはとりあわず、

「ねえ、そのきたるべき災厄とやらで、人々はどうなっちゃうわけ？」

「人々を救うことは許されていません」ショーティがいった。

「たいしたちがいはありませんよ」とストレッチ。「どうせ人はみんな死ぬんです。永遠なのは偉大な芸術だけ。いや、ほとんど永遠かな」

「それでバッキーが最終選考に残ったのね！」ボロゴーヴがいった。「あのクソガキ。でも、意外じゃないわ。自分でプロモーション――」

「バッキー？」ストレッチは面くらっているようだった。

「バッキー・ボロゴーヴ。わたしの亡くなった旦那。あたり一面にぶらさがってる作品の作者。未来の世代のためにあんたたちが救いにきた芸術よ」

「いや、とんでもない」とストレッチ。壁にかかっている、ばかでかいおっぱいとお尻をぐるっと見まわし、「こいつは持っていけません。とにかく、クロノスロットを通りそうにない。こいつをかたづける時間をあげにきたんですよ。われわれが求めているのは、プエルトリコ人新復古極大極小主義者《ネオレトロマキシミニマリスト》、テレサ・アルガリン・ロサドの初期作品です。来週ここで彼女の個展が開かれるはずですから、もどってきて目当ての絵を回収します」

「ちょっと待って！」とボロゴーヴ。「このギャラリーでだれの個展を開くとか開かないとか、勝手に決めないでちょうだい。たとえ未来からきた人間だって。おまけに、そのロサドってどこの馬の骨よ？」

「無礼を働くつもりはありませんでした」とストレッチ。「われわれはこれから起こることをすでに知っているだけなんです。ついでながら、明日の朝一番で、そちらの口座に三十万ドルを振りこんでおきました」

「なるほど、そういうことだったら……」ボロゴーヴは機嫌を直したようだった。「でも、ロサドってだれなの？　電話番号を知ってる？　そもそも電話があるの？　たいていの芸術家は――」

「何枚の絵を買うの？」あたしは訊いた。

「口をつっこまないで」ボロゴーヴがイングレスで耳打ちした。

「でも、あたしがテレサ・アルガリン・ロサドなの」とあたしはいった。

　警備員の仕事をやめた。数日後の夜、アパートの自室にいるとき、流しのわきで光がちらちらするのに気がついた。空気がキラキラと輝きはじめ……でも、《スター・トレック》は見たことあるでしょ。かろうじてジーンズをはく暇があった。絵を描いていたところで、制作中はたいていTシャツとパンツ一枚なのだ。

「おぼえてるかな、未来からきたふたり組の片割れを？」と全身があらわれたとたん、ショーティがスペイン語でいった。

「へえ、ふつうに話せるんだ」とこちらもスペイン語で。「相棒《コンパニエロ》はどこ？」

「やつは非番でね。デートだってさ」

「で、あんたは勤務中なの？」

「ぼくも非番。ただ――その――ええと……」顔を赤らめる。

「デート相手が見つからなかったわけね。いいわよ、つきあったげる。どうせ切りあげるところだったから。冷蔵庫にバドがあるわ。あたしの分もお願い」

「いつも真夜中に仕事するの？　テレサって呼んでいいかな？」

「ご自由に。ちょうど二枚仕上げたとこ。ビッグ・チャンスなのよ。個展。万事がうまくいってほしいわ。なにを探してるの？」

「バドって？」

「バドはビール《セルベッサ》よ。ふたをひねるの。左へ。ほんとに未来からきたの、過去じゃなくて？」

（でなければ、ただの田舎《いなか》じゃなくて、とこれは口にださず）

「いろんな時間帯へ行くんだ」

「わくわくするんでしょうね。キリスト教徒がライオンの前に放りだされるのは見た？」

「そこへは行かない、彫像ばかりだから。彫像はクロノスロットを通らない。気がついたかもしれないけど、ストレッチとぼくはちょっとばかりしゃべりすぎちまった」

「ストレッチって？」

「ぼくの相棒。おっと、ぼくのことはショーティって呼んでくれ」

過去の力が未来におよぶっていう例をはじめて見せられた形だった。

「で、どういう芸術が好きなの？」とあたしが訊いたのは、カウチでくつろいでいるときだった。

「どれも好きじゃないけど、まあ絵がいちばんましかな。平らにできるからね。やあ、このセルベッサはちょっといけるな。ロール・アンド・ロックはないの？」

ビールのことかと思ったら、音楽のことだった。ジョイント（ナ煙草《マリファ》）もあった。もっと無茶をやってた時代のなごりだ。

「きみの世紀がいちばん好きだな」とショーティ。しばらくして、花びらのおかわりがほしいといった。

「芽《バド》」とあたし。「冷蔵庫んなか」

「きみの世紀のセルベッサは最高だよ」と彼がキッチンで声をはりあげる。

「ふたつ訊いてもいい」とカウチからあたし。

「どうぞ」

「奥さんかガールフレンドはいるの、あっちだか上だか、つまり未来に？」

「本気でいってるの？　未来にシングルの女なんていないよ。もうひとつの質問は？」

「そのピカピカの服を脱いでも、やっぱりキュートなの？」


「一枚足りないわ」

とリストを調べていたボロゴーヴがいったのは、作業員たちがレンタカーの小型ヴァンからあたしの絵の最後の一枚をおろし、ギャラリーの正面ドアに運びこんだときだった。ほかの作業員たちは、バッキーの巨大おっぱいとお尻の山を裏口に運んでいるところだった。

「これで全部よ」あたしはいった。「いままで描いた絵は一枚残らず。部屋代がわりにした二枚だって借りだしてきたのよ」

ボロゴーヴはリストとにらめっこした。

「未来からきたふたり組によると、あなたの初期作品のうち三枚が、二三五五年の世界不滅《ムセオ・デ・アルテ・》芸術博物館《インモルタル・デル・ムンド》に展示されてるの。『ドロレス家の三人《トレス・ドロレス》』『わたしのネズミ《デ・モン・マウス》』それに『未来の《ラ・ローサ・デル・》薔薇《フトゥロ》』。彼らの目当てはこの三枚」

「そのリスト見せて」

「タイトルだけ。お目当ての絵が載ってるカタログもあるんだけど、見せてくれないの。時間分割《タイムスプリッツ》の危険が大きすぎるんだって」

「スリップ」とあたし。あたしたちは積みあげられたキャンバスを調べなおした。あたしはもっぱら肖像画を描く。『デ・モン・マウス』はアパートの管理人を描いた油絵。彼はラスタで、年がら年じゅうミッキーマウスのTシャツを着てる。同じシャツが二枚あるのだ。『トレス・ドロレス』は、アヴェニューBで知りあいだった母と娘と祖母を描いたもの。ポーズは写真からでっちあげたもので——いまにして思えば、時間そのものに干渉しようという試みだった。

でも『ラ・ローサ・デル・フトゥロ』って？

「聞いたことないわ」あたしはいった。

ボロゴーヴはリストをひらひらさせ、

「ここに載ってるの。つまり、連中のカタログにね」

「つまり、災厄を生きのびるってことね」

「つまり、午前零時に回収にくるってこと、水曜日の夜のオープニングのあとに」

「つまり、そのときまでに描きあげなくちゃいけないんだ」

「つまり、残りは四日ってこと」

「きちがいざただわ、ボロゴーヴ」

「ミムジーって呼んで」彼女はいった。「なら、弱気はやめて。さっさと仕事にかかりなさい」

「冷蔵庫《ネベラ》にニシンの酢漬けがあるわ」とスペイン語であたしがいった。

「プエルトリコ人だと思ってた」とショーティ。

「そうよ。でも、前のボーイフレンドがユダヤ人だったの。こういうのって病みつきになるのよね」

「ニューヨークにシングルの男なんていないと思ってた」

「まさにそれが問題だったのよ」とあたし。「奥さんもユダヤ人だったわ」

「ほんとに仕事の邪魔じゃないんだろうね？」

「仕事って？」あたしは絶望的にいった。午後十時からずっと空白のキャンバスをにらんでいたのだ。「個展のためにあと一枚仕上げなくちゃいけないんだけど、手さえつけてないの」

「どの絵？」

「『ラ・ローサ・デル・フトゥロ』」とあたし。額縁の上端にその題名をピンでとめてある。ひょっとしたらこれがいけないのかもしれない。小さくまるめて、壁に投げつける。部屋の途中までしか飛ばなかった。

「たしかいちばん有名なやつだ。じゃあ、その絵を描いたことは知ってるんだ。花はある――」

「芽《バド》」とあたし。「冷蔵庫のドア」

「ひょっとしてきみに必要なのはさ」とあのはにかんだ、いたずらっぽい未来的な笑みを浮かべてショーティがいった。あたしはこの笑みがだんだん好きになってる。「ちょっとひと休みすることじゃないかな？」

ちょっとひと休みしたあと、それはちょっとでもなければ、ほんとうは休みでもなかったけれど、あたしはショーティに訊いた。

「こういうことしょっちゅうなの？」

「こういうことって？」

「過去の女と寝ること。あたしがあんたのひいひいお祖母《ばあ》さんかなんかだったらどうするの？」

「その点は調査ずみ。彼女の住所はブロンクスだ」

「やったのね！　このろくでなし！　こんなことばっかりしてるんだ」

「テレサ！　愛しい人《ミ・コラソン》！　誓ってはじめてだよ。厳重に禁止されてるんだ。クビになるかもしれない！　ただ、あれを見たとたん、その小さな……」

「その小さななに？」

ショーティは顔を赤らめた。

「その小さな手と足さ。ぼくは恋に落ちた」

こんどはこっちが顔を赤らめる番だった。彼はあたしのハートを射とめたのだ、未来からきた男が、永遠に。

「ねえ、そんなに愛してるんだったら、いっしょに未来へ連れてってよ」またちょっとひと休みしてからあたしはいった。

「じゃあ、つぎの三十年のうちに、きみが描くことになってるあの絵をだれが描くんだい？テレサ、きみは自分がどんなに有名になるかわかってないんだ。このぼくだってピカソやミケランジェロや偉大なアルガリンのことは聞いたことがある――美術なんて専門じゃないのに。きみの身になにかあったら、タイムスリップが美術史全体をひっくり返しちゃうよ」

「そう。じゃあこういうのは」顔がひとりでにほころんでくる。「ここに残ってあたしと暮らすの」

「そのことは考えた。でも、ぼくがここに残ったら、そもそもここへもどってきて、きみと会うことはなかっただろう。それにもしここに残ったんなら、とにかくぼくらはそのことを知ってたはずだ、証拠があったはずだからね。時間がどんなに複雑かわかった？　ぼくはただの運送屋だから、考えると頭が痛くなる。葉っぱのおかわりがいるな」

「芽《バド》」とあたし。「場所はわかるでしょ」

彼はキッチンにセルベッサをとりにいき、あたしはそのうしろ姿に声をかけた。

「じゃあ、あんたは未来へ帰って、あたしをきたるべき災厄で死なせるわけ？」

「死ぬ？　災厄？」

「あたしに話すのを許されてないこと。核戦争」

「ああ、あれ。ストレッチはおどかそうとしてるだけだよ。戦争じゃない。倉庫の火事なんだ」

「倉庫の火事のためにこんな手のこんだまね《ミッシュゴッシュ》を？」

「火事を避けるより、過去へもどって作品を持ってくるほうが安あがりなんだ。きっとタイムスリップ保険かなにかの関係だ」

　電話が鳴った。

「調子はどう？」

「午前二時よ、ボロゴーヴ！」あたしはいった、イングレスで。

「頼むから、テレサ、ミムジーって呼んで。仕上がったの？」

「やってるとこ」あたしは嘘をついた。「寝るわ」

「だれだったの？」ショーティがスペイン語で訊いた。「デブ女《ラ・ゴルデイタ》？」

「口が悪いわよ」とTシャツとパンツを身につけながらあたし。「あんたも寝たら。あたしは仕事をしなくちゃいけないから」

「わかった、でも四時までには起こしてくれ。寝すごして、ここに立往生したら――」

「寝すごしたんなら、もうそのことを知ってるはずじゃなかったの？」とつい言葉がきつくなった。でも、彼はもういびきをかいていた。

「一週間も延期できないわ！」とボロゴーヴが翌日、ギャラリーでいった。「ダウンタウン美術シーンの大物が、明日の晩ここに勢揃《せいぞろ》いすることになってるのよ」

「でも——」

「テレサ、ワインはもう注文してあるの」

「でも——」

「テレサ、チーズはもう注文してあるの。おまけに、いい、連中が回収しにくる三枚をのぞけば、どれが売れても大もうけなのよ。おわかり《コンプレンデ》」

「英語《エン・イングレス》で、ボロゴーヴ」とあたし。「でも、この絵が間にあわなかったらどうするの？」

「テレサ、なんべんもいうけど、ミムジーって呼んで。もし間にあわなかったら、連中は回収する日付をもっとあとにしたでしょうよ。だって、なにが起きるのかもう知ってるんだから。お願いだから、弱気はやめてちょうだい。家へ帰って、仕事にかかるの！　明日の夜まであるんだから」

「でも、どこから手をつけていいのかもわからないのよ！」

「芸術家には想像力ってものがないの？　なにかでっちあげて！」

描けなくなるのははじめてだった。便秘とは似ていない。便秘なら、しゃがんでいればなんとかなる。

あたしは檻《おり》のなかのライオンのようにドスドスと歩きまわり、空白のキャンヴァスをにらみつけた。まるでそれを平らげる食欲をわかせようとしているかのように。十一時半までに、描きはじめて塗りつぶすこと六回。どうもしっくりこないのだ。

時計が午前零時を打ったちょうどそのとき、流しのそばで空気が柱のようにキラキラしはじめ……でも、《スター・トレック》は見たことあるでしょ。ショーティが流しのわきにあらわれた。片手を背中にまわしている。

「会えてよかった！」とあたし。「とっかかりがいるのよ」

「とっかかりって？」

「この絵の。『ラ・ローサ・デル・フトゥロ』。あんたの未来のカタログに写真が載ってるでしょ。見せて」

「自分の絵を模写するの？　それじゃタイムスリップが起きるのは確実だ」

「模写するわけじゃないわ！　とっかかりが必要なだけ。ちらっと見るだけだから」

「同じことさ。それに、カタログはストレッチが持ってる。ぼくはただの助手」

「わかった、じゃあどんな絵か教えてくれるだけでいいわ」

「知らないんだ、テレサ……」

「よくも愛してるなんていえるわね、あたしを助けるために規則ひとつ破ろうとしないくせに」

「いや、つまりほんとに知らないんだ。いっただろ、美術は専門じゃないって。ぼくはしがない運送屋。それに——」と顔を赤らめ、「ぼくの専門は知ってるだろ」

「いい、あたしの専門は美術。それなのに、人生最大のチャンスを逃そうとしてる——ううん、それどころじゃないわ、芸術家としての不滅性《インモルタリダ》を失おうとしてるの——いますぐなにか思いつかなかったら」

「テレサ、心配ないって。その絵はぼくだって聞いたことがあるくらい有名なんだ。描かれないはずがない。それはおいといて、こんなふうにぼくらの最後の——」

「あたしたちのなんですって？　最後のなに？　どうして両手を背中にまわしてるの？」

　ショーティは一輪の薔薇《ばら》をさしだした。

「わかるだろ。今夜の回収が終わったら、この時間連結《クロノリンク》は永久に閉鎖される。つぎの仕事でどこへ行くかは見当もつかないけど、ここじゃないことはたしかだ」

「その薔薇はなんなの？」

「思い出の品さ、ぼくらの……ぼくらの……」彼はわっと泣きだした。

　女の子だったらわんわん泣いて、それでおしまい。未来からきた男はもっとおセンチで、ショーティは泣きながら眠ってしまった。できるだけなぐさめてやったあと、あたしはTシャツとパンツを身につけ、きれいな絵筆を探して、またうろうろと歩きはじめた。ショーティはベッドでいびきをかいていた。小柄で褐色のアドニスだ、イチジクの葉っぱ一枚もない。

「四時に起こしてくれ」彼はもごもごいうと、眠りにもどった。

　あたしはショーティが持ってきてくれた薔薇《ローサ》に目をやった。未来の薔薇は棘《とげ》がやわらかい。

それで元気が出てきた。あたしは薔薇を枕の上、彼の頬の横に置いた。そのときひらめいたのだ、絵全体の構図が。土壇場《どたんば》でひらめくときには、いつもそういうふうにひらめく（そしていつだって最後にはひらめくのだ）。

絵筆を動かし、快調にいっているとき、あたしはなにもかも忘れる。電話が鳴ったのは、ほんの数分後に思えた。

「どう？　調子は？」

「ボロゴーヴ、朝の四時前よ」

「とんでもない、午後の四時よ。夜からずっと仕事してたのね、テレサ、わかるわ。でも、くどいようだけどミムジーって呼んで」

「いま話してるわけにいかないの。モデルを使ってるから。そんなようなものを」

「モデルは使わないんじゃなかったの」

「今回は使ってるの」

「なんでもいいわ。制作の邪魔はしたくないから。あなたの将来が目に見えるわ。オープニングは七時。六時に迎えのヴァンをやるわね」

「リムジンにして、ミムジー」あたしはいった。「あたしたちは美術史を作ってるのよ」

「最高だわ」とボロゴーヴがいったのは、あたしが『ラ・ローサ・デル・フトゥロ』のおおいをはずして見せたときだった。「でも、モデルはだれ？　なんとなく見おぼえがあるんだけど」

「長年にわたって美術界に出入りしてた人」とあたし。

ギャラリーは押すな押すなの大盛況。個展は大成功だった。『ラ・ローサ』と『デ・モン・マウス』と『ロス・トレス』にはすでに〈売約済み〉のしるしがつけられている。〈売約済み〉のステッカーは、二十分に一枚の割合で、ほかの絵にも貼られていった。だれもがあたしと近づきになりたがった。置き手紙とタクシー代をベッドのわきに残してきたので、十一時半にショーティが姿をあらわした。身につけているのは、あたしのむかしのボーイフレンドのトレンチコートだけで、彼がいうには、あのピカピカの服は、着ようとしているさいちゅうに虚空へ消えてしまったらしい。

べつに意外じゃない。けっきょく、あたしたちはタイムスリップのまっただなかにいるのだ。

「上等のバーバリーを着て、裸足《はだし》でいるあの男はだれ？」とボロゴーヴがたずねた。「なんとなく見おぼえがあるんだけど」

「長年にわたって美術界に出入りしてた人」とあたし。

ショーティは時差ぼけに苦しんでいる人のようだった。ぼんやりとワインとチーズをながめていたので、あたしは仕出し屋のひとりに合図して、ビールの置場――奥の部屋――をショーティに教えさせた。

十一時五十五分、ボロゴーヴがほかの全員を締めだし、明かりを消した。午前零時きっかりに、光り輝く空気の柱が部屋のまんなかにあらわれたかと思うと、しだいに人の形に……。でも、《スター・トレック》は見たことあるでしょ。ストレッチだ、そしてひとりきりだった。

「われわれは――あー――わたしは未来からきました」とストレッチ。英語ではじまり、スペイン語《エン・エスパニョール》で終わった。彼はすこしふらふらしていた。

「誓ってもいいけど、ふたりいたはずよ」とボロゴーヴ。「それとも勘ちがいかしら？」とイングレスであたしにささやく。

「タイムスリップかもしれませんね」とストレッチ。まごついているようだったけど、すぐに顔をぱっと輝かせ、「とはいえ、問題ありません。いつものことです。今回の回収はちょろいもんです。絵が三枚だけ！」

「三枚ともここにあるわ」とボロゴーヴ。「テレサ、手ずからわたしてあげたら。わたしがチェックするから、この未来からきた人にわたしてあげて」

『デ・モン・マウス』をわたした。つづいて『ロス・トレス・ドロレス』。彼は空中にあらわれた黒っぽい裂目《さけめ》に両方ともすべりこませた。

「ううっ」ストレッチが膝《ひざ》をがくがくさせながらいった。「感じますか？　かすかな余震を」

ショーティが、バドを片手に奥の部屋からふらふらと出てきていた。レインコート一枚の彼は、見るからに途方にくれていた。

「ボーイフレンドのショーティよ」とあたしはいった。彼とストレッチがぽかんと顔を見あわせると、一瞬だけ時空の織物がぶるぶるふるえるのを感じた。と思うと、おさまった。

「そうか！」とストレッチ。「そういうことか、見おぼえがあるはずだ」

「はあ？　あっ」ショーティの目が、あたしのかかえている絵にむいた。最後の一枚、『ラ・ローサ・デル・フトゥロ』だ。描かれているのは、小柄な褐色のアドニスのフルヌード。イチジクの葉っぱ一枚もなしで、あおむけになって眠っている。枕の上、頬の横にそっと置かれた一輪の薔薇。絵の具はまだ生乾きだったので、未来に着くまでに乾くかどうか心配だった。

「モナ・リザと会った日のことを思いだしますよ」とストレッチ。「この絵を何度見たことか。そしていま本人に会ってるんだ！　世界一有名になるのは妙な気分なんでしょうね……」とショーティの股間にむけてウィンクする。

「妙かどうかはわからないけど」とショーティ。「とてつもなくおかしな気分だ」

「こいつをお忘れなく」とあたし。

ストレッチにその絵をわたすと、彼が裂目に絵を押しこみ、そしてショーティとあたしはその後しあわせに暮らした。しばらくは。おおむね……。

でも、《アイ・ラヴ・ルーシー》は見たことあるでしょ。

英国航行中

ことによるとフォックス氏が——あとになってさとったのだ、ちょうど見ず知らずの男に水を一杯あたえたところ、数時間後に、いやそれどころか数年後に、相手がナポレオンだったとわかった男のように、突然の認識におののきながら——最初に気づいたのかもしれなかった。ことによると。すくなくとも、その日海をながめていた者が、ほかにブライトンにいたとは思えない。氏はボードウォークを散策しながら、リジー・ユースタスと彼女のダイアモンドに思いをめぐらせていた。小説のなかの人々は、日常の（あるいは〝現実〟）世界の人々が遠いものになっていくにつれ、ますます現実味を帯びてきていた。そのとき波がおかしな具合なのに気づいたのだ。

「ごらん」と氏はお供のアンソニーにいった。アンソニーはどこへでもついてきたが、遠くまで行くことはなかった。フォックス氏の日々の世界は、南はボードウォーク、東はオールデンシールド夫人の店、北はクリケット場、西は住んでいる部屋——あるいは、より正確にいえば、住まわせてもらっている部屋だ、それも一九五六年以来——のある〈豚《ぶた》とアザミ〉亭によって囲われた一画だったのである。

「ウーフ？」とアンソニーが、もの問いたげといってもかまわない声でいった。

「波だよ」とフォックス氏。「どうも――その、奇妙じゃないかね？　あいだがつまっていないかな？」

「ウーフ」

「そうか、ことによるとちがうのかもしれん。ただの思いすごしってこともある」

じつは、フォックス氏にとって、波はいつも奇妙に見えた。奇妙で退屈で不気味に。氏は板張りの遊歩道《ボードウオーク》の散歩を楽しんだが、浜辺そのものを歩いたことはいちどもなかった。足もとの定まらない砂の感触が気にいらないからだけではなく、ひっきりなしに寄せては返す波のせいだった。海がそんなふうに寝返りを打たなければならない理由がわからない。川はそんなふうに騒ぎたてたりしないし、じっさいにどこかへ流れている。波の動きからすると、水平線のすぐむこうに、海をかきまわしているなにかがあるような気がする。フォックス氏は、じつはそうではないかと内心ひそかにずっと疑っていた。だから、アメリカにいる妹をいちども訪ねなかったのだ。

「ことによると、波はいつもおかしなふうに見えるのに、こちらが気づかなかっただけかもしれん」とフォックス氏。〝おかしな〟が、奇妙奇天烈《きてれつ》なものにふさわしい言葉であるとすればだが。

いずれにせよ、もうじき四時半だった。フォックス氏はオールデンシールド夫人の店へ行き、ティーポットとひと皿のバタークッキーを前にして、日課のトロロプ――四十七作の長篇小説すべてを正確に執筆年代順に、ほぼ同じページ数ずつ読もうと、ずいぶんむかしに決心していた——を読んでから、二十分間居眠りした。目をさますと（眠っていたことは本人しか知らない）本を閉じ、オールデンシールド夫人に高いところにある棚《たな》にしまってもらった。そこにはモロッコ革で装幀《そうてい》された全集が、ものものしくならんでいた。それからフォックス氏はクリケット場に足をのばし、アンソニーが凧揚《たこあ》げをしている少年たちと走りまわっているうちに、〈豚とアザミ〉亭で夕餉《ゆうげ》の出る時間となった。九時にハリスンとウイスキーを一杯やると、そのときは平凡な日に思えたものが終わった。

あくる日にものごとが一変した。

フォックス氏は、行き交う車の音、足音、わけのわからない叫びのいりまじった騒然とした雰囲気に目をさました。朝食の席には、ふだんどおり、氏とアンソニー（そしてもちろん、料理人のフィンランド人）しかいなかった。けれども表では、一年のこの時期にしては通りに驚くほど活気があった。繁華街に近づくと、人出はふえるいっぽうで、やがて氏は人波に呑《の》みこまれてしまった。ありとあらゆる人がいた。オフシーズンのブライトンではふだんあまり見かけないパキスタン人や外国人も。

「いったいなにごとだろう？」フォックス氏は疑問を口にした。「見当もつかん」

「ウーフ」アンソニーがいった。こちらも見当がつかなかったが、見当をつけろと頼まれたわけではなかった。

アンソニーを腕に抱いて、フォックス氏は〈国王の遊歩道《キングズ・エスプラネード》〉にそって人ごみをぬって進み、やがてボードウォークへの入り口にたどり着いた。十二段ある階段をきびきびと登る。いつもの散歩道を見ず知らずの人間にふさがれているのは癪《しゃく》にさわった。ボードウォークは歩行者で半分ほど埋まっていたが、彼らは歩行するかわりに、手すりにつかまって、海をながめていた。さっぱりわけがわからない。だが、それをいうなら、日常の人々の習性は、フォックス氏にはつねにわけがわからなかった。彼らは小説のなかの人々ほどきわだった性格があるわけではない。

波は前日よりもさらにあいだがつまっていた。まるで磁石で岸に引き寄せられているかのように、積み重なっている。波が砕けるあたりでは奇妙なことになっており、高さ四十五センチほどの波がひとつだけ延々とつづいている。もはや上昇しているようには思えなかったが、夜のうちに海面が上昇していたのだ。海は浜辺の半分をおおい、ボードウォークの真下にある堤防に迫る勢いだった。

風はこの季節にしてはかなり強かった。左手（つまり東）の沖合《おきあい》、水平線の上に黒っぽい線が見える。雲かもしれないが、もっとしっかりして見えた。ちょうど陸地のように。フォックス氏は、これまでそんなものを目にしたことがあるかどうか思いだせなかった。たとえこの四十二年にわたり、毎日ここを散歩してきたのだとしても。

「犬？」

フォックス氏は左手に目をやった。となりでボードウォークの手すりにもたれていたのは、大柄な——恰幅《かっぷく》がいいという人もいるかもしれない——アフリカ人男性で、ぎょっとするような髪型をしていた。彼はツイードの上着を着ていた。さっきの質問をしたのは、その腕にしがみついているイギリス人の少女だった。顔色が悪く、黒髪をのばし、雨降りでなくても濡《ぬ》れているように見えるオイルスキンの肩マントをはおっている。

「なんとおっしゃいました？」とフォックス氏。

「それって犬？」少女はアンソニーのほうを指さしていた。

「ウーフ」

「ええ、もちろん犬ですとも」

「歩けるの？」

「もちろん歩けます。しばしば歩こうとしないだけで」

「使えないおやじ」少女は鼻を鳴らして耳ざわりな音をたて、視線をそらした。正確には少女ではなかった。二十歳《はたち》であってもおかしくない。

「気にしないでくれ」とアフリカ人。「あの三角波を見てごらんよ」

「どれどれ」フォックス氏はいった。少女にどういう態度をとればいいのかわからなかったが、アフリカ人が会話のきっかけを作ってくれたことに感謝した。近ごろは、会話をはじめるのはむずかしい。毎年むずかしくなるいっぽうだ。「沖に嵐でもあるんでしょうか？」といってみる。

「嵐だって？」とアフリカ人。「どうも聞いてないらしいね。何時間か前にテレビでやってたよ。いまじゃ二ノット近い速さで南東へむかってる。アイルランドを迂回《うかい》して、外洋をめざしてるんだ」

「外洋ですって?」フォックス氏は肩ごしにキングズ・エスプラネードとその先の建物をふり返った。いつもと変わらぬたたずまいに思えた。「ブライトンが外洋をめざしているんですか?」

「使えないおやじ」と少女。

「ブライトンだけじゃないんだ、おやっさん」とアフリカ人。はじめて、その声にかすかなカリブなまりが聞きとれた。「イギリスそのものが航行中なんだよ」

イギリスが航行中? なんとなみはずれた話だ。フォックス氏は、その日一日ボードウォークにいるほかの歩行者の顔に浮かんでいるのは、興奮なのだとわかった。お茶を飲みに行く途中、潮風はどういうわけか、ふだんより匂いがきつかった。ポットと皿を運んできたオールデンシールド夫人に、よっぽどその知らせを話して聞かせようかと思った。しかし、本をおろして読みはじめると、その日の出来事——それはこの喫茶室まではいりこんできたためしがない——はすっかり遠のいた。この日は(あとで判明したことだが)リジーがユースタス家の弁護士キャンパーダウン氏からきた手紙、開封しないまま三日間持ち歩いていた手紙をとうとう読む日だった。フォックス氏の予想どおり、ダイアモンドを亡夫の家族に返却しろと迫る内容だった。これに応えて、リジーは金庫を購入した。その晩、BBCのニュースはイギリスの外遊一色だった。〈豚とアザミ〉亭のバー——フォックス氏はここでバーテンのハリスンを相手にウイスキーを一杯やってから、部屋へ引きとる習慣だった——にあるテレビに出てきた記者たちによると、王国は一・八ノットの速力で大西洋を南下中だという。この現象がはじめて探知されて以来、イギリスは三十五マイルほど移動しており、アイルランドを大きく迂回して、公海に出る針路をとりはじめていた。

「アイルランドは動かないのかな?」とフォックス氏が訊いた。

「アイルランドは十九年と二十一年以来独立しております」とハリスン。彼はしばしばＩＲＡとのつながりをそれとなく匂わせる。「アイルランドはイギリスを追いかけて、七つの海を動きまわったりしません」

「なるほど、では例の……」

「北アイルランド六州ですか? 北アイルランド六州はいつもアイルランドの一部でした。これからもそうでしょう」とハリスン。

フォックス氏は礼儀正しく相づちを打ち、ウイスキーを飲みほした。政治を議論するのは彼の習慣ではなかった。とりわけバーテンとは、それにもましてアイルランド人とは。

「するときみは故国に帰るのかな?」

「それで失業するんですか?」


つぎの数日間、波は高くならずに、落ち着いてきたように思えた。三角波ではなく、ひと連なりのなめらかな航跡で、イギリスが西へ回頭をはじめるにつれ、岸辺を洗って東へ流れるようになった。クリケット場は人けがなくなった。少年たちが凧を放りだし、岸辺で波を見物する街の人々に加わったのだ。ボードウォークはたいへんな人出であり、シーズン・オフで閉まっていた店の何軒かが、営業を再開するほどだった。とはいえ、オールデンシールド夫人の店はふだんより繁盛するということもなく、フォックス氏は、トロロプ氏が執筆においてそうだったように、着実に読書を進めていけた。まもなくフォーン卿《きょう》——立ち居振る舞いにおいて威厳らしきものをそなえた人物——が、若きユースタスの未亡人に愛を告白し、結婚を申しこんだ。もっとも、リジーのダイアモンドが悶着《もんちゃく》を惹き起こすだろう、とフォックス氏にはわかった。遺産相続については身をもって知るところがあったのだ。氏の住まう〈豚とアザミ〉亭のちっぽけな屋根裏部屋は、宿の主人が終身でフォックス氏に遺してくれたものだった。宿の主人は空襲のさいフォックス氏の父親に命を救われたのである。命の恩人には（と、東インド人だが、ヒンドゥー教徒ではなく、キリスト教徒である主人はいった）借りを返しても返しきれるものではない。フォックス氏はしばしば考える、立ちのきを迫られ、住む場所を探すはめになっていたら、自分はどこに住んでいただろう、と。小説のなかではよくそういうことがある。いや、現実の生活でもよくあることだ。その晩、テレビではベルファースト（北アイルランドの首都）でのパニックぶりが伝えられた。スコットランドの岬《みさき》が南をかすめていったのだ。王党派は置き去りにされるのか？　だれもが国王の声明を待っていたが、王は側近たちとともに王宮にこもっていた。

　翌朝、〈豚とアザミ〉亭の一階廊下にある小さなテーブルに一通の手紙が載っていた。手紙を目にしたとたん、今日は月の五日だとフォックス氏にはわかった。姪《めい》のエミリーは、かならず一日にアメリカから手紙をだし、手紙はかならず五日の朝に届くのである。

いつものように、オールデンシールド夫人の店でお茶をすませたすぐあとに、フォックス氏は手紙を開封した。いつものように、まず結びの部分を読んで、変わりがないのを確認する。「あなたの姪の娘が大きくなる前に会ってもらえればいいと思います」とエミリーは書いていた。毎月、同じことを書くのだ。彼女の母親、つまりフォックス氏の妹のクレアが、アメリカへ移住したあと里帰りしたとき、氏に会わせたがったのが、この姪だったのに。母親が他界して以来、エミリーは判で押したように同じことを書いてきた。「あなたの姪の娘はまもなく若い淑女となるでしょう」という書きぶりで、まるでどういうわけかフォックス氏のなせる業《わざ》であるかのようだ。氏のたったひとつの心残りは、母親を亡くしたエミリーにアメリカへきてくれと頼まれたこと、自分には思いもよらない行動を頼まれたことだった。丁重に断っても彼女を納得させられなかったのである。氏は書きだし（「親愛なるアンソニー伯父《おじ》さん」）までさかのぼって読んでから、手紙を非常に小さく折りたたんだ。その晩部屋にもどると、箱にしまって、ほかの手紙といっしょにした。

九時に階下《した》へおりていくと、バーは混みあっているようだった。茶色のスーツに緑と金のネクタイ姿の国王が、BBCのスタジオで時計の前にすわり、テレビに映っていた。親王派だったことのないハリスンさえ、磨いていたグラスをわきにやり、国王の言葉に耳をかたむけた。いっぽうチャールズは、イギリスがたしかに航行中であると正式に認めた。国王の言葉で事態は公式のものとなり、バーの端にいた三人の男（うちふたりはよそ者）から礼儀正しい「万歳、万歳、国王陛下万歳」の声があがった。国王陛下はこういった。自分と側近たちは、イギリスがいつ到着するか、いや、それをいうなら、そもそもどこへむかっているかもたしかなところはわからない。もちろん、スコットランドとウェールズはちゃんとついてきている。必要なら議会が、時間帯の変更を宣言するだろう。北アイルランドとマン島については重大な関心を寄せているものの、いまのところ警戒する理由はない。

　国王陛下、チャールズ王は半時間近く話をされたが、フォックス氏は話の大半を聞きのがした。氏の目は、国王の頭のうしろにある壁掛け時計の下の日付に釘付けになっていた。今日は月の四日なのだ、五日ではなく。姪の手紙は一日早く届いたのだ！　おかしな波や国王の演説にもまして、世界の変わりつつあることをこの事実が雄弁に語っているように思えた。フォックス氏は不意にめまいのような——だが不快ではない——感覚に襲われた。その感覚がおさまり、バーから客が引いたあと、氏は店じまいの時間にいつもそうするように、ハリスンに「よかったらウイスキーを一杯つきあってもらえないかな」と声をかけた。するといつものように、ハリスンが「お安いご用ですとも」と答えた。

　ハリスンはベル（スコッチ・ウイスキー）を二杯注いだ。フォックス氏は気づいていたのだが、ほかの客がハリスンに一杯〝おごり〟、バーテンがボトルを選び、ポケットに伝票をしまうとき、ウイスキーはブッシュミルズ（アイリッシュ・ウイスキー）なのである。彼がほんとうに一杯やるのは、店じまいにフォックス氏がおごるときだけであり、そのとき飲むのは、かならずスコッチなのだ。

「あなたの王様に」とハリスンがいった。「そしてプレート・テクトニクスに」

「なんだって？」

「プレート・テクトニクスですよ、フォックス。あなたのお偉いチャールズが、こんなことの起きたわけを説明したとき、聞いてなかったんですか？　なんでも地殻《ちかく》の運動かなにかと関係があるとか」

「プレート・テクトニクスに」とフォックス氏はいった。グラスをかかげて、きまり悪さをごまかす。じつは言葉は聞こえていたが、どうせバッキンガム宮殿の王室財産を保護する計画に関するものにちがいない、と決めてかかっていたのだ。

フォックス氏は新聞を買ったことがないが、翌朝、新聞売場の横を通りしな、足どりをゆるめて見出しを読んだ。チャールズ国王の写真が各紙の一面を飾っており、自信たっぷりに未来を見つめていた。

イングランドは二・九ノットで航行中　スコットランド、ウェールズともに平穏のうちに同行

チャールズ、連合王国の〝舵〟とりに不安なし

と読めたのは〈デイリー・アラーム〉。〈エコノミスト〉はそこまで楽観的な見かたをしていなかった。

海底トンネル完成遅れる
EEC、臨時総会を召集

　北アイルランドは、法的にも疑問の余地なく連合王国の一部であったものの、その夜のBBCの説明によると、なにか不可解な理由でアイルランドのもとにとどまっているらしかった。パニックが起きるのを防ごうと、国王がベルファーストとロンドンデリー（北アイルランドの州）の臣民の説得にあたった。希望する全員が疎開できるよう、協定が結ばれつつあるとのことだった。

　国王の演説が功を奏し、つぎの数日間は平穏に過ぎたようだった。ブライトンの通りは落ち着きをとりもどした。エスプラネードとボードウォークには、あいかわらずテレビ取材班がちらほらしており、フィッシュ・アンド・チップスの屋台は繁盛していた。しかし、取材班はお土産《みやげ》を買わないので、ギフト・ショップは一軒また一軒と店をたたんでいった。

「ウーフ」とアンソニーがいった。少年たちが凧を手にクリケット場にもどってきたのがうれしいのだ。

「事態は旧に復しつつある」とフォックス氏はいった。

　だが、ほんとうにそうだろうか？　テレビの取材記者によれば、東の水平線上のしみはブルターニュだという。いよいよ大海原《おおうなばら》に乗りだすわけだ。そのことを考えると身震いが出た。さいわいにも、オールデンシールド夫人の店にはなじみ深さとぬくもりがあり、そこではリジーが、ユースタス家の弁護士キャンパーダウン氏を避けようと、エアー（スコットランド南西部の港市）にある自分の城に引きこもっていた。フォーン卿は（家族に説得されて）彼女がダイアモンドをあきらめないかぎり、結婚できないとがんばっていた。リジーの答えは、ダイアモンドを金庫にいれてスコットランドへ持ってくることだった。その週の後半、フォックス氏は例のアフリカ人に再会した。古いウェスト桟橋《さんばし》に人だかりができていたので、雨が降りはじめていたけれど、フォックス氏は突端まで足をのばした。一艘《そう》の船が乗客をおろしているところだった。船はこぎれいな水中翼船で、舳先《へさき》に王室の紋章がついていた。ふた組のテレビ取材班がカメラをまわすなか、スリッカー（長いゆるやかなレインコート）を着こんだ船員たちが、車椅子《くるまいす》に乗った老婦人を船から桟橋に移動させた。老婦人は傘と白い小犬をわたされた。水中翼船のハンサムな若い船長が、組ひも飾りのついた帽子をふると同時にエンジンが始動し、船は桟橋からはなれた。群衆の「万歳」の声に送られて、船は細長い脚を水上に出し、雨のなかへと走り去った。

「ウーフ」アンソニーがいった。

車椅子にすわり、濡れてぶるぶる震えている犬を膝《ひざ》に載せている老婦人に注意をはらう者はほかにいなかった。彼女は眠りこんでいて（いや、それどころか死んでいるのかもしれない！）傘を落としていた。さいわい雨は降っていなかった。

「いまのはたしか若き皇太子殿下《プリンス・オブ・ウエールズ》だ」

とフォックス氏の左手で聞きおぼえのある声がした。例のアフリカ人だった。男によれば（彼はそういうことにくわしいようだった）、チャンネル諸島とその島民の大部分が置き去りになっている。水中翼船は王室が私費でガーンジー島に派遣したもので、土壇場《どたんば》になって心変わりした老婦人を救いだしてきた。ことによると、彼女はイギリスで死にたかったのかもしれない。

「五時にはポーツマスに着くだろう」と、早くも遠ざかった水柱を指さしながら、アフリカ人がいった。

「もう四時をまわっていますか？」とフォックス氏はたずねた。時間の経過がわからなくなっているのに思いあたる。

「時計くらい持ってないの？」と、アフリカ人の巨体に頭をくっつけている少女がいった。

フォックス氏は、そこに少女がいるのに気づいていなかった。

「必要だったためしがありませんので」と彼はいった。

「使えないおやじ」

「正確には二十分過ぎだ」とアフリカ人。「この娘のことは気にしないでくれ、兄貴」

フォックス氏は、〝兄貴〟と呼ばれたのははじめてだった。ぞくぞくするような気分を味わい、お茶に遅れたのも気にならなかった。氏はオールデンシールド夫人の店へ急いだ。そこではリジーのスコットランドの居城ポートレイで狐《フオツクス》狩りがたけなわだとわかった。氏は腰をすえると、本をむさぼり読んだ。狐狩り！　フォックス氏は名前の力というものを信じる質《たち》だった。

陽気が変わりはじめた。暖かくなると同時に、天候が荒れがちになった。〈豚とアザミ〉亭のバーにかかったテレビに映る衛星写真のなかで、イギリスは雲で輪郭《りんかく》がぼやけており、写真というよりは線画に近かった。年老いたケルト人両親の腕からすべりだす落ち着きのない子供のように、アイルランドとブルターニュのあいだをすりぬけたあと、イギリスは南西に針路をとり、大西洋の青海原《あおうなばら》に乗りだした。波はもはや斜めからではなく、まっすぐ防波堤にぶつかってきた。すこしばかり意外なことに、フォックス氏は以前にもまして散策を楽しんだ。毎日べつの海を見ていると知っていたからだ。たとえいつも同じに見えるにしても。風は強く、絶え間なく顔にあたり、ボードウォークはがらんとしていた。報道陣さえいなくなっていた――スコットランドへ行ってしまったのだ。ヘブリデス諸島が、オークニー諸島やシェトランド諸島ともども置き去りにされているのが、つい先日わかったのである。「極圏諸島には独自の伝統、言語、そして謎めいた石造記念物があります」と辺境ウイグからの生中継でリポーターが説明した。画面には、風と雨にむかってわけのわからないことを叫んでいる郵便配達夫が映っていた。

「なんといってるんだろう?」とフォックス氏はたずねた。「あれはゲール語なのかね?」

「見当もつきませんね」とハリスンが答えた。

数日後の晩、高地地方に陣取ったBBCの取材班が、大陸の見おさめの映像を放映した。からりと晴れあがった空のもと、水平線のかなたに消えていくブルターニュの岬が、標高千五十一メートルのベン・ホープ山頂から遠望された。

「助かったよ」とあくる日、フォックス氏はアンソニーに冗談をいった。「オールデンシールド夫人がヒーチュンをたっぷり仕入れておいてくれて」

　これはフォックス氏の好きな緑茶の銘柄である。夫人はアンソニー用のドッグ・ビスケットもやはりたっぷり仕入れておいてくれた。リジーのほうはスコットランドを発《た》ち、最後の客につづいてロンドンにもどったとき、ホテルの部屋が盗難にあい、フォックス氏がいつもそうなるのを心配してきたように、金庫を盗まれてしまった。一週間、雨降りがつづいた。高波がすさまじい勢いで防波堤に打ち寄せた。ブライトンは人けがないも同然だった。気の弱い者たちは、ポーツマスに去っていたのだ。そこならワイト島のおかげで風と波から守られている。風波をまともにかぶるワイト島は、いまや名実ともに英国の舳先といえそうだった。

　ボードウォークで、フォックス氏はブリッジにいる船長に負けず劣らず、悠然と誇り高く歩きまわった。風は猛烈だが、一定の調子で吹いているので、じきに慣れてしまった。体をかたむけて歩いたり、立ったりすればいいだけのことだ。手すりを握ると、エネルギーでブーンと鳴っているように思えた。たとえ何百マイルも海に出たとわかっていても、イギリス全土がうしろだてになっているので心強かった。波がブライトンの防波堤に打ちつけるたびに、すさまじい水しぶきがあがる。フォックス氏はそれを楽しみにさえしはじめた。

　イギリスは波を蹴《け》立《た》てて西へむかい、大西洋へと乗りだした。

　ペンザンスからドーヴァーにいたる南岸を先頭に（あるいは、たぶん舳先と呼ぶべきだろう）、スコットランドの高地地方を艫《とも》にして、連合王国は四ノット近い速力をだしていた。あるいは、正確にいえば三・八ノットである。

「控えめで適切な速度です」とバッキンガム宮殿の居室から国王が臣民に語りかけた。部屋には航海用地図、海図、照明された地球儀、銀の六分儀が飾られていた。「適切というのは、ネルソン時代の大型戦列艦の速度と等しいからです」

事実に即せば、とBBCのコメンテーターが訂正した（彼らは国王の言葉だろうと訂正するからだ）三・八ノットの速力は、十八世紀の軍艦よりもかなり遅い。しかし、英国が最速でも鈍足なのはさいわいだった。じっさい、あと半ノットでも速ければ、プリマスとエクセター水路につぎつぎと押しよせる波が、波止場を壊滅させていただろう。じつに奇妙なことに、被害のもっとも甚大なのは、むかい風と船首波から遠くはなれたロンドンだった。かつてはイギリス海峡だったところにそってマーゲートを通過した航跡は、テームズ川を六十センチ近く吸いとってしまい、ヴィクトリア堤防ぞいとウォータールー橋の下に広大な泥湿地が残された。ニュースは、街じゅうに泥の足跡を残しているゴム長姿の宝探したちを映しだし、「泥は、日々白日のもとにさらされる往年の犯罪なみの悪臭を放っています」とBBCはいった。あまり愛国的な報道ではないな、とフォックス氏はひとりごちると、テレビからハリスンにむき直って、こう指摘した。

「たしかあちらに家族がいたはずだね」

「ロンドンにですか？　とんでもない」とハリスンは答えた。「みんなアメリカへ行ってしまいましたよ」

スコットランドの峰々は、初冠雪に耐えている（あるいは、ひょっとすると〝満喫している〟が正しい言葉かもしれない。山だし、おまけにスコットランドなのだから）はずの時期には、亜熱帯の雨を満喫して（あるいは、ひょっとすると〝耐えて〟）いた。連合王国がちょうどアゾレス諸島のすぐ北を通過するところだったのである。イギリス南部（いまは西部）の天候は、春さながらで快適だった。例年この時期までに凧を放りだしているクリケット場の少年たちが、毎日表へ出てきて、アンソニーにかぎりない愉悦を味わわせた。アンソニーは、犬ならではの単純明快な喜びとともに、走りまわる少年たちのつきない世界という事実を受けいれた。人気のあるBBCの夜の新番組《今日の航海日誌》――冒頭と最後にコーンウォールの岩場で砕ける船首波の映像を流すのだ――が、望遠鏡やヴィデオカメラを手にドーヴァーの崖《がけ》に立ち、遠いアゾレス諸島の山頂が見えるたびに、「陸が見えるぞ！」と歓声をあげる趣味人たちを映しだした。事態は旧に復しつつあった。国民は（ニュースによれば）中部大西洋に出ても大災害にならないのに気づきつつあった。予想された都市性の船酔いを起こす波は、とうとう現実のものとならなかった。三・八ノットを保つ大英帝国は、猛烈な嵐のさなかにも、波の動きに影響されなかったのだ。まるで旅行のために設計され、しかも速度ではなく、乗り心地を追求して建造されたかのようだった。スコットランドの小さな島のなかには、はがれ落ちたり、恐ろしいことに、沈んでしまったものも多少はあった。しかし、ほんとうの被害は東（いまは南）岸だけで見られた。後流が、ノーフォークの軟弱な堤防から人家大の土塊《つちくれ》を洗い流していたのである。泥だらけの胴長をはき、航跡よけの沼沢地干拓事業に手を貸している国王の姿がニュースに登場した。溝掘りの手を休めた王は、どこへむかっているにしろ、連合王国は主権を保つだろうと臣民に請けあった。リポーターが、畏れ多くも、それは王国がどこへむかっているかご存じないという意味ですかと訊くと、チャールズ王はひややかにこう答えられた。自分は、ある役割を果たす自分の行動に臣民が満足することを希望する。その役割とは、けっきょく、将来を構想、あるいは予言さえするのではなく、現状で臣民を満足させるべく目論《もくろ》まれているのだ、と。それから、ひとことの断りもなしに、王室の紋章がついた銀のシャベルをとりあげ、溝掘りを再開した。

いっぽう、オールデンシールド夫人の店では、ロンドンじゅうがリジーの盗難騒ぎで持ちきりだった。あるいは、盗難といわれているもので。リジー（ならびにフォックス氏とトロロプ氏）だけが知っていたのだが、ダイアモンドは金庫のなかではなく、枕の下にあったのだ。フォックス氏の姪からの手紙は、さらに一日早く、月の三日に届き、イギリスがたしかに航行中であることを、それなりの穏健な流儀で強調した。フォックス氏がふだんどおり逆さまに読んだ手紙は、「お目にかかるのを楽しみにしています」という驚くべき言葉で結ばれていた。お目にかかるだって？　氏はさかのぼって読んでいき、「アメリカへむかって航行中」という言葉を見つけた。アメリカだって？　そんな考えは、フォックス氏の頭にはいちども浮かばなかった。封筒の差出人住所に目をやる。投函地《とうかんち》は、なんとなく不吉なバビロンという名前の街だった。

リジーは引っこみがつかなくなっていた。ダイアモンドの狂言窃盗《せっとう》を演じて、ユースタス家への返却を免れようとしたのではないか、と、たとえ警察（とロンドン社会の半分）に疑われようと、そもそもダイアモンドが盗まれなかったとは認めようとしなかった。なるほど、認めてどうなるだろう？　来る日も来る日も本が棚にもどされるたびに、なにが自分の利益で、なにが自分の権利かを確信できる者の性格の強さにフォックス氏は舌を巻くのだった。翌朝、ウェスト桟橋にちょっとした人だかりができ、英国旗《ユニオン・ジャック》の小旗をふったり、水平線上のしみを指さしたりしていた。群衆のなかに見おぼえのある顔（と髪型）がまじっていても、フォックス氏には意外ではなかった。

「バーミューダ」とアフリカ人がいった。

フォックス氏はうなずくだけにしておいた。アフリカ人のむこう側で待っている、辛辣《しんらつ》な言葉を投げつけようと待っているはずの少女にきっかけをあたえたくなかったのだ。水平線上のしみがピンクなのは、自分の目の錯覚にすぎないのだろうか？　その夜とつづく二夜にわたって、バーにあるテレビでバーミューダ通過のハイライトを見物した。ブライトンからもかろうじて見えたその島は、ドーヴァーから一マイル足らずのところを通過し、何千人もが繰りだして、赤い上着姿で珊瑚礁《さんごしょう》の崖のてっぺんにずらりとならび、通過する母国に敬礼している植民地警官をながめたのである。群衆の繰りださなかったところ——ノーフォークの沼沢地、ヨークシャーの頁岩《けつがん》の崖、スコットランドの（元）北海沿岸から突きでた岩がちの岬——さえ同じように敬礼を送られた。通過には一週間近くかかり、バーミューダ人の愛国心はもちろん、スタミナにもつくづく頭がさがる、とフォックス氏はひとりごちた。

つぎの数日にわたり、風むきが変わり、勢いが衰えはじめた。アンソニーはご機嫌だった。少年たちが前より必死に走らないと凧をあげられなくなり、かたわらでワンワン吠える犬を前にもまして必要としているらしいのに気づいたからだ。しかし、これ以上風が弱まったら、少年たちは凧揚げへの興味をすっかり失うだろう、とフォックス氏にはわかった。BBCによれば、母国をちらりと見られて、バーミューダ人は満足しているという。しかし、英連邦のほかの国々は怒り心頭だった。というのも、バーミューダ通過のあと、連合王国が北へ鋭く変針し、このまま北上すれば、アメリカ合衆国へむかって進みそうだったからである。いっぽうフォックス氏は、まるっきり予想しなかったわけではないが、やはり茫然とせずにはいられない、もっと家庭的な危機に巻きこまれた。なぜなら、リジーがダイアモンドを盗まれたからだ――こんどはほんとうに！　彼女は、いやらしいカーバンクル夫人が経営する下宿屋の自室にある、鍵のかかる引き出しにダイアモンドをしまっていた。もし盗難を訴え出れば、スコットランドで盗まれた金庫にダイアモンドがはいってなかったのを認めることになる。頼みの綱は、ダイアモンドと泥棒が見つからずにすむことだ。

騒然とする英連邦
カリブ諸国が猛然と抗議

英国、ビッグ・アップルに激突か？

BBCではイギリスとアメリカの新聞がならべて映しだされた。指示棒を持ち地図を背にした航法専門家が登場し、現在の針路だと、イギリス南部（いまは北部）はニューヨーク港の湾曲部、ロングアイランドがニュージャージーとぶつかるあたりに鼻面《はなづら》をつっこむだろうと見通しを述べた。したがって、ドーヴァーはニューヨーク市の摩天楼《まてんろう》を望むことになる。プリマスはモントーク（ロングアイランド東端）沖合に落ち着き、ブライトンは中間のどこか、衛星写真に街の名前のないあたりに落ち着くだろう。ハリスンが賭《か》けの決着をつけるために、バーの下に地図をしまっていたので、《今日の航海日誌》のあと、地図をひっぱりだし、ブライトンがむかっている一角に、とある都市が居すわっているのを見て、フォックス氏はどきりとした（だが、意外ではなかった）。その都市の名前は、忌《い》まわしすぎて脳裏に浮かべられないようなイメージを喚起する――

バビロン。

リジーのもとへスコットランド・ヤードからはじめて刑事が訪ねてきた日、フォックス氏は、チャーターされた漁船が、沖合に静止しているのを見た。およそ三ノットの速さでついてきているのだろう。イスリップ所属のジュディ・J号である。船べりには手をふっている人々が鈴なりだった。フォックス氏は手をふり返し、アンソニーの前肢もふってやった。広告用の幕を引いた飛行機が、浜辺すれすれを飛んだ。その夜テレビでは、すでにロングアイランドの風下にはいっているブライトンの衛星写真が見られた。だから風が弱まっているのだ。BBCは『キング・コング』のさわりを映した。「ニューヨークは全市をあげて避難の準備に余念がありません」とアナウンサーがいった。「老いたイギリスとの衝突のショックで、かの有名なマンハッタンの摩天楼群が崩壊する恐れがあるからです」アナウンサーはその見通しに喜んでいるようだったし、彼のインタビューを受けたカナダ人の地震専門家もそうだった。それをいうなら、ハリスンもそうだった。ニューヨーク市当局は顔色がさえなかった。じっさいの衝突よりパニックを恐れていたのだ。あくる朝、二隻《せき》の船が沖合にあらわれ、午後には五隻が姿を見せた。斜めに打ち寄せてくる波は、中部大西洋の見あげるような大波のあとだと、おとなしく見えた。お茶の時間、リジーのもとにスコットランド・ヤードの刑事がふたたび訪ねてきた。なにかが彼女からぬけてしまったようだった。闘志や気力のいくらかが。喫茶室の外の空気もどことなくちがっていたが、アンソニーとともにクリケット場に近づくと、フォックス氏にもようやくわかった。凪だ。ぱたりとやんでしまっている。つい二、三日前は面白いようにあがったのと同じ凧をあげようとして、少年たちが悪戦苦闘していた。走るのをやめたとたん、凧は落ちてしまう。まるで天国に助けを求めるかのように、アンソニーは走りまわり、吠えたてたが、少年たちは暗くなる前に肩を落として家路についた。

　その夜、フォックス氏は夕飯のあと、つかのま〈豚とアザミ〉亭の外へ出た。通りは静まりかえっており、墓場はこうだろうといつも想像してきたような静けさだった。みんなブライトンを出ていったのだろうか、それとも屋内にこもっているだけなのか？《今日の航海日誌》

によれば、心配されたニューヨークでのパニックは杞憂《きゆう》に終わったという。画面はすさまじい交通渋滞を映しだしたが、それが平常のようだった。国王は……だが、BBCがバッキンガム宮殿に画面を切りかえようとしたちょうどそのとき、映像がちらちらしはじめ、アメリカのクイズ番組が割りこんできた。「ビートルズとはだれでしょう」とピカピカの演壇らしきものに立っている若い女性がいった。そういったのであり、訊いているのではなかった。

「テレビのほうが先に着きました」と、音声は消したが、映像のほうは残してハリスンがいった。「ウイスキーで乾杯といきませんか？　今夜は店のおごりです」

〈豚とアザミ〉亭の元の所有者、シン氏が遺《のこ》してくれたフォックス氏の部屋は、破風《はふ》の下の屋根裏にあった。部屋は小さかった。氏とアンソニーはひとつのベッドに寝た。その夜は謎めいた音楽的なキーキーいう音で目がさめた。

「ウーフ」とアンソニーが寝ぼけ眼でいった。フォックス氏はおののきながら耳をすました。はじめはだれか——きっと泥棒だ——が、一階のラウンジからピアノを運びだそうとしているのだと思った。やがてピアノは二十年前に売りはらわれたのを思いだした。はるかかなたからもっと低い轟音《ごうおん》が流れてきた——と思うと静寂がおりた。街の反対側で鐘が鳴った。クラクションが鳴らされた。ドアがバタンと閉まった。フォックス氏は筋むかいの銀行支店に表示された時間（それが見える位置にベッドを置いて時計代を節約していたのだ）に目をやった。午前四時三十六分、アメリカの東部標準時で。それ以上は耳なれぬ音はせず、鐘も鳴りやんだ。アンソニーは早くも眠りにもどっていたが、フォックス氏はぱっちり目をあけ、起きたまま横になっていた。この数日（いや、数年間）おぼえていた煩悶《はんもん》は不思議にも消えてなくなり、氏は自分にとってまったく目新しいわくわくするような期待感を味わっていた。

「じっとしてなさい」

とフォックス氏がアンソニーにいったのは、ブラシをかけてやり、専用の小さなツイードの上着のボタンをはめてやったときだった。陽気は冷えこんできていた。フィンランド人が、ゆで卵とトーストとマーマレードとミルク・ティーをだしたとき、なんとなくいつもと空気がちがっていた。思いすごしだろうか、それとも朝食テーブルに窓からさしこむ光のせいだろうか？　数週間ぶりに霧《きり》が出ていた。宿の表の通りは人けがなく、キングズ・エスプラネードをわたり、十二段の階段を登ると、ボードウォークもやはりがらんとしていた。小人数のグループがふたつか三ついるだけで、手すりの前に立ち、まるで空白のスクリーンを見つめるかのように霧を見つめていた。

波はなく、航跡もなかった。水はそわそわとあてもなく砂に打ち寄せており、その動きはショールに置かれた老婦人の指を思わせた。フォックス氏は手すりの前に立った。じきに霧が晴れはじめた。灰色の水の広がりをはさんで、さほど遠くないところに、はじめてスイッチをいれられたテレビの画像のように、幅広く平らな浜辺があらわれた。まんなかあたりにセメントでできた脱衣所がある。砂浜にはあちこちに人が集まっていて、駐《と》めた車のわきに立っている者もいた。そのうちのひとりが、銃を空にむけて撃った。もうひとりが星条旗をふった。フォックス氏は、アンソニーの前肢をふってやった。

　アメリカ（これはアメリカでしかあり得ない）は、あまり開けているようには見えなかった。摩天楼とはいかなくても、とにかくもっとビルが建てこんでいるだろう、とフォックス氏は思っていた。白いトラックが脱衣所のわきに乗りつけた。制服姿の男がおりてきて、煙草《たばこ》に火をつけ、双眼鏡をのぞいた。トラックの側面には《ゴヤ》（ニュージャージー州の食品会社）と書かれていた。

「ロングアイランドへようこそ」

　と聞きおぼえのある声。例のアフリカ人だ。フォックス氏は会釈したが、なにもいわなかった。アフリカ人のむこう側に、双眼鏡をのぞいている例の少女が見えたのだ。少女と《ゴヤ》の男はたがいを観察しあっているのだろうか、とフォックス氏は首をひねった。

「摩天楼を期待してたんなら、ここから五十マイル西、ドーヴァーにあるよ」とアフリカ人。

「西ですか？」

「イギリスが逆さまになってるから、ドーヴァーはいま西にある。だから太陽がアッパー・ビーディングの上に昇るんだ」

　フォックス氏はうなずいた。もちろんだ。氏は太陽が昇るところを見たことがなかった。もっとも、それを口にするまでもないと思ったが。

「みんなドーヴァーに行っちまった。マンハッタン、自由の女神、エンパイア・ステート・ビルディング、どれもドーヴァーから見える」

フォックス氏はうなずいた。いままでのところ少女が黙っていたのに安心して、小声で訊いてみた。

「するとここはどこでしょう。いまわれわれは、どこにいるんでしょう?」

「ジョーンズ・ビーチ」

「バビロンではないんですか?」

「使えないおやじ」と少女がいった。


フォックス氏はくたくただった。リジーは、スコットランドであれほど血に飢えた歓喜にひたって狩りたてた狐のように追いつめられていた。マッキントッシュ少佐が迫ってくると、絶望的な状況にひねくれた喜びを見いだしているようだった。まるでこれまで無縁だった傷つきやすさがそなわったかのように。彼女にとっては、ユースタス家のダイアモンドよりも貴重な宝物である。

「フォックスさん?」とオールデンシールド夫人の声がした。

「フォックスさん?」夫人は氏の肩をゆすっていた。

「おお、だいじょうぶです」

とフォックス氏はいった。本が膝から落ちていて、居眠りをしていたところを起こされたのだ。オールデンシールド夫人は氏に宛てられた手紙を持っていた(氏に宛てられた手紙なのだ!)。手紙は姪からのものだった。たとえ今日がまだ月の十日であったとしても。封をあけるしかない。ふだんどおり、フォックス氏は結びから目を通しはじめ、変わりがないのをたしかめようとした。ところが、こんどはあったのだ。「そのときまで」という文字が目にはいった。ざっと逆さまに読んでいくと、「日に二便のフェリー」という件《くだり》が目にとまり、読みつづけられなくなった。どうしてオールデンシールド夫人の店の住所がわかったのだろう？　アメリカにきてもらえると姪は思っているのだろうか？　氏は手紙を折りたたみ、ポケットにつっこんだ。読みつづけられなかったのである。

その晩、ＢＢＣがまた映るようになった。マンハッタンの夜景が、ドーヴァーの崖の天辺《てっぺん》から生中継で放映された。雨をすかして（というのも、イギリスが雨を運んできたからだ）遠くでキラキラと輝いていた。当日かぎりの旅券が両方の政府によって発行されており、行列はすでに六ブロックの長さに達していた。フォークストーンとコニーアイランドを結ぶ東（いまは西）ケント・フェリーは、三週間先まで予約が埋まっていた。イーストボーンとブライトンのあいだでもフェリーを運航する話が出ていた。翌朝、朝食のあとフォックス氏は、お茶の時間をぐずぐずとのばし、姪の写真を穴のあくほど見つめていた。最新の（肝《きも》をつぶした）手紙をしまうさい、文箱《ふばこ》のなかに見つけたものだった。姪は生真面目な顔をした九歳の少女で、淡い茶色の髪を黄色いリボンで結んでいた。彼女の母親、つまりフォックス氏の妹のクレアが、広げたレインコートで自分たちふたりをつつんでいる。いっさいが三十年前のものだが、彼女の髪にはすでに白いものがまじっていた。フィンランド人が皿を片づけた。フォックス氏とアンソニーに出ていけという合図である。ウェスト桟橋に近いボードウォークはかなりの人出で、アメリカからのフェリー第一便が蒸気を吹かして狭い海峡をわたってくるのをながめていた。それとも、〝蒸気を吹かす〟ではおかしいだろうか？　きっと動力はなにか新しい型のエンジンだろう。入国管理官たちが、霧（というのも、イギリスが霧を運んできたから）のなごりをきらって紙ばさみを閉ざしたまま、手持ちぶさたにしていた。驚いたことに、ハリスンの姿が桟橋の突端にあった。ウィンドブレーカーをはおり、まるで食べものがはいっているかのように、脂《あぶら》じみの浮いた紙袋をさげている。昼間、あるいは戸外でハリスンを見るのははじめてだった。じつをいえば、ハリスンの脚を見たことがないのだ。ハリスンは縞模様《しまもよう》のズボンをはいており、フォックス氏が声をかける暇もなく、蟹《かに》のように横歩きで人ごみにすべりこんだ。フェリーが桟橋に接岸すると、人波がゆれた。フォックス氏があとずさったちょうどそのとき、アメリカ人が侵略軍のようにタラップをわたりはじめた。先頭は十代の少年少女で、傍若無人に大声で話をしている。同じくらい声高《こわだか》な年長者たちが、そのあとにつづいた。彼らは夏になるとブライトンへやってくるアメリカ人と変わらないように思えた。あれほど着飾ってないだけだ。

「ウーフ、ウーフ、ウーフ！」

アンソニーが肩ごしに吠えていたので、フォックス氏はふり返った。すると淡い茶色の髪を見おぼえのある黄色いリボンで結んだ幼い少女が目に飛びこんできた。

「エミリー？」と氏はいった。写真の姪そのままだ。あるいは、そう思えた。

「アンソニー伯父さん？」とこんどは背後で声がした。

ふり返ると、色あせたバーバリーを着こんだ女性が目に飛びこんできた。霧は吹きはらわれつつあり、彼女のうしろに、その日はじめて、さえないアメリカの海岸が見えた。

「ちっとも変わってませんね」と女性がいった。

はじめフォックス氏は妹のクレアだと思った。三十年前、娘をブライトンまで連れてきて氏に会わせたときの姿だったのだ。しかし、もちろん、クレアは二十年前に亡くなっていた。この女性はエミリーなのだ。当時は十歳に手が届こうとしているところで、いまは四十歳に手が届こうとしている。そして少女はそのエミリーの子供（すくすくと育ってきた姪）で、十歳に手が届こうとしている。子供というものは、どうやらいつも何歳かに手が届こうとしているらしい。

「アンソニー伯父さん？」

子供が両腕をさしのべていた。抱きしめられるのかと思って、フォックス氏はぎょっとした。と、少女の望みがピンときて、犬をわたしてやった。

「連れて歩いていいよ」とフォックス氏。「この子の名前もアンソニーだ」

「ほんとに？」

「だれも伯父さんたちをいっぺんには呼ばないから、まちがえたりしないんだよ」

「歩けるの？」

「もちろん歩けるとも。しばしば歩きたがらないだけで」

警笛が鳴り、アメリカへむかう英国人を満載したフェリーが出航した。ハリスンの姿が舳先にあった。片手で脂じみの浮いた袋をかかえ、反対の手で手すりを握っている。すこしばかり気分が悪そうだが、ひょっとすると不安なのかもしれない。それから氏は姪と姪の娘を連れてボードウォークを散歩した。少女のクレア――祖母にちなんで名づけられたのだ――がアンソニーといっしょに先頭を歩き、いっぽうフォックス氏と姪のエミリーはそのあとをついていった。ほかのアメリカ人たちは、レストランを探して市内へと流れていってしまっていた。ただし十代の少年たちはべつで、今日をあてこんで開いていたエスプラネードぞいのゲーム・センターに群がっていた。

「山がマホメットのもとへこようとしないなら、云々」とエミリーが謎めいたことをいったのは、海峡横断の旅は快適だったかとフォックス氏がたずねたときだった。彼女の茶色い髪には白いものがまじっていた。ようやくコートにも思いあたった。彼女の母親、つまり氏の妹のクレアのものなのだ。氏は、ふたりをどこへ連れていき、昼食をとろうかと考えようとしていた。〈豚とアザミ〉亭のフィンランド人は、かなりいけるシェパードパイ（挽肉と玉葱をマッシュポテトでつつんで焼いたもの）をだすが、住んでいる場所を見られたくない。とはいえ、ふたりはボードウォークのフィッシュ・アンド・チップスで満足した。アンソニーは、幼い少女に、いも《チップ》を一本ずつ食べさせてもらってご満悦のようだった。少女の名前は、フォックス氏が二度しか会ったことのない妹の名前をもらったものだった。いちどは彼女がケンブリッジ（それともオクスフォードだったろうか？すぐごっちゃになってしまう）の学生で、アメリカ人と結婚しようとしていたとき。いちどは彼女が娘を連れて里帰りしたときだ。

「クレアの父親、つまりきみのお祖父《じい》さんは空襲監視員だった」とフォックス氏はエミリーに告げた。「彼は、いうなれば、殉職《じゅんしょく》した。救出活動中に家が崩れて下敷きになったんだ。彼の妻（いや、正確には妻じゃなかったんだが）は、一週間後に双子《ふたご》を産み落として亡くなり、双子は彼に命を救われた人のもとにべつべつに引きとられた。独身者むけの下宿屋だったから、ふたりをいっしょに置いておくわけにはいかなかったんだよ。つまり、子供のことだ。おっと、おしゃべりが過ぎたかな」

「そんなことないわ」とエミリー。

「とにかく、シン氏が亡くなり、彼の宿が売却されても、わたしの部屋は手つかずで遺された。シン氏の遺言により、終身でわたしのものなんだ。つまり、わたしがそこにいるかぎりってことだ。でも、引っ越すはめになったら、わたしは全財産を失うことになる」

「なるほど」とエミリー。「それで、伯父さんがお茶を飲む行きつけの店はどこにあるの？」


こうして三人は午後を過ごした。雨模様のイギリスの午後を、モンクトン通りの西（元は東）端にある紫色のあせたカーテンのかかる居心地のよい喫茶店で。オールデンシールド夫人がフォックス氏のトロロプ全集を高い棚に置いておいてくれたので、どんな天候でも本をかかえてうろうろせずにすむのである。クレアがケーキをアンソニーと分けあってから、彼を膝の上でまどろませてやるあいだ、フォックス氏は端正な革装の本を一冊ずつおろし、姪と姪の娘に見せてやった。

「たぶん、これが最初の完全版だ」と氏はいった。「チャップマン・アンド・ホール版」

「お父さんのものだったの?」とエミリーがたずねた。「つまり、わたしのお祖母《ばあ》さん」

「とんでもない!」フォックス氏は答えた。「シン氏のものだったんだ。彼のお祖母さんはイギリス人で、たしかその大伯父さんにあたる人が、アイルランドで作者と、つまり思いちがいでなければ、わたしが名前をもらった人と同じ郵便局に勤めていたんだ」氏は『ユースタス家のダイアモンド』のその午後読むつもりだった箇所をエミリーに見せ、「この驚くほどうれしい家族の触れあいがなかったとしたらの話だがね」といった。

「お母さん、伯父さんは顔を赤らめてるの」とクレアがいった。そういったのであり、訊いているのではなかった。

六時近くになり、エミリーが腕時計——男ものの時計だ、とフォックス氏は気づいた——に目をやって、「桟橋にもどらないと、フェリーに乗りそこなうわ」といった。三人がボードウォークを急ぎ足で進むうちに、雨は小降りになり、霧雨《きりさめ》となった。

「このイギリスの天気というやつは、謝らないといけないね」とフォックス氏はいったが、姪は片手で氏の袖《そで》を引いて立ち止まらせ、「自慢しないで」とにっこりしながらいった。フォックス氏が自分の大きな鋼鉄製の腕時計を見つめているのに気づき、母親の遺品のなかにあったのだと説明した。ずっとお祖父さんのものだと思ってきたのだ、と。たしかに、その時計には文字盤がいくつもあり、表面には《民間防衛局、ブライトン》と書かれていた。湾のむこうに、レースのカーテンを透かすように霧雨を透かして、砂浜や駐められた車に照りつける太陽が見てとれた。

「これからも住むのかね、その……」どうしたら卑しい響きなしでその地名をいえるのか、フォックス氏には見当もつかなかったが、姪が助け船をだしてくれた。

「バビロンにってこと？　あとひと月だけ。離婚が決まりしだい、ディア・パークに引っ越すの」

「そりゃあいい」とフォックス氏。「鹿の園《ディア・パーク》のほうが、子供にはずっとよさそうだ（ちなみに〈鹿の園〉はもともとルイ十五世がヴェルサイユ宮殿の一角に設けた娼館の名。転じて放蕩と逸楽の都を意味する）」

「アンソニーにお別れのプレゼントを買ってもいい？」とクレアがいった。フォックス氏がイギリスの通貨（たとえどの店でもアメリカの通貨が使えるにしろ）をあたえると、クレアはチップスをひと袋買って、一本ずつ犬に食べさせた。アンソニーはしばらく腹にガスがたまるだろう、とフォックス氏にはわかったが、口にするようなことには思えなかった。フェリーが接岸しており、その日アメリカを訪れた観光客たちが、安物のお土産をいっぱいかかえて、ぞろぞろとおりているところだった。フォックス氏はハリスンを探したが、かりにいたとしても、見つからなかった。汽笛がビーッビーッと鳴りひびいた。

「ほんとうによくきてくれたね」とフォックス氏。

エミリーはにっこりして、

「たいしたことじゃないわ。とにかく、なにもかも伯父さんのおかげ。そもそもイギリスがここへこなかったら、はるばるイギリスへは絶対にわたれなかったわ。飛行機が苦手なの」

「わたしも苦手だ」

フォックス氏は手をさしだしたが、エミリーは氏を抱きしめてからキスをし、クレアにもそうさせるといって聞かなかった。それがすむと、彼女は腕時計（伸縮バンドがついていた）をはずし、フォックス氏のか細い、棒のような手首にすべりこませた。

「磁石《コンパス》が組みこまれてるの。きっと伯父さんのお父さんのよ。だって、母さんはいつも……」

乗船をうながす最後の汽笛が、エミリーの最後の言葉を呑みこんだ。

「きっと大切にするよ」フォックス氏は声をはりあげた。ほかになんといえばいいのかわからなかった。

「お母さん、伯父さんは泣いてるの」とクレア。そういったのであり、訊いているのではなかった。

「足もとに気をつけましょうね」とエミリーがいった。

「ウーフ」とアンソニーがいい、母と娘はタラップを走りおりた（というのも、桟橋は高く、船は低かったからだ）。フォックス氏は手をふった。やがてフェリーが後進してから回頭し、乗船客はひとり残らず雨を逃れてなかへはいった。というのも、雨足が激しくなりはじめていたからである。その夜、夕食をすませると、がっかりしたことに、バーは無人だった。

「だれかハリスンを見ませんでしたか？」とフォックス氏はたずねた。彼に時計を見せたくてうずうずしていたのだ。

「わたしだって一杯作れますよ」とフィンランド人。彼女は箒《ほうき》を持ってくると、バー・カウンターにもたせかけた。ウイスキーを注いで、「おかわりをするなら、指図してください」といった。指図するを注文するという意味だと思っているのだ。国王がテレビに映っていて、大統領とリムジンに乗りこむところだった。武装兵士がふたりをぐるりと囲んでいた。フォックス氏は寝室に引きとった。

翌朝、フォックス氏はアンソニーより早く起床した。家族の訪問は愉快だった。じっさい、すばらしかった。だが、氏は平常にもどる必要をおぼえた。散策のあいだ、最初のフェリーがやってくるのを見まもり、（自分でもいくらか驚いたことに）ハリスンが見えないかと期待した。しかし、そういう幸運には恵まれなかった。イギリス人はおらず、アメリカ人がちらほらいるだけだった。霧はたちこめては晴れ、ちょうど本の同じページを繰りかえしめくるようだった。お茶の時間には、リジーが（いつかそうするにちがいないとフォックス氏が知っていたように）宝石はずっと手もとにあったのだ、と告白するとわかった。宝石がほんとうになくなってしまったいま、だれもがほっとしたらしかった。ユースタス家の弁護士さえ。ダイアモンドなどないほうが、良い世界に思える。

「いまのが聞こえました？」

「なんですって？」フォックス氏は本から顔をあげた。

オールデンシールド夫人が、皿の上でカタカタゆれているフォックス氏のティーカップを指さした。表では、遠くで鐘が鳴っていた。フォックス氏は自分で本をかたづけ、高い棚にしまうと、上着をはおり、犬を抱きあげ、低いドアをくぐって通りに出た。街の反対側のどこかで、クラクションが鳴っていた。

「ウーフ」とアンソニーがいった。数日ぶりにそよ風が吹いていた。なにが見つかるか承知して、すくなくとも予想して、フォックス氏はボードウォークへと急いだ。浜辺の波は平らだった、まるで水が岸から吸いだされているかのように。半日を過ごしにやってきたアメリカ人の最後の者たちを乗せて、フェリーが桟橋をはなれようとしていた。彼らはいらいらしているように見えた。〈豚とアザミ〉亭へもどる途中、フォックス氏はクリケット場に立ち寄ったが、少年たちは影も形もなかった。凧揚げするにはまだ風が弱すぎるのだろう。

「たぶん明日だ」

と氏はアンソニーにいった。犬は黙っていた。未来を見通す力が欠けているのだ。

その晩、フォックス氏はまたしてもひとりでウイスキーをなめた。ハリスンが姿を見せるかもしれないと期待していたが、バー・カウンターの向こうには、フィンランド人と彼女の箒の姿しかなかった。チャールズ国王がテレビに登場した。息を切らして、ホワイト・ハウスの秋棟からじかにヘリコプターに飛び乗ったところだった。国王は置き去りにされた者には迎えをやると約束してから、大西洋の荒波にそなえて王国の守りを固めよと臣民に命じた（というよりは、せきたてた）。イギリスはふたたび航行をはじめたのである。翌朝、風は勢いがよかった。アンソニーを連れてボードウォークに着くと、フォックス氏は腕時計のコンパスをあらため、イギリスが夜のうちに回頭しており、ブライトンは正しい位置、つまり舳先についているのを知った。激しいむかい風が吹いていて、防波堤は高さ六十センチのしっかりした波浪に洗われていた。ロングアイランドは北方、左舷（あるいは左）のはるか沖合に低く見える黒っぽいしみだった。

「みごとな三角波だ」

「なんですって？」

フォックス氏がふり返ると、うれしいことに、ツイードの上着を着た大男が、手すりの前に立っていた。いまさとったのだが、アフリカ人もハリスンのように下船しているかもしれないと心配していたのだ。

「こんどは四ノットかそれ以上だしてるみたいだ」

フォックス氏はうなずいた。不作法だと思われたくなかったが、なにかいえば、例の少女が口をはさむとわかっていた。ジレンマだ。

「貿易風」とアフリカ人。衿《えり》は折りかえしてあり、ドレッドロックは蔓《つる》のように衿のあたりにこぼれている。「帰りのほうが楽だろうよ。たしかに帰るところならの話だが。おや、そいつは新しい時計かい？」

「民間防衛局の精密時計」とフォックス氏。「コンパスが組みこまれているんです。父の形見なんです」

「使えないおやじ」と少女。

「きっと役に立つよ」とアフリカ人。

「役に立つはずです」

フォックス氏はさわやかな潮風に笑いかけた。それから、アフリカ人（と少女）に敬礼し、アンソニーを腕にかかえると、ボードウォークの指揮をふたりにまかせて立ち去った。イギリスは南東へむかって着実に南下しており、時刻は四時二十分。もうじきお茶の時間だ。

ふたりジャネット

わたしにいわせれば、べつに読まなくたって、本からなにかを得ることはできる。手にとって、ひっくり返し、表紙をこすって、ページをぱらぱらめくれば、本についていろいろなことがわかるものだ。とりわけ、何度も読みかえされた本だったら、本はあなたに語りかけてくる。だから昼休みに古本屋をはしごしてまわるのが好きなのだ。母から電話があったとき、わたしはユニオン・スクエアの西側にある露店本屋——大きな木枠をならべた屋根のないあれ——にいた。たしか『走れウサギ』の古いペーパーバックを、といいたい誘惑に駆られるけど、じっさいはヘンリー・グレゴール・フェルゼンの『ホット・ロッド』をながめているところだった。表紙に描かれた髪型でストーリーが全部わかるしろものだ。

十六丁目に最寄《もよ》りの角の公衆電話が鳴りっぱなしで、鳴りやもうとしなかった。とうとう、受話器をとりあげ、わたしはいった。

「もしもし、お母さん？」

「ジャネット？　あんたなの？」

わたしの母には公衆電話にかけてわたしをつかまえるという、じつに摩訶不思議な能力がそなわっている。月にいちどくらいの割合でかけてくるのだ。

さて、もちろんわたしだった。でなければ、「お母さん？」なんて答えただろうか？

「見つけるのに苦労した？」とわたしは訊いた。

「なかなか気づいてくれないんだから。これで三本めよ。前の二本は見むきもしてくれなかった」かならずしもうまくいくわけではないのだ。

「で、そっちは変わりない？」とわたし。それは「変わりねェか」と聞こえた。わたしのなまりは、なんとか目立たなくしたのだが、故郷のだれかと話をすると、かならず元《もと》の黙阿弥《もくあみ》だ。

「あいかわらず」母はわたしの元婚約者アランと、わたしの親友ジャネットの話をした。むかしわたしたちは〈ふたりジャネット〉と呼ばれたものだ。母さんは、わたしのハイスクール時代の友だちと親しくしていて、その大部分はもちろんオーエンズボロに居残っている。それから母さんがいった。「そういえば、ジョン・アップダイクがこないだオーエンズボロに引っ越してきたのよ」

「ジョン・アップダイク？」

「作家の。『走れウサギ』だったっけ？　一週間くらい前。メイプル・ドライヴに家を買ったの、あそこの病院の筋むかい」

「新聞に載った？」

「ううん、もちろん載ってないわ。きっとプライヴァシーがほしいのね。エリザベス・ドーシーから聞いたの、あんたの音楽の先生だった。あそこのいちばん上の娘さん、メアリー・ベスと結婚したスィーニー・コスト・ジュニアが、レイチフィールド・ロードの例の新しいグループといっしょに不動産を商《あきな》ってるの。あんたが興味を持つかもしれないっていうんで、わざわざ電話してくれたのよ」

　わたしの文学好きは知れわたっている。ニューヨークに出てきたのは、出版関係の仕事につくためだ。ルームメイトはもうＳ＆Ｓ（サイモン・アンド・シュスター）に勤めていたので、仕事にもどる前に電話をいれた。彼女がランチを食べに出るのは二時過ぎなのだ。ジョン・アップダイクがオーエンズボロに引っ越した件は、彼女の耳にはいってなかったけど、ＰＷ（パブリッシャーズ・ウィークリー）をチェックして、ジョン・アップダイクがマサチューセッツの家を売りはらい、中西部の小都市に引っ越したという記事を見つけてくれた。

　そう聞いてわたしは頭をかかえた。オーエンズボロの川むこうはインディアナ州だけど、それでも南部だ、中西部じゃない。南部連合国英雄の最北にある彫像が、裁判所の芝生《しばふ》に立っている。わたしはそういうことに目くじらを立てるほうじゃないけど、立てる人だっている。それからこう思った。地図を見ただけだったら――ＰＷ編集部の校閲係がそうしたとしても不思議はないように、でなければ、新しい住みかを探して、アップダイク本人がそうしたとしても不思議はないように――オーエンズボロは中西部にあると考えたかもしれない。だって、アトランタよりセント・ルイスのほうがずっと近いんだから、と。それからこう思った。ひょっとしたらアップダイクは人々を煙《けむ》に巻くために〝中西部〟といっているだけかもしれない。ひょっとしたら彼は、サリンジャーのように、隠遁《いんとん》しようとしているのかもしれない、と。それからこう思った。ひょっとしたら彼はオーエンズボロに引っ越してなんかいなくて、万事が誤解、偶然の一致、突飛な空想にすぎないのかもしれない、と。この説は考えれば考えるほど、もっともらしく思えてきた。「中西部の小都市」は、有名な作家養成講座の開かれるアイオワ・シティかもしれない。でなければ、インディアナ州クロウフォーズヴィル（ウォバッシュ）や、オハイオ州ギャンビアー（ケンヨン）や、オハイオ州イエロー・スプリングス（アンティオク）のようなごまんとある大学街のどれかかも。下手をすれば、インディアナポリスかシンシナティだってこともあり得る。ニューヨーカーにとって、そしてすべての作家にとって——たとえマサチューセッツに住んでいても、彼らは（ある意味で）ニューヨーカーなのだ——インディアナポリスやシンシナティは小都市だ。あるいは、故郷のすぐそばの街をあげろっていうなら、インディアナ州エヴァンズヴィルがある。人口十三万五百はたしかに〝小都市〟だし（五万二千のオーエンズボロはかろうじて都会といえるだけ）、ジョン・アップダイクのような作家を惹《ひ》きつけたとしても不思議はない。

　こういうしだいで、仕事にもどるのが十一分遅れた。でも、臨時雇いだって、これくらいの遅刻でクビになるわけじゃない。

　それが五月十八日木曜日のこと。週末はいつもどおりだった。で、月曜の晩、料金が割引になったとたん、元婚約者のアランが週にいちどの電話をかけてきた。

「もう仕事は見つかった？」と彼は訊いた（見つかったかどうか、わたしの母から聞いてるくせに）。それからこういいそえた。「ソール・ベローがオーエンズボロに引っ越してきたのは聞いた？」

「ジョン・アップダイクのことね」

「いや、それは先週の話。ソール・ベローはつい昨日引っ越してきたんだ」アランは父親の四軒の酒屋のうち二軒をまかされている。彼とわたしの共通点は、いまだに本と文学への興味だ。

「そんなばかな話ってある？」とわたし。彼が話をでっちあげてると思っても不思議はないところだけど、アランの名誉（だろうな）のためにいっておくと、彼は絶対に話をでっちあげたりしない。

　ジャネットに電話しようかと思ったけど、彼女に電話してばかりいる。それで翌朝、仕事場から母さんに電話した。わたしの仕事はワッツ・ライン（月ぎめ定額料金で何回でも長距離通話のできる電話契約）の臨時保険損害査定人だ。

「母さん、ソール・ベローがオーエンズボロに引っ越してきたんだって？」と単刀直入に訊く。

「えっ、ああ、そう、引っ越してきたわ。スチャーム・ロードに面した例のアパートに住んでるの。離婚してすぐのウォーレス・カーター・コックスが、ロリーナ・ダイスンと住んでたとこ」

「どうして教えてくれなかったの？」

「だって、ジョン・アップダイクが越してきたとき、あんまり興奮しなかったみたいだから。それであんまり興味がないのかと思ったのよ。けっきょく、ニューヨークで新しい生活を築いてるわけだから」

それにはとりあわず、「だれがどこに住んでるのか全部お見通しとは恐れいるわ」とわたしは軽口をたたいた。

「有名人がこんな街に引っ越してくれれば、だれだって気がつくわ」

はたしてそうだろうか。オーエンズボロの人々が、アランはべつだが、ソール・ベローが何者か知っているかどうかも怪しいものだ。賭《か》けてもいいけど、彼の本を読んだことのある人間は二十人もいないだろう。わたしは一冊だけ読んだことがある、最新作を。もうひとりのジャネットは、ノンフィクションしか読まない。

翌週、フィリップ・ロスがオーエンズボロに引っ越してきた。教えてくれたのはジャネットで、むこうから電話してきたのははじめてだった。というのも、連絡を絶やさないように骨を折ってるのは――費用はいうまでもなく――たいていわたしのほうだから。

「今日モールでだれを見かけたと思う?」彼女はいった。「フィリップ・ロスよ」

「ほんと?　どうしてわかったの?」わたしはたずねた。彼女がフィリップ・ロスの顔を知ってるなんて想像もつかなかったのだ。

「あなたのお母さんが教えてくれたの。〈ピープル〉の記事で顔を知ってたんだって。有名な作家じゃなかったら、ハンサムとはいわれないでしょうね」

「ちょっと待って。彼は立ち寄っただけなの、それともやっぱりオーエンズボロに引っ越してきたの?　それとモールっていったいどこのモールよ?」

「どこのモールですって!」とジャネット。「ひとつしかないじゃない、リヴァモア・ロードのはずれよ。街からあんまり遠いんで、めったに行く人もないけど。あそこでフィリップ・ロスを見かけたときは、目を疑ったわ」

「わたしの母親とモールでなにしてたの？」わたしはたずねた。「母さんがまた迷惑をかけてるんじゃないでしょうね？」

「お母さん、ちょっとばかり寂しいのよ。立ち寄って、顔を見せるの。買物かなにかに出かけることもあるわ。それが犯罪？」

「もちろんちがうわ」母親に友人がいるのはうれしい。ただそれがわたしの親友、それもわたしと同じ名前の人間でなければよかったのにと思う。

　翌日、母さんが勤め先に電話をしてきた。仕事中は電話しないでくれと頼んであったけど、公衆電話の技がうまくいかないときもある。たいていの会社は、臨時雇いに電話がかかってくるのを好まない、家族からの電話であってもだ。E・L・ドクトロウがオーエンズボロに引っ越してきて、ほんの二ブロック先のワイルドウッド・ドライヴに面したクリッペン医師《せんせい》の家に滞在しているという。

「短い顎髭《あごひげ》を生やしてるわ」と母さん。「小さな犬を飼っていて、毎日きちんと散歩させてる。クリッペン医師《せんせい》と奥さんがミシガンにいってるあいだ、家を借りたんだって」

「じゃあ、正確にはオーエンズボロに越してきたわけじゃないのね」どういうわけかほっとした。

「でも、毎朝ここを通るのよ、犬を散歩させて。好きなように呼べばいいわ」

その家のことはよく知っている。クリッペン夫妻は、医者にときどき（じっさいは、えてして）見られるような嫌味ったらしい俗物じゃない。クラスのほかのみんながどんどん結婚していたとき、それがやりたいことだったら、あきらめずにニューヨークへ行けとはげましてくれたのが、クリッペン夫妻だった。わたしの好きな種類の古い家じゃないけど、郊外スタイルの家に住むはめになったら、あの家に住みたいものだ。

E・L・ドクトロウが草木に水をやったり、クリッペン博士とクリッペン博士（ふたりとも医学博士）の蔵書をぱらぱらやったりするところが、一日じゅう目に浮かんだ。オーエンズボロにある本は、大部分が夫妻の蔵書なのだ。翌日、昼休みにバーンズ&ノーブルに出かけ、ペーパーバックの棚《たな》でドクトロウの小説をあさった。全部あわせると、靴箱大《くつばこだい》の小山ができあがった。

どうやらわたしは、彼がオーエンズボロに引っ越してきたのがうれしいらしい。

ニューヨークで友人を作るのはむずかしい。有名作家にとって、オーエンズボロにいるのはどんな感じなんだろう？　顔を会わせたんだろうか？　知りあいなんだろうか？　おたがいを訪ねて、仕事の話をしたり、酒をくみかわしたりするんだろうか？　月曜の夜（料金割引になった直後）アランが電話してきたとき訊いてみたけど、そう訊かれて彼は面くらっているようだった。

「どうも別々にここへ引っ越してきたらしいんだ。いっしょにいるところを見た者はいない。想像でものはいいたくないな」

五月の末日にウィリアム・スタイロンがオーエンズボロに引っ越してきたときは、それほど驚かなかった。すくなくともスタイロンは南部出身だ。オハイオ峡谷《きょうこく》南部とヴァージニアの海岸低地ほどちがう場所は、ちょっと思いつかないけど。五月の、それに六月のオーエンズボロは過ごしやすい。でも、七月と八月がやってくる。ものすごい蒸し暑さに目を白黒させているスタイロンのことを考えると、ロスやドクトロウやベローのような都会のユダヤ人作家よりも場ちがいに思えた。しかもアップダイクときたら、ニューイングランド人なのだ！　彼らみんなが気の毒に思えた。でも、それはばかげたことだった。いまじゃエアコンのない家《うち》はない。

　ジャネットに電話すると、もうじき母さんの誕生日だと教えてくれた。それとなく帰郷しろといわれていることはわかった。ジャネットの話は、アランとふたりで母さんをディナーに連れていくという計画のことばかりだった。おかげでうしろめたい気持ちになった。去年の二の舞はごめん、その手には乗るかと思っていた、最後の最後までは。

　ニューヨークで友人を作ることはとてもむずかしい。わたしのルームメイトとその元ルームメイトがハンプトンズ（ロングアイランドの東端にある高級別荘地）（まあ、大雑把《おおざっぱ》にいえばハンプトンズだ）に一軒家を共同でかまえていて、週末を過ごさないかと招待されていた。「母親の誕生日に毎年帰っちゃいられないわ」とわたしは自分にいいきかせた。

　数日後に母さんから電話があった――またしても公衆電話だ。こんどは三十九丁目のデリカテッセンのそばにあるやつで、前にもいちどかかってきたことがある――J・D・サリンジャーがオーエンズボロに引っ越してきたという。

「ちょっと待って」わたしはいった。いくらなんでもあんまりだ。「なんで女流作家がひとりもオーエンズボロに引っ越してこないの？　アン・タイラーはどうしたの？　それともアリス・ウォーカーは？　それともボビー・アン・メイスンは？　彼女はじっさいにメイフィールド（それほど遠くない）の出身じゃない。どうしてみんな男、それも年寄りの男ばかりなの？」

「そんなこと訊けるわけないじゃない！」と母さん。「あたしはただ『ライ麦畑でつかまえて』の作者が引っ越してきたとしか知らないわ。だって、ロスさんがレヴェレンド・カーティスにそういったんだから」

「ロスさん？」そうすると、いまじゃロス〝さん〟なのだ。

「フィリップ・ロスよ、『さようならコロンバス』だったけ？　レヴェレンド・カーティスの息子のウォーレスがリヴァモア・ロードで貸してる家に住んでるの。レヴェレンド・カーティスが小切手を受けとらないのは知ってるでしょ。だから現金預け払い機にならんでたら、見慣れない男がいて、ロスさんが『あれはJ・D・サリンジャーだ、『ライ麦畑でつかまえて』だったっけ？』って耳打ちしたんだって。アランがいうには、オハイオ郡の田舎《いなか》っぺみたいだったそうよ」

「どうしてアランが出てくるの？」

「現金預け払い機でふたりのうしろにならんでたのよ」と母さん。「立ち聞きするつもりはなくても、聞こえたんだって」

月曜の夜、J・D・サリンジャーをオーエンズボロで見かけて驚いたのは、フィリップ・ロスだけじゃないらしい、とアランが教えてくれた。

「ひょっとして、みんながオーエンズボロに引っ越してきたのは、サリンジャーから逃げるためだったりして」とおどけるつもりでわたし。

「そいつはどうかな」とアラン。「とにかく、そいつはちょっと訊くわけにはいかないな」

アランと結婚すればいいのは母さんのほうだ、わたしじゃなくて。ものの考えかたがそっくりなんだから。

母さんの誕生日が迫るにつれ、わたしはハンプトンズにおける来たるべき週末に心を集中させようとした。心を鬼にしないと、土壇場《どたんば》になって家へ飛んで帰りたくなるのはわかっていた。週の後半にある法律事務所――彼らは電話料金に決して目を光らせない――からジャネットに電話すると、彼女がいった。

「『再会の街――ブライトライツ・ビッグシティ』って映画知ってる?」

「マイケル・J・フォックスがオーエンズボロに引っ越してきたのね」思わずびっくりした声が出た。

「彼じゃないわ、もうひとりのほう、作者よ。名前は忘れたけど」

「マキナニー。ジェイ・マキナニー。ほんとなの?」あまりにもミーハーっぽく聞こえるので、いいたくなかったけど、ジェイ・マキナニーとオーエンズボロではどう考えてもつりあわない。

「もちろん、ほんとよ。マイケル・J・フォックスそっくり。川っぷちのあの小さな公園を散歩してるのを見かけたの。ほら、ノーマン・メイラーがよくぶらぶらしてるとこ」

「ノーマン・メイラーですって。オーエンズボロに住んでたなんて、ちっとも知らなかった」

「べつに不思議はないわ」とジャネット。「有名作家が大勢オーエンズボロに根をおろしてるから」

オーエンズボロに根をおろす。そんないいまわしを聞くのは、これがはじめてだった。おかげでほんとうのことに思えてきた。


ジャネットの電話でいろいろな考えが浮かび、別れてからはじめて、こちらからアランに電話した。とにかく彼はジェイ・マキナニーがだれか知っている、本を読んだことはないにしても。

「もうひとりのジャネットの話だと、マキナニーとメイラーがあそこの公園にいたんだって」とわたしはいった。「てことは、有名作家同士が近づきになって、いっしょにぶらつくようになったの？」

「きみはいつも結論に飛びつきたがる」とアラン。「ふたりは同じ公園にいたけど、一日のまるっきりべつの時間帯だったかもしれない。顔をあわせても、話はしないよ。おとついKマートで、ジョー・ビリー・サーヴァントが、E・L・ドクトロウとジョン・アーヴィングの両方を家庭用品売場で見かけたんだ。会釈はしたらしいけど、それだけだったって」

ジョン・アーヴィング？　でも、それにはかまわず、

「家庭用品売場」とかわりにいった。「ほんとに住みついてるみたいね」

「金曜の晩にお母さんをエクゼクティヴ・インのディナーに連れていって、五十一回めの誕生日を祝うんだ」とアランがいった。

「週末はハンプトンズに招待されてるの。まあ、大雑把にいえば、ハンプトンズに」

「うん、わかるよ」自分は理解がある、と考えるのがアランは好きなのだ。「でも、万が一気が変わったら、エヴァンズヴィルの空港まで迎えにいくよ」

インディアナ州エヴァンズヴィルは、オーエンズボロから三十マイル。むかしは大都会に思えたものだけど、ニューヨークで十八カ月過ごしたあとでは、面白みのないつまらない街に思える。空から見ると木立《こだち》ばかりで、交通量はほとんどない。平屋建てのターミナルは、ショッピング・センターの銀行出張所みたいだ。飛行機からは梯子《はしご》でおりるのだ。

アランがいかにもお上品なオールズ・カトラス・スプリームに乗って待っていた。彼を目にしたとたん、いつもどおり、あたたかいものと幻滅のまじりあった気分がこみあげた。それをあたたかい幻滅と呼んでもいいかもしれない。

「あれはだれ？」わたしは、USエアーの搭乗券カウンターにいる熊のような人物を身振りで示しながら訊いた。

アランがささやき声で、

「あれはトーマス・M・ディッシュ。SFだよ。でも、質はものすごく高い」

「SF？」でも、その名前にはなじみがあった。とにかくなじみのようなものが。ディッシュは正確には有名じゃないけれど、マキナニーよりはオーエンズボロにふさわしいタイプに思える。「彼もオーエンズボロに引っ越してきたの？」

「さあね。エヴァンズヴィルに競艇を見にきただけかもしれない。とにかく、出発するところだよ。きみのことを話そう」

ケンタッキー側へ川をわたり、ヘンダースン経由で故郷へ帰った。

その週末はずっとオーエンズボロにいたけど、有名作家は三人しか見かけなかった。ディッシュは数にいれていない。ほんとうの有名作家じゃないし、とにかくエヴァンズヴィルにいたのであって、オーエンズボロにいたわけじゃない。トム・ピンチョンがムーンライトのテイクアウト・カウンターで、串焼きのマトンを買っていた。ダイエット・コークの三リットル罎《びん》を買ったので、パーティでも開くのかと思ったけど、エクゼクティヴ・インから家に帰る途中、リトルウッド・ドライヴにある彼の家の前を通りかかると、真っ暗だった。

ディナーといえば、出てきたのはステーキとサラダ。母さんはブーブーいった。いつものように、アランは自分がおごるといって聞かなかった。十時には家に帰り、十時半には母さんはＴＶの前で居眠りしていた。わたしは冷蔵庫からフォールズ・シティをふた缶失敬して、ガレージから母さんのビュイックを持ちだした。もうひとりのジャネットを拾った。むかしとまったく同じように、網戸をひっかいてやったのだ。

「ふたりジャネットね」

彼女が芝居がかった口調でささやいた。彼女の話だと、近ごろは警官もＤＷＩ（飲酒運転）にやかましいらしいけど、わたしは気にしなかった。ここはあいかわらず南部だし、わたしたちはあいかわらず娘っこなのだ。グリフィスからフレデリカへまわり、四号線を川ぞいに下る。行《い》き交《か》う車はほとんどなかった。

「アランはまた結婚を申しこんできたの？」わたしはたずねた。

「ううん、まだ」

「ふーん、こんど申しこんできたら、結婚しなさいよ」

「つまり、わたしに結婚してほしいわけ？」

通りは静かで、暗く、がらんとしていた。

「ニューヨークとは大ちがい」わたしはため息をついた。

「まあ、あんたが都会で運試ししなかったとは、だれにもいえないわね」もうひとりのジャネットがいった。

真夜中に十八号線と三号線のぶつかる場所にある終夜営業のコンヴィニエンス・ストアへビールをもうふた缶買いに行った。ジョン・アップダイクが雑誌を立ち読みしていた（立ち読みはご遠慮くださいと小さな看板が出ていたけど）。十二時十二分にジョイス・キャロル・オーツが煙草《たばこ》を買いにやってきて、驚いたことに、ふたりは連れだって出ていった。

冥界飛行士

はじめて死んだとき、わたしは目を見はった。文字どおり。

デューク大学のある研究者から電話をもらった。男はいった。〈ナショナル・ジオグラフィック〉と〈スミソニアン〉であなたの絵を拝見しました、つきましては、当方が計画中の遠征にイラストレーターとして参加してもらえないでしょうか、と。

わたしは説明した。自分は盲人で、十八カ月前から目が見えないのだ、と。

男は知っているといった。だからこそ、あなたに参加してほしいのだ、と。

翌朝、別れた女房に大学の超常《サイ》研究所の前でおろしてもらった。空間については反響音でいろいろなことがわかるものだ。わたしがはいったところは、病院の待合室のように生気がなく、個性がなかった。

フィリップ・デカンダイル博士の手は湿っていて冷たかった。このふたつの性質は、かならずしも両立するわけではない。わたしはつきあう相手の姿を脳裏に思い描くことにしている。見えたのは、ぶよぶよと太った男で、身長は一メートル八十くらい。あとで、あたらずとも遠からずだといわれた。

自己紹介したあと、デカンダイルは、かたわらに立っている女性をエマ・ソレル博士と紹介した。彼女はほんのすこしだけ背が低く、かん高い声と冷たい手の持ち主で、そのおずおずとした握手のしかたで、世間とかかわるよりは、世間から引っこんでいるほうに長《た》けているのがわかった。科学者にはよくある気質だが、探検家にはめずらしい。このふたりに計画できるとは、いったいどんな遠征だろう、とわたしは首をひねった。

「ご足労いただき、ふたりともたいへん感激しています、ミスタ・レイ」とデカンダイル博士がいった。「あなたがマリアナ海溝深海探査のためにお描きになられた作品を拝見しました。あなたの絵は、カメラではどうしてもとらえられないものがあるのを証明しています。光の欠如という単なる技術的問題ではありません。あなたは深海の荘厳さを伝えることがおできになった。その冷えびえとして、息を呑《の》むような恐怖を」

彼はずっとこんな調子でまくしたてた。はじめてこのしゃべりかたに接したとき、大げさで、滑稽《こっけい》すれすれだと思ったが――それも彼が鍵を握る恐怖を体験するまでの話だった。

「どうも」わたしはいって、まずデカンダイルの位置、ついでソレルの位置に会釈した。「たとえ彼女がまだひとことも口にしていなくても。「それなら、おふたりともまちがいなくご存じでしょう。減圧事故の結果、その遠征でわたしが視力を失ったのも」

「知っています」とデカンダイル博士。「しかし、〈サン〉の記事も読みました。ですから、たとえ目がご不自由であっても、描きつづけていらっしゃるのを知っています。たいへんな偉業ですよ」

これはほんとうだった。事故のあとわかったのだが、四十年近くにわたる訓練と実作がつちかってきた自信をわたしの手は失っていなかった。べつに見なくても絵を描けるのだ。新聞はそれを超常能力と呼ぶが、わたしにとっては、素描家が対象から目をはなさず、手もとを見ないのとたいして変わらない。これまでずっときっちり線を引き、色を塗ってきたのだ。キャンヴァス上の形や明暗をあいかわらず感じとれるという事実は、たぶんＥＳＰではなく、湿気とにおいに関係がある。

それがなんであれ、新聞には恰好《かっこう》のネタだ。この一年に何度もインタビューのなかでそのことを話題にしてきた。だれにも話していないのは、最近の作品がどれほどお粗末になってきているかだ。芸術家というものは、美の創造者であるだけなく、その主要な消費者でもある。わたしは情熱を失っていた。目が見えなくなって二年近くがたち、過去の情景を描くことにすっかり興味を失っていたのだ。他人の目にはどんなにすばらしく映ろうと関係ない。わたしの芸術は詐欺《さぎ》になってしまった。わたしの世界におりた闇《やみ》は、ひと筋の光さえ射さないものになりつつあった。

「たしかに、まだ描いています」とだけいった。

「われわれは独創的な実験を進めています」とデカンダイル博士。「深海よりもエキゾチックで美しく——そして危険な——領域への遠征です。マリアナ海溝のように、写真撮影は不可能であり、したがって図解されたこともありません。だからこそ、あなたにチームに加わっていただきたいのです」

「しかし、なぜわたしなんです？　なぜ盲目の画家を？」

デカンダイルは答えなかった。その声がにわかに権威を帯びた。

「ついてきなさい。お見せしましょう」

その言葉のきつい皮肉には目をつぶり、そしてどういうわけか良識にも逆らって、わたしはついていった。

ソレル博士がうしろにつづいた。われわれはドアをくぐりぬけ、長い廊下にはいった。べつのドアをぬけると、さっきより大きくて、ひんやりした部屋に出た。音からするとがらんとしているが、そうではなかった。われわれは中央まで歩き、立ち止まった。

「二十年前、博士課程にはいる前の話ですが」とデカンダイルがいった。「わたしはバークリーで行われていた一連の独創的な実験に参画していました。ひょっとして、エドウィン・ノログチ博士の名前にお聞きおぼえは？」

わたしはかぶりをふった。

「ノログチ博士は、死者を蘇生《そせい》させる技術の実験をしていました。いや、フランケンシュタインのようにドラマチックでも不吉でもありません。ノログチは、溺死《できし》者《しゃ》や心臓麻痺《まひ》で亡くなった人々を蘇生させるのに成功した近年の例を研究し、応用したのです。一時間の長きにわたり死を誘発するすべをおぼえると、われわれは——われわれと申しますのは、わたしが彼と意気投合し、以来その研究に人生を捧げてきたからですが——死の直後に存在する領域を探検し、こういってもかまわなければ、測量することを開始しました。ＬＡＤ、すなわち死後《ライフ・アフター・デス》の生体験を」

おばのケイトは、両親の死後わたしを育ててくれた恩人だが、口癖のようにいっていた。おまえはちょっと呑みこみが遅い、と。ようやくこの時点になって、デカンダイルのいおうとしていることがわかってきた。もっとドアの近くにいたとしたら、歩み去っていただろう。じっさいは、右も左もわからない部屋のまんなかにいたので、あとずさりをはじめた。

「化学的および電気的技術を志願者に用いて、われわれは蘇生した人々の話を確認することができました。霊魂となって自分の体を見おろしているとか、光にむかって浮遊していくとか、強烈な平和と安寧《あんねい》の気分につつまれたとかいったあれです——このすべてが科学的に吟味《ぎんみ》され、確認されました。とはいえ、もちろん、写真もなければ記録もありません。われわれの発見したものを科学界と分かちあう方法がなかったのです」

わたしは壁にたどり着いた。壁づたいにドアへむかって歩きだす。

「やがて法的ならびに財政的問題が生じ、われわれの研究は中断の憂《う》き目《め》を見ました。最近まで。大学の支援と〈ナショナル・ジオグラフィック〉の助成金を得て、ソレル博士とわたしは、ノログチ博士とわたしのはじめた探求を続行できるようになりました。そしてあなたの画才があれば、われわれの発見するものを世界と分かちあえるようになるでしょう。最後の未踏査のフロンティア、シェイクスピアのいう『未知の国』は、いまや手の届くところに——」

「あんたは自分自身を殺すといってるんだ」わたしはさえぎった。「わたしを殺すといってるんだぞ」

「一時的なものにすぎません」

とソレル博士。はじめて口をきいたわけだ。腕に彼女の手が置かれるのを感じ、わたしはぶるっと身震いした。

「ソレル博士は何度もＬＡＤ空間に行っています」とデカンダイル。「そしてご覧のとおり――おっと失礼、つまりわたしがいいたいのは――もどってきているということです。もし最終的なものでなければ、それを真の死と呼べるでしょうか？　それに見返りが――」

「あいにくだが」わたしはいまいちどさえぎった。うしろ手にドアを探りながら、時間稼ぎをしていたのだ。「保険金と利子で、かなりの固定収入があるんだ」

「金銭の話ではありません」とデカンダイル博士。「もっとも、報酬はもちろんお支払いします。それとはべつの、ひょっとしたらあなたにとっては、金銭より重要かもしれない見返りがあるのです」

ドアが見つかった。それをくぐりかけたちょうどそのとき、デカンダイルの口にした短い言葉のために、ふりむかずにはいられなかった。

「ＬＡＤ空間では、もういちど目が見えるようになるでしょう」


その日の午後二時には健康診断をすませており、最初のＬＡＤ空間への飛行《ミッション》にそなえて、デカンダイルとソレルが〝車〟と呼ぶものに安全ベルトで固定されようとしていた。

天国と地獄、そしてこのあと目にすることになったそのはざまの領域のありとあらゆる情景のなかで、描けないのがいちばん悔しいのは、あのうつろな響きのする部屋と、わたしをこの生のかなたへ運ぶことになった車だ。わたしにあるのは、デカンダイルが車を説明した言葉だけ。それは黒い（いかにもそれらしい）開放式のファイバーグラス製コックピットで、座席はふたつ。わたしが思い描いたのは、車輪のないコルヴェットだった。

ソレル博士がわたしに安全ベルトをかけ、いっぽうデカンダイルはフレームに組みこまれた電気ショック蘇生機構とモニター・システムの説明をした。左手首に、ソレル博士がマジックテープ式の手首おおいを巻きつけた。アトロピン化合物のはいった皮下注射器が組みこまれていて、わたしの交感神経系を遮断するのだという。

あとで巧妙な心理学的処置だとさとったのだが、わたしは左側にすわらされた。運転席にすわるのは、視力を失って以来はじめてだった。

「墓地まで乗せていこうか？」とわたしはジョークをとばした。

「この最初の旅は単独でお願いします」とソレル。

あとでわかったのだが、彼女にはユーモアのかけらもなかった。この短い予備旅行（あるいは〝LAD挿入〟。デカンダイルはNASA式の専門用語を好んだ）は、きわめて安全なはずだった。おかげでわたしはLAD空間を経験する機会を持てるし、彼らは誘発された死に対するわたしの反応を――肉体的なものも心理学的なものも――評価する機会が持てるのだ。

ソレルが大きな冷たい手でわたしの肩にかけたベルトを留めた。彼女の足音が遠ざかる。彼女とデカンダイルが、レントゲン技師のように鉛のカーテンの裏に隠れるところが思いうかんだ。車のモニター・システムが、ブーンと低い音をたてて動きだした。

「準備は？」デカンダイルが声をはりあげる。

「準備よし」だが、言葉が出る前に、二回いいなおすはめになった。

手首にチクリと痛みが走った。

「ミスタ・レイ？　聞こえますか？」

と訊いたのはデカンダイルだが、どういうわけかその声は、ソレルのように、かん高く、ちょっとキンキンしてきていた。わたしは答えようとしたが、答えられず、どうしてだろうと首をひねった。やがて注射が効いており、旅がはじまっているのだと思いあたった。

自分が死にかけているのだと。

たちまちパニックにおちいり、手をのばして手首おおいをむしりとろうとしたが、反射作用が鈍くなっていて、インパルスが左腕に達したときには、弱りすぎていて持ちあげられなかった。ソレル博士（それともデカンダイルだろうか？）がいまなにかいっていたが、その声は遠のいていこうとしていた。わたしはもういちど手を持ちあげようとした。うまくいったのかどうかはおぼえていない。不意に恥ずかしくてたまらなくなった。まるで口にするのもはばかられるほど破廉恥《はれんち》な行為の現場をおさえられたかのように。と、恥ずかしさが消え失せた。吹きとばされてしまったのだ。まるで新しいドアが開いたかのように、部屋を風が吹きぬけているようだった。皮膚《ひふ》がどんどん冷たくなり、膨張しているように思えた。ふくらまされる風船のような気分だった。

その最初の数瞬に、わたしは大勢の者が語ってきた経験をしなかった。ふわふわと浮かびあがり、自分の体を見おろすというあれだ。ひょっとすると、目が見えないので、ふり返って〝見る〟衝動を失っていたのかもしれない。意識にあったのは、どんどん速く浮かびあがっていくことだけで、欲望もなければ、下界とわたしを結びつけるものもなかった。自分が縮むのを感じ、そのことがうれしかった。まるで縮みに縮めば、心の底からなりたいと思っていたちっぽけなまばゆい点になれるかのように。

ナチュラリストの本能──芸術家の視野に対して必須のバランスをとるため、長年にわたり慎重に育んできたもの──は、どういうわけかこのすべてのなかで欠けていた。客観性などなかった。わたしは経験しているものにほかならず、それはわたしの経験を経験する〝わたし〟が存在しないというのをいい換えたにすぎない。どういうわけか、これがわたしにはうれしかった。なにかをなしとげたかのように。

この喜びが意識に昇りはじめたとたん、浮上していく先に光が、光の格子《こうし》が目にはいった。まるでそれが池の水面で、あまりにも長く、あまりにも深く水中に沈んでいたので、そもそも水面があるのを忘れていたかのようだった。

見える！　見ているのだ！　まるで見えなくなったことなどないかのように、申し分なく自然に思えた。それでもすさまじい歓喜がこみあげてきた。

光にどんどん近づくと、速度が落ちたようだった。自分が旋回し、〝ふり返る〟あるいは

〝見おろす〟のを感じた。はじめて車や、見えない目や、人生や、世界のことが走馬灯《そうまとう》のように思いだされた。見ると、光の柱のなかに微粒子が塵《ちり》のようにただよっている。あれがこれまで積み重ねてきたすべてなのだろうか、とわたしはいぶかしんだ。この疑問に頭をかかえているうちにも、光の格子のほうへむきなおっていた。恋人同然にわたしを引き寄せているのだ。

予備的な事情説明で、ソレルとデカンダイルはＬＡＤ空間の〝冷気〟について警告した。だが、わたしは冷気を感じなかった。感じたのは畏怖《いふ》と安らぎだけで、ちょうど山頂から雲海を見おろす者の気分だった。ひょっとすると、視覚というすばらしい新たな贈りもののおかげで、わたしの経験はやわらいでいたのかもしれない。あるいは、ひょっとすると、心の奥底のどこかでこの死が最終的なものではなく、そのうち地上に帰るのを知っていたのかもしれない。

光の格子のほうにむきなおると（それとも、あちらがわたしのほうをむいているのか？）、それが光と光の組みあわせであり、影のないのが見てとれた。わたしはその光を浴び、至福のようなものにつつまれて、その下をただよった。その喜びはオルガスムスの喜びとしかくらべようがないが、長いあいだつづき、昇りつめることも、衰えることもない——決して終わらないおだやかな喜びの絶頂。

では、これが天国なのか？　この問いをそのとき発したのか、あとで発したのか、それとも脳裏をかすめただけなのかは知る由《よし》もない。というのも、記憶と経験と予感は、そのときのわたしにはひとつのものだったから。

久遠《くおん》と思われるあいだ、この光輝を浴びた〝あと〟（ＬＡＤ空間に時間の感覚はない）、わたしは光から遠ざかり、ただよい落ちていくのを感じた。光がどんどん遠のいていき、眼下の暗黒が迫ってきていた。〝落下〟するにつれ、前もうしろも見え、歓迎する腕のように、暗闇がこちらへむかってのびてくるのをぼんやりと意識した（それとも、記憶があとで付け足したのだろうか？）。

すると、わたしはまた盲目だった。目が見えない！　わたしは引きかえした、死のほうへ――そして光のほうへ――と、いきなり鋭いショックがあり、苦痛のもたらす激怒がこみあげた。よろめいたとたん、またしてもショックがきた。あとで知ったのだが、両方とも車に組みこまれた電気ショック装置の仕業《しわざ》で、わたしを生きかえらせようとしたのだ。

顔に触れる手が意識に昇った。自分の手を持ちあげようとしたが、手は縛られていた。そのとき思いあたった。手は縛られているのではなく、死んでいるのだと。

死んでいるのだ。

わたしの感じたものを〝恐れ〟といっては、身内にこみあげた恐怖の波をおとしめることになる。なにか――意識？　魂？――はよみがえっていたのに、体は死んでいるのだ。感覚がなく、身動きができなかった。口は開いていたが、自分の意志で開いているわけではなく、閉めることもできなかった。

悲鳴をあげようとして、呼吸していないのをようやくさとった。

三度めの電気ショックは友人としてやってきた。それがさざ波となって全身を走りぬけたとき、わたしはその激しさを歓迎した。生まれてはじめて（それとも、生きかえってはじめて？）、胸のなかで心臓が動きだすのを感じた。ぎゅっと縮まり、しゃくりあげる子供のように、貪欲《どんよく》に血を吸いこんだのだ。ゴボゴボと血のたまる音がする。と思うと、血が氷のように冷たい脳にどっと流れこみ、あたり一面に悲鳴がわき起こった。

わたし自身の悲鳴がこだましているのだった。

また意識を失ったにちがいない。あるいは、ひょっとすると、再突入プロセスを円滑にするため注射を射たれたのかもしれない。めざめると呼吸はなめらかで、緊張がほぐれ、ふたり用の車輪つき担架《ストレッチャー》の上に寝ていた。点字式腕時計によれば、午後四時三分。旅がはじまってから、たったの二時間しかたっていない。

声がしたので、上体を起こした。バーボンを垂らした熱い紅茶をいれた紙コップが、手に押しこまれた。唇はしびれていた。

「あの最初の回収は強引だったかもしれません」とデカンダイル。

「気分はどう？」と同時にソレルが訊いた。「わたしたちがわかる？」

体じゅうが痛んだが、わたしはうなずいた。

こうして〈他界〉へのわたしの旅がはじまった。

「あのふたり、なんだか気味が悪いわ」と別れた女房がいったのは、予定どおり午後五時に迎えにきてくれたときだった。

「ちゃんとしてるよ」とわたし。

「女のほうは顎《あご》がないけど、鼻で埋めあわせてるの」

「研究者なんだ、モデルじゃないさ」とわたし。「夢に誘発されたイメージを描くっていう実験なんだ。盲人にはうってつけの仕事だよ」口裏はあわせてあった。ほんとうのことをいえるはずがない。

「でも、どうして盲人なの？」

別れた女房は警官だ。事故で失明して以来、わたしがひとりでやってこれたのは、彼女のおかげだった。病院から家まで送ってくれ、いっしょにいてくれたのは彼女だった。勤め先のダーラムから毎日通ってくれたのだ。契約先と話をつけ、マリアナ協会からおりた補償金を使って、山腹にあるわたしのアトリエを改装してくれたのも彼女だった。おかげで寝室から浴室へ、キッチンからアトリエへ、さほど困らずに移動できるのだ（最初はあやつり人形のようにロープを伝って、やがてロープにつかまらずに）。

それから離婚に踏みきったのも彼女だった。事故の前からそのつもりだったのだ。

「もしかしたら、目をつむったまま絵の描ける人間がほしいのかもしれない」とわたしはいった。「もしかしたら、そんなまねをしようとする酔狂はわたしだけなのかもしれない。もしかしたら、わたしの作品を気にいったのかもしれない。たしかに、ちょっとこじつけめいちゃいるが――」

「あの女の髪を見るべきなのよ。根元だけ真っ白」本道をはずれ、アトリエへつづく短くて勾《こう》配《ばい》の急な私道へ乗りいれる。車体の低いパトカーは、でこぼこで腹をこすった。「この道は直さないとだめね」

「春になったら真っ先にやるさ」

絵筆をとるのが待ちきれなかった。その夜、ほぼ四カ月ぶりに新作にとりかかった――〈ナショナル・ジオグラフィック〉の「未知の国」特集号の表紙を飾り、いまはスミソニアン博物館にかかっている絵で、題名は『光の格子』だ。

一週間後、予定の午前十時に、ソレル博士がアトリエまで迎えにきた。ドア・ハンドルの音で、ホンダ・アコードに乗っているのがわかった。盲人の車の見分けかたのなんと奇妙なことか。

「きっと不審に思われたでしょうね、目の見えない男がショットガンでなにをしているんだろうと」わたしはいった。彼女がやってきたとき、自分のを手入れしていたのだ。「撃つわけじゃありませんが、手ざわりが好きなんです。アウター・バンクス野生動物協会が贈ってくれたんですよ。頼まれて連作を仕上げたことがあって」

ソレルはおし黙っていた。それはなにもいわないのとはちがう。

「骨董品《こっとうひん》でね。とにかく、純銀です。英国製。クリーヴランド。一八七一年」

彼女はラジオをつけ、話したくないと伝えてよこした。大学のFM局はレンヒラーの『春の葬儀』を流していた。ソレルの運転は地獄の蝙蝠《こうもり》さながらだった。アトリエからダーラムまでの道は、狭くて曲がりくねっている。事故以来、はじめて目の見えないのをありがたく思った。たしかに別れた女房のいうとおりだ。ソレルは気味が悪い。

デカンダイル博士がロビーで待っていた。実験をはじめたくてうずうずしていたが、まず彼のオフィスに立ち寄って、声紋契約書に〝署名〟しなければならなかった。要するに、テープに合意事項を吹きこむのだ。わたしは五回の〝LAD空間挿入〟を一週間おきに彼らと行うものとする。〈ナショナル・ジオグラフィック〉（すでにわたしの作品を知っている）が、わたしの絵の第一複製権を所有するものとする。わたしは複製画と原画を保有し、第一使用料に加え、かなりまとまった額の前渡金を受けとるものとする。

わたしは署名してからいった。

「疑問に答えてもらってませんね。どうして盲目の画家なんです？」

「いうなれば直観です」とデカンダイル。「〈サン〉の記事を見て、エマ――というのはソレル博士のことですが――にいったんです、『ここにうってつけの男がいるぞ！』と。われわれに必要なのは、いってみれば、景色に気を散らされない画家。視覚的指示対象という形をとらずに、LAD体験の強烈さをとらえられる画家です。と同時に、ざっくばらんに申しあげますが、世評の高い人物が必要でした。〈ジオグラフィック〉むけにね、おわかりでしょう」

「と同時に、話に乗るほど捨て鉢になった人間が必要なわけだ」

デカンダイルの笑い声は、掌《てのひら》が湿っているのに負けず劣らず乾いていた。

「せめて〝冒険心に富む〟といいましょう」

ソレルと落ちあったのは、デカンダイルが〝打ち上げ室〟と呼ぶものへ行く途中の廊下だった。歩くときのガサガサいう音で、着替えてきたのがわかった。あとで知ったのだが、彼女は〝LAD挿入〟にさいしNASA式のナイロン製ジャンプスーツを着用した。

うれしいことに、こんども運転席にすわらされた。今回ソレルは、わたしのとなりで自分に安全ベルトをかけた。

左手は自由のままだったが、右手は大きすぎてゴワゴワのゴム製ミトンにさしこまれた。

「この手袋、われわれは手籠《ハンドバスケット》と呼んでいますが、その目的は」とデカンダイルがいった。「われらが二名のLAD航海者をより密接に結びつけることにあります。不断の肉体的接触を通して、なんらかの知覚的接触がLAD空間内で維持されるのがわかっています。名前はちょっとしたジョークですよ。死に急《トゥ・ヘル・イン・ア・ハンドバスケット》ぐというじゃありませんか」

「なるほど」とわたし。そのときカチッという音が聞こえたので、彼がわたしにではなく、テープレコーダーにむかってしゃべっていたのだとさとった。「この旅はどれくらいつづくんだ？」

「挿入」とデカンダイルが訂正した。「持続時間については語らないのがいちばんだと判明しています。そうやって客観時間と主観時間の食いちがいを避けるわけです。じっさい、あなたには経験をまったく言語化せず、キャンヴァスにぶつけるだけにしていただきたいと思っています。回収、つまり再突入の直後に家までお送りします。ソレル博士とわたしが事後報告《デブリーフィング》を求めることはありません」

カチッ。

「さて、ほかにご質問がなければ――」

ほかに質問があったとしても、なにも思いつかなかった。殺される手順を詳しく知りたがる人間がいるだろうか？

「では」とデカンダイル。彼の足音が遠ざかり、ついでカーテンの引かれる音。つまり、旅――挿入――がはじまろうとしているのだ。

「準備は、ソレル博士？」

車のモニター・システムがブーンと低い音をたてて動きだした。アイドリングしているエンジンみたいだ。

ソレルが「準備よし」といった。手袋のなかで彼女の手がわたしの手に重なった。ぎこちないさわりかただった。手を握りあうのではなく、裏返して、手の甲だけが触れあうようにした。

「実験41、挿入1」カチッ。

ふたたびチクッと痛みが走った。不意に恥ずかしさがこみあげたかと思うと、どこかべつの場所から風が吹く。と、わたしはいまいちど光の格子にむかってぐんぐん浮上していた。どきりとしたことに、こんどは眼下に車でしかあり得ない黒っぽい形が〝見え〟た。ふたつの体が生気なく前のめりになっている。その片割れがわたしの体だ――しかし、わたしはぬけ出ていた。そのときはるかむこうにブルー・リッジとミッチェル山――四季を通じてあらゆる側から描いてきた山――が見えた。たとえダーラムからは見えないのを知っていても。その山は盲人にとっては永久に失われており、鋭い悲しみが胸をえぐった。とそのとき、悲しみは山とともに光のなかに失われた。光！　下から追ってきた影が、みるみる迫ってきて、わたしに流れこんだかと思うと、光となって出ていった。わたしはそれを連れだと感じた——完全には分離しきっていない存在。女性的でありながらわたしの一部として。一本の手に生えた二本の指のようにつながったわたしたちは、光の格子の下でくるくるまわった。終わらないオルガスムスさながらの甘美なぬくもりをふたたび感じた——もっとも〝ふたたび〟はなかったが。それぞれの瞬間が最初だった。光の格子は常に同じ距離だけはなれていた。もうすこしで触れられそうなほど近いのに、銀河ほども遠いのだ。時間と同様に、空間は区別がなく、差が生じていない。わたしとつながった存在は、どういうわけかわたしの絶頂を二倍にしてくれた。あらゆるものを二度感じた。二度経験した。

そのときなにかに下へひっぱられた。わたしはひとりきりで、ふたたびつながっておらず（不完全で？）、くるくるまわりながら光から遠ざかっていた。ぬくもりが背後へ薄れていく。ここから見ると、生は墓場なみに暗く寂しかった。この前と同じように、ショックが、苦痛の辱《はずかし》めが、苦悶《くもん》が襲ってくるなか、冷えきった血が冷たい理解とともに殺到してきて……。

もうひとつの闇をもたらした。

「回収、午後五時三十三分」カチッ。

こんどもストレッチャーの上だった。ソレルは先に蘇生（あるいは〝回収〟）されたにちがいない。というのも、デカンダイルを手伝っていたからだ。わたしは生命兆候を記録されるあいだ、ぼんやりとして、ものもいわず、しびれたまますわっていた。ソレルの指がなじみ深く感じられ、死んでいるあいだ、わたしたちは手を握っていたのだろうかといぶかしんだ。

「どれくらいだったんだ？」とうとう、わたしは訊いた。

「たしか、その質問はしないことになっていたはずです」とデカンダイル。

「家まで送っていくわ」とソレルがいった。

彼女は前にもまして車を飛ばした。車内での二十分間、わたしたちはラジオ――マーラー――に耳をかたむけ、口をきかなかった。彼女に寄っていけとはいわなかった。いう必要はなかった。これからどうなるか、ふたりとも正確に知っていた。背後に砂利《じゃり》を、階段を、床を踏む足音が聞こえた。わたしがひざまずいてヒーターをつけるあいだ――というのも、アトリエは冷えきっていたから――ジャンプスーツのジッパーをおろすジャーッという音がした。ふり返ったときには、彼女がわたしの服を脱がせにかかっていた。無言で、手ぎわよく、性急に。彼女の口は冷たかった。舌と乳首は冷たかった。わたしは彼女と同様に一糸もまとわず、もつれるようにして、寝乱れたままの冷たいアトリエのベッドに倒れこみ、まるっきり見ず知らずなのに、隅々までなじみのある体をまさぐった。わたしが彼女にはいったとき、むこうもわたしにはいってきた。わたしたちはいっしょに昇りつめた。わたしがすっかり忘れていた高みまで。

忘れていた？　知らなかったのだ。こんな情熱は夢に見たこともなかったのだ。

二十分後、彼女は身づくろいをすると、ひとこともいわずに立ち去った。

木曜日、別れた女房がボーイフレンド――失礼、パートナーだ――といっしょに冷凍食品を届けに寄ってくれた。彼はエンジンをかけたままのパトカーに残った。

「また絵を描いてるの？」と別れた女房がいった。キャンヴァスをならべかえているのが音でわかった。そうすると、わたしが困ると知っていてもだ。「いいじゃない。抽象画はいいセラピーだっていうから」

『光の格子』を見ているのだ。さもなければ、『旋回するもの』かもしれない。別れた女房にいわせれば、すべての芸術はセラピーだ。

「セラピーじゃない」わたしはいった。「実験のことはおぼえてるだろう。夢の話は。デューク大の教授たちのことは」自分のしていることを説明したいという愚かな衝動が、にわかに突きあげてきた。「それに抽象画でもない。夢のなかなら、見えるんだ」

「それはおめでとう。ただし、あのふたりを調べてみたの。学部長のオフィスに友だちがいてね。あのふたりは教授じゃないわ。とにかく、デュークでは」

「バークリーからきてるんだ」

「バークリー？　それでなにもかも説明がつくわね」


月曜日の十時に、ソレルがホンダで迎えにきた。手をさしだすと、ためらいがちで、渋々とさえいえそうな握りかたで、わたしたちの性的な出会いは、まったくべつの領域で起きたのだとわかった。望むところだ。ヴァンのラジオを大学のFM局にあわせ、ダーラムまでずっとシュールギンに耳をかたむけた。『死者の舞踏《ぶとう》』だ。わたしはソレルの運転ぶりが気にいりはじめていた。

デカンダイルが打ち上げ室で首を長くして待っていた。

「この第二回の挿入では、すこしだけ深く貫入を試みます」とデカンダイル。カチッ。

「深く?」わたしはたずねた。どうしたら死ぬより深くへ行けるのだ?

彼はテープとわたしに同時に話しかけた。

「これまでの二回の実験では、LAD空間の外縁をながめたにすぎません。光の敷居のむこうに、またべつのLAD領域が広がっています。やはり、客観的現実性をそなえているようです。この挿入では、その領域へは貫入せずに、観察することにします」カチッ。

ソレルが部屋にはいってきた。聞きおぼえのあるナイロン製ジャンプスーツのこすれる音がしたのだ。わたしは車に安全ベルトで固定された。右手を手袋にさしこまれ——おぞけをふるってその手を引っこめた。なにかがそこにあったのだ。冷たい臓物《ぞうもつ》でいっぱいのバケツに手をつっこんだみたいだった。

「手籠にはいま循環する血漿《けつしょう》溶液が組みこまれています」とデカンダイル。「われわれとしては、こうすることで二名のLAD航海者がより積極的な接触を保てるはずだと思っています」カチッ。

「それをいうなら冥界飛行士《ネクロノート》だ」とわたし。

デカンダイルは笑わなかった。笑うとは思っていなかった。わたしは手籠に右手をすべりこませた。そのしろものは、つるつるしていると同時にねばねばしていた。ソレルの手がわたしの手に重なる。わたしたちの指はすんなりとからみあった。心地よい、みだらな飢えのようなものに突き動かされてさえいた。デカンダイルが訊いた——

「準備は？」

準備はだって？　この一週間というもの、頭には挿入のこと、あの興奮——LAD空間の光、しかなかったのだ。研究室の機械が、低いブーンという音のハーモニーを奏でて動きだした。永遠の時間がかかるように思えた。手袋のなかの溶液が循環をはじめ、いっぽうわたしは盲目という牢獄から解放してくれる注射を待った。

「実験41、挿入2」デカンダイルがいった。カチッ。

おお、死よ、お前のとげはどこにあるのか？（新約聖書『コリント人への第一の手紙』第十五章五十五節）　心臓が激しく鼓動していた。

とそのとき、鼓動が止まった。

血がたまり、濃くなり、冷えるのが感じられた。体が引きのばされるようだ——と、つぎの瞬間、わたしはいきなりぬけ出ていた。車から、体からはがれ、光のなかへ昇っていく。まるでひっぱられるように昇っていた。自分の体や山をふり返る暇はなかった。どんどん速く、わたしたちは死者の領域——LAD空間へと上昇していた。わたしたちというのは、わたしが影を追いかける影でありながら、彼女といっしょになれば光の環《わ》であり、息をあわせてくるくると踊っていたからだ。惑星が太陽にこがれるように、わたしはソレルにこがれた。光がわたしたちを愛し――わたしたちは、その盛りあがっていく甘美で終わりのない輝きを浴びながら旋回し、完全な裸になるという贅沢《ぜいたく》を味わった。体そのものを脱ぎすて、わきにやってていたのだ。神々が感じるにちがいない気分だった。わたしたちがよろよろと一生を通りぬける世界は、彼らが脱ぎすてた衣にすぎないとわかったからだ。わたしたちは光の格子へと舞いあがり、それが目の前で開くと……。

いきなり恐怖がこみあげた。かすかな恐怖だ。ちょうど開くはずのないドアが開くとき、うなじに走る悪寒《おかん》のように。わたしの周囲で光が暗くなっており、指先の存在が不意にかき消えた。わたしはひとりきりだった。研究室でなにか手ちがいがあったのだ、と思った(そう、死んでいるのに、〝思った〟のだ!)。

あたりは静まりかえっていた。わたしは新しい闇のなかにいた。ただし、この闇は盲目の闇とは似ていなかった――ここではどういうわけか目が見えた。わたしはひとりきりで、四方八方にどこまでも広がる灰色の平原にいた。だが、広々とした感じのかわりに、閉塞感《へいそくかん》をおぼえた。というのも、地平線という地平線がさわれそうなほど近かったからだ。悪寒が深まり、残酷で苛烈になり、骨の髄まで冷たくなった。動こうとすると、暗闇そのものがいっしょに動き……。

「回収、三時〇七分」

デカンダイルがいっていた。ソレルがわたしの頬を張っている。

「接触がとだえたの」と彼女の声がした。

車のなかではなかった。ストレッチャーに寝かされていた。わたしは凍りついていた。

「飛行時間、百三十七分」とデカンダイル。カチッ。

わたしは上体を起こし、両手に顔をうずめた。頬は右も左も冷えきっていた。両手がぶるぶるふるえている。

「家まで送っていくわ」とソレルがいった。

「あれはどこだったんだ？」

とたずねたが、彼女は答えようとしなかった。かわりに車を飛ばしに飛ばした。

アトリエは冷えきっており、わたしはヒーターをつけようとひざまずいた。湿ったマッチはなかなかつかず、彼女が行ってしまうのではないかと気が気ではなかったが、やがてうなじに彼女の手が触れた。彼女はすでに服を脱いでおり、わたしをベッドのほうへ、ふっくらして張りのある冷たい乳房のほうへいざなった。開いた股のほうへ。わたしは彼女の子宮でおぼえた悪寒を忘れていた。口と同じくらい冷たくて甘いのだ。ロマンスの隠喩《いんゆ》としては、なんと時代遅れなことか！　というのも、霊魂を光のほうへ導くのは、何世紀ものあいだ詩歌《しいか》のなかで蔑《さげす》まれてきた肉体なのだから。わたしたちは裸体の下にさらなる裸を発見し、おたがいにはいりこみあい、開きあった。やがて単独では飛べないが、つながったときだけは飛べる生きもののように、わたしたちはそろって舞いあがった。裸の肉体の行くところは、ほんの数時間前に裸の霊魂がいたところだった。わたしたちがかわしたのは、単なる愛ではなかった（セックスで絶頂に達することを「小さな死」と呼ぶことを踏まえている）。


「彼は知ってるのか？」と訊いたのは、あとで、暗闇のなかで横たわっているときだった。わたしは暗闇が好きだ。暗闇はものごとを平等にする。

「知ってるって？　だれが？」

「デカンダイル。だれだと思うんだ？」

「わたしがなにをしようと、あの人には関係ない」とソレルはいった。「それにあの人がなにを知っていようと、あなたには関係ない」

　それでわたしたちの最初にして最長の会話は終わった。六時間眠って目をさますと、彼女はいなくなっていた。


「考えてみたら、バークリーにも友だちがいるの」と別れた女房がいったのは、木曜日に冷凍食品を届けに寄ってくれたときだった。警官はどこにでも友だちがいる。すくなくとも、自分では友だちだと思っている。

「デカンダイルは医学部にいたわ。ドラッグの密売で退学になるまで。もうひとりのほうはかなり優秀だったんだけど、三年で退学になってる。表沙汰《おもてざた》にはなってないけど、実験のための学生集めにドラッグを使ってたらしいの。どうやら人死《ひとじ》にも出てるみたいね。べつの友だちに警察調書をチェックしてもらってるわ」

「悪趣味だぞ」

「事実を伝えてるだけよ、レイ。あのふたりとなにをやってるにしろ、なにかあれば、割りを食うのはあなたなのよ」彼女はまた重ねられたキャンヴァスをならべかえていた。「よかった、また山を描いてるのね。山はいつだって引く手あまただったもの。あらま、これはなに？　ポルノ？」

「そう見える人間には」とわたし。

「お黙んなさい。これってちょっと――婦人科っぽくない――〈ナチュラル・ジオグラフィック〉むけにしては。そりゃあ、おっぱいやらなにやらの写真は出てるけど――」

「〈ナショナル〉」とわたし。「ところで、ひとつ頼みがある――」とドアのすぐ内側に立っているパートナーのほうに会釈する。ぴくりともせずにいれば、わたしにわからないだろうと愚かにも思っているのだ。「きみときみのボーイフレンドがフライデイ巡査部長（五十年代にアメリカでTV放映された人気刑事ドラマ『ドラグネット』の主人公）を演じてるうちに、もうひとつの名前にあたってもらえないかな」

月曜日には連作の第一陣を届けることになっていた。デカンダイルが迎えのヴァンを寄こしてくれた。運転手とは知りあいだった。地元のパートタイム伝道師で、中絶クリニックの爆破魔だ。絵を積みこむとき、おおいがはずれないように注意した。

「地獄医者どもとつるんでるんだってな」

「なんの話かさっぱりわからん。治療を受けに行ってるだけだ」わたしは嘘をついた。「なにしろ、目が見えないんでね」

「あんたがなんといおうと、噂《うわさ》じゃ男と女をひとりずつ地獄へ送ってるそうだ。新しいアダムとイヴみたいだな」

彼は笑い声をあげた。わたしは笑わなかった。


「すばらしいの一語です」とデカンダイルがいったのは、オフィスで絵のおおいをはずしたときだった。「どうして描けるんです？　触覚なら、彫刻なら理解できます。しかし、絵画とは？　色彩とは？」

「描いているあいだは、どういうふうに見えるかわかるんだ。乾いたあとは、だめだ。理論がいるっていうなら、色にはにおいがあるってのはどうだ。周波数が高すぎて、たいていの人には嗅《か》ぎとれないにおいだ。つまり、超音波の笛が聞こえる犬みたいなもんだよ。だから油絵の具で描くんだ、アクリルじゃなく」

「そうすると、超常能力だという〈サン〉の記事には同意しないんですね？」

「科学者として、あんたがそんなたわごとを信じるはずがない」

「科学者として」デカンダイルはいった。「自分がなにを信じるかもうわかりません。それはともかく、仕事にかかりましょう」

打ち上げ室の反響音になんとなくちがいがあった。わたしはじかにストレッチャーへ連れていかれ、その上に寝かされた。

「車はどこだ？」と抗議する。

「残り三回の実験では車を省略します」とデカンダイル。レコーダーのカチッという音がしたので、わたしにだけ話しかけているのではないとわかった。「今回の挿入では、わたしがヨーロッパにいるあいだに開発されたＣ‐Ｔ、つまり組織冷却《コールド・ティッシュ》チェンバーの使用を開始します。これでＬＡＤ空間により深く貫入できるはずです」カチッ。

「より深く？」警戒心が芽生えた。横になっているのが気にいらない。「前より長く死んだままでいるわけか？」

「かならずしも長くではありません」とデカンダイル。「Ｃ‐Ｔチェンバーは、本体組織をより急速に冷却し、より迅速なＬＡＤ貫入を実現するのです。この挿入では、じっさいに境界の障壁を突きやぶれると思っています」カチッ。

　本体組織というのは死体のことだ。

「気にいらんな」わたしはいった。ストレッチャーの上で半身を起こし、「こんなのは契約にない」

「契約には五回のＬＡＤ挿入とあるだけです」とデカンダイル。「とはいえ、行きたくないとおっしゃるなら――」

　ちょうどそのとき、ソレルがジャンプスーツ姿で部屋にはいってきた。脚のあいだでナイロンのこすれる音が聞こえたのだ。

「べつに行きたくないわけじゃない」とわたし。「ただ――」

　しかし、どうしたいのかわからなかった。わたしはまた上体を倒し、彼女がとなりに身を横たえた。チューブがパチンパチンととりつけられ、彼女の手に導かれて、わたしの手が悪臭紛々《ふんぷん》たる手袋の冷たいどろどろにすべりこんだ。わたしたちの指が出会い、からみあった。まるでティーンエイジャーのようだ。人目を忍んで会ったり、それ自身の小さな性欲をかかえていたり。

「実験41、挿入3」デカンダイルがいった。カチッ。

ストレッチャーがごろごろ動きだし、わたしたちは小さなチェンバーに押しこまれた。頭のすぐうしろでドアが閉まるのを聞くというよりは感じた――やわらかなカチッという音。わたしはパニックにおちいったが、ソレルがわたしの手をぎゅっと握り、アトロピンとホルムアルデヒドのにおいがたちこめた。自分が落下するのを感じた――いや、上昇しているのだ、ソレルといっしょに、つながって、手をとりあって、光のほうへ。こんどは前よりゆっくり進んだので、わたしたちの体が宙に浮かび、生まれたままの姿で旋回しているのが目に映った。光の格子まで昇ると、それは歌のようにわたしたちの周囲で分かれた。

と、光の格子がかき消えた。

どこもかしこも灰色の闇。

そこは〈他界〉だった。

わたしは無を感じた。無がわたしを満たした。わたしは凍りついた。

ソレルの存在はいまや形を持っていた。光だけから成っていたソレルが、肉体だけから成っていた。だめだ、口ではいい表せない。たとえ何度も絵に描くことになったとしても。彼女には脚があったが、奇妙な分かれかたをしていた。乳房があったが、わたしの唇と指の知っている乳房ではなかった。手は丸っこくて、顔はのっぺりしており、尻と、彼女の精神としか呼べないものは骨のように白かった。彼女が遠くの灰色へとむかい、わたしはいっしょに移動した。まだ〝手〟と〝手〟をつないでいたのだ。

わたしは感じた――いや、知った――これまでずっと夢を見ていたのであり、これだけが現実であると。周囲の空間はうつろで、果てしなく灰色だった。〝生〟は夢だった。あるのはこれだけなのだ。

わたしはただよった。また体があるように思えたが、思いどおりにはならなかった。何時間も、何世紀も、何百億年も、わたしたちは棺《ひつぎ》くらい小さいのに、決して果てに行きつかない世界をただよいぬけた。その静止した中心にあるのは、石の環だけだった。わたしはソレルを追ってそちらへむかった。だれかが――あるいは、なにかが――環の内側にいた。

待っているのだ。

彼女は石をすりぬけて〈他界人〉のほうへむかった。わたしも引きずられた。わたしは後退した。と思うと、恐怖がこみあげてきて、引きかえした。というのも、石にさわってしまったからだ。ここに現実のものはないのに――石にさわってしまったのだ。不意にめざめているのがわかった。なにもかもが暗闇で、ただしもはや見えなかったから。

かたわらにソレルの体があった。その死んだ手がわたしの手を握っていた。ソレルより先にめざめる――あるいは回収される――のははじめてだった。わたしはおそるおそる、ためらいがちに左手をのばした。やがてあるはずだと知っていたとおりの場所で棺のふたにさわった。ふたは陶器か鋼鉄で、石ではなかった。しかし、石のように冷たかった。

悲鳴をあげようとしたが、空気がなかった。悲鳴をあげる暇もなく、ショックがきて、わたしはもうひとつの、もっと暗い暗黒へ落ちていった。

「あなたがさわったのは、C-Tチェンバーの天井だったのです」とデカンダイルがいっていた。「これがあれば、本体組織に損傷をあたえず、LAD空間により長くとどまっていられます。そして超音波血液冷却を用いれば、直接〈他界〉へわたれます」

その言葉を聞くのははじめてだったが、その意味は正確にわかった。

だれかが右手を握っていた。ソレルだった。彼女はまだ死んでいた。わたしはストレッチャーに横たわっていた。もがくように上体を起こしたひょうしに、ストレッチャーが車輪の上でぐらぐらゆれた。

思いだしたとたん、体がふるえた。

「ふたにさわる前、まだ死んでいるうちに、石にさわったんだ」

デカンダイルが言葉をつづけた。

「どうやらLAD空間には、接近のしやすさが本体組織の残留電界に左右される領域があるようです」

カチッを待ったが、音はせず、デカンダイルがわたしにだけ話しかけているのだとさとった。

「人体には死後数日間は消えずにいる磁極性があります。われわれが明らかにしたいのは、電界が減衰するにつれて起きることです。C‐Tチェンバーを使えば、肉体がじっさいに壊死《えし》するのを待たず、これを探求できるのです」

壊死。

「そうすると、死んでるのと、もっと死んでる状態があるわけだ」

「そのようなものが。家まで送らせてください」

ソレルの手を握ったままだった。わたしは自分の指をもぎはなした。

眠れなかった。〈灰色の領域〉（という題を絵につけることになる）の恐怖が、つきまとってはなれなかった。アマゾン川を途中までさかのぼった男の心境だった。進みつづけるのはこわいが、引きかえすのもこわい。なぜなら、行く手にどんな恐怖が待ちうけているにしろ、背後に横たわる恐怖ならいやというほど知っているのだから。盲目という悪魔島（脱出不能の監獄の意）だ。

ソレルがほしくてたまらなかった。われわれ盲人は自慰の達人だといわれる。ひょっとすると、想像力でイメージを呼びおこす鍛錬《たんれん》を積んでいるからかもしれない。すませたあと、明かりをつけ、絵を描こうとした。描くのはかならず光のなかだ。絵画は画家と素材の共同作業。絵の具が光を大好きなのは知っている。すくなくとも、キャンヴァスは光を好むと思う。

だが、うまくいかなかった。どうしても描けなかった。夜が白々と明け、目をさました鳥たちが騒々しく鳴きだすころ、いらいらしている理由にようやく思いあたった。

わたしは嫉妬《しっと》していた。

別れた女房が一日早く（と思った）冷凍食品を届けにきてくれた。

「どこにいたのよ？　一日じゅう電話してたんだから」

「月曜は大学にいた、ふだんどおり」

「火曜日の話をしてるの」

「昨日かい？」

「今日は木曜日。一日なくしたのね。とにかく、頼まれたべつの名前で大あたりがあったの。ノログチは実在したわ。たしかに、バークリーの医学部終身教授。もっとも、殺されるまでの話だけど」

キャンヴァスをパラパラめくる音がする。こっちの反応を待っているのだ。薄笑いを浮かべているのが目に見えるようだった。

「だれが殺したのか知りたくないの？」

「あててみせようか。フィリップ・デカンダイルだ」

「レイ、いつもいってるけど、あなたは警官になるべきだったのよ」彼女はいった。「なんでも面白がるんだから。故殺。司法取引で第二級殺人を免れたの。サン・ラファエルで六年のお務め。気味の悪いほうは従犯だったけど、執行猶予《ゆうよ》がついたわ」

「ふたりとも気味が悪いんじゃなかったのか」

「女のほうがずっと気味が悪いわ。おっぱいの大きさがちがうのを知ってた？　答えなくていいわ。この完成作品の山に真っ白のキャンヴァスがまじってるの知ってた？」

「そこでいいんだ」とわたし。「題名は〈他界〉だよ」


月曜日、ホンダで迎えにきたのはデカンダイルだった。

「ソレルはどうした？」わたしは訊いた。知らねばならなかった。たとえ彼女が死んでいても、彼女といっしょにいたかった。

「心配いりません。研究室で待っています」

「会いたくて死にそうだ」わたしはいった。デカンダイルが笑うとは思わなかったし、げんに笑わなかった。

デカンダイルの運転は気が狂いそうなほどのろのろしていた。ソレルの息を呑むようなスピードがなつかしかった。わたしはノログチのことを話してくれと頼んだ。

「ノログチ博士は挿入中に亡くなりました。つまり、回収に失敗したのです。わたしの落ち度でした。しかし、一から十までご存じのような気がするのですが」

「すると、彼はまだそこにいるわけか」

「ほかのどこにいるというんです？」

「でも、なぜ彼なんだ？　何百万人も死んでいるのに、ひとりも見かけない」

「エドウィンを見たのですか？」

デカンダイルが車を止めると、ブレーキの悲鳴があがった。後続車が追突しそうになったのだ。彼はアクセルを踏んだ。

「理由はわかりませんが」と彼はいった。「どうやら絆《きずな》がじゅうぶんに強ければ、存続するらしいのです。彼とエマは多くの挿入でパートナーでした。あまりにも多くの。彼を見つけられるほど深く貫入するのは可能だと、エマは確信していました」

「連れもどすためにか？」

「もちろんちがいます。彼は死んでいます。エドウィンの口癖は、もっと深くもっと深くでした。当時はC－Tチェンバーがなかったのに。いまではエマの強迫観念です。それどころか、エマのほうがひどい。むかしの彼よりも」

「ふたりは――」

「恋人同士だったかですか？」

訊こうとしたことではなかったが、知りたいことだった。

「終わりのころは恋人でした」とデカンダイル。笑い声をあげる。苦い小さな笑い声。「たぶん、わたしが知っているとは知らなかったでしょうね」

研究所に着くと、繰りかえされる叫び声と、砂利を踏む聞きなれない音が流れてきた。

「裏口にまわらないと」デカンダイルがいった。「正面にデモ隊がきています。地元の伝道師が住民に吹きこんだのですよ、われわれが研究室でキリストの復活を再現しようとしていると」

「なにごとにせよ進歩に反対する人間はいるもんだ」とわたし。

わたしたちは横手のドアをくぐり、じかに研究室にはいった。わたしはストレッチャーに腰をおろし、ソレルのナイロン製ジャンプスーツが脚のあいだでこすれる音を待った。かわりに聞こえたのは、ゴム・タイアのキュッという音と、スポークのかすかな響きだった。

「車椅子《くるまいす》に乗ってるのか？」

「一時的なものよ」

「血栓静脈炎です」とデカンダイル。「血液は血管内に長くたまりすぎると、凝固します。けれども、心配はご無用。今回はC‐Tチェンバーの拡散溶液に血液希釈剤をまぜてあります」

わたしたちはならんで身を横たえた。右手がふたりにはさまれた手袋を探りあてる。溶液が古くなっているのだろうか？　おかしなにおいがした。ソレルの手がわたしの手を探りあて、わたしたちの指はおなじみのみだらな抱擁でからみあった。ただし――

彼女は指をなくしていた。二本も。

断端。

わたしの手が凍りついた。引きぬきたかった。手籠がゴボゴボいいはじめ、ストレッチャーがごろごろと前進をはじめた。と思うと停止。

「準備は？」

「準備よし」

わたしの一部はおびえていた。べつの一部は、またべつの一部が死にたくてうずうずしているのに驚いていた。ストレッチャーがまたごろごろと前進し、足から先に、冷たく、かすかに刺激臭のただようチェンバーのなかにはいった。頭のうしろでドアが閉じた。パニックにおちいる暇もなく、ソレルの指がわたしの指を握り、落ち着かせると、花びらのように開かせた。と、チクリと痛みが走った。心臓が止まった。ちょうどTVを消したように。

あるいは、つけたように。というのも、色彩の万華鏡《まんげきょう》があらわれ、それをぬけてぐんぐん上昇したからだ。ふわふわ浮かぶこともなく、ふり返ることもなく、光の格子にひたることもなかった。というのも、見慣れたLAD空間の光彩を目にする――いや、ちらっと見る――やいなや、それらは消え去り、わたしたちはあのべつの暗闇にいたからだ。

〈他界〉。

それは周囲に果てしなく広がっているのに閉じていた。〝空〟は棺のふたのように低かった。ソレルとわたしは、こわばった動きでただよった。もはや霊魂ではなく、肉体をまとっていた。わたしはめざめた死者だった。彼女の臀部《でんぶ》と、どういうわけか毒キノコの皮のように縦溝の走る彼女の腕の肉が意識された。冷たい虫のにおいがするなか、わたしたちは低い空を刺しつらぬく石柱をぐるっとまわった。

〝囲い〟（と、ある絵のなかで呼ぶことになる）をめぐっても、すこしも近づかないように思えた。石の星から成る星系のように、それは動かない世界の中心でゆっくりと回転した。ふたたびだれか――〈他界人〉――が内側で待っていた。光の格子の下では、時間の経過の感覚はなかった。ひょっとしたら、霊魂が（肉体とはちがって）時間とまったく同じ速さで動くからかもしれない。だが、この〈他界〉では、時間はもはやわたしたちを流れに浮かべていなかった。運動はなかった。あらゆる永遠がべつの永遠を内包しており、運動はもはや流れではなく、池だった。どこへも行きつかない同心円。

ほかにもちがいがあった。LAD空間では——死んでいてさえ——自分が生きているのを知っていた。ここでは死んでいるのを知っていた。生きていてさえ、死んでいるのだ。いままでずっと死んでいたのだ。ほかのすべてが流れこむ現実、そこからはなにも出てこない現実がこれだ。これこそが万物の終わりなのだ。

恐怖は縮まりもしなければ、ふくらみもしなかった。静かなパニックが、循環しない血のように体じゅうの細胞という細胞を満たした。それなのにわたしは動かなかった。虫が焼けるのを見まもる少年のように、苦しむ自分を平然と見まもっていた。

ソレルは死人の白さだった。どういうわけかソレルのほうが囲いに近く、手をのばすと、石はまさにそこにあった。こちらをふりむくと、その顔は空白だった。しゃれこうべのまなざしだ。見返すわたしの顔も同じだった。わたしたちの無は完璧だった。わたしたちはそびえ立つ石のもとにいて、石柱ごしに人影が見えた。男（それは男だった）が手招きすると、ソレルは石のあいだをすりぬけたが、わたしは尻ごみした。とそのとき、わたしもまた石（冷たいがうえにも冷たい）にさわり、ふたたび彼女といっしょだった。わたしたちは囲いのなかにいて、いまや三人組となり、まるでずっとそうであったかのようだった。わたしたちはノログチ（まちがいなく彼だった）のあとについて、どんどん深くなる黒っぽい水のようなもののなかにはいった。立ち止まったのはわたしだった。ありったけの意志をふり絞ったのだ。わたしは引きかえし、こんどはしゃれこうべの顔をしたソレルが、わたしといっしょに引きかえした。

めざめると闇のなかだった。盲目の世界の闇だ。

棺のふたにさわった。陶器で、すべすべして冷たかった。ソレルの手が死者の剛力《ごうりき》でわたしの手を握っているのを感じた。パニックではなく、安らぎをおぼえた。

ショックがあり、ついでまたショックがあった。すると闇に闇がおおいかぶさり、あたりが静まりかえった。


「接触したわ」そういうソレルの声が聞こえた。わたしはうれしかった。うれしいのではないか？

ストレッチャーの上だった。上体を起こす。両手が燃えていた。指先が猛火《もうか》につつまれていた。

「その痛みは、血液が循環を再開しただけのことです」とデカンダイル。「LAD空間に四時間以上も挿入されていたのですよ」

自分から経過時間を口にするとは、デカンダイルらしくない。それにカチッもなかった。見えすいた嘘だ。

「わたしが送っていくわ」ソレルがいった。蚊《か》の鳴くような声だった。わたしたちが死にかけていたときのように。「運転くらいまだできるから」

朝だった。夜明けは、キプリングのいうように「雷鳴のごとくあらわれる」わけではないかもしれないが、ある音をそなえている。わたしはホンダの窓をおろし、冷気を浴びると、絵の具を上塗りするように、夜の恐怖を新たな一日でおおいつくそうとした。

だが、恐怖はつきまとってはなれなかった。

「丸ひと晩むこうにいたんだ」とわたし。

ソレルが笑い声をあげ、「ふた晩やってみましょう」といった。ソレルが笑うのを聞くのははじめてだった。浮きうきしているようだった。

彼女はうちの私道で車を止めたが、エンジンをかけたままだった。わたしは手をのばし、キイをひねった。

「寄ってほしければ、寄っていくわ」彼女はいった。「ドアでは手を貸してもらわないと」

わたしは手を貸した。彼女は一本足で器用に跳びはねた。ナイロン製のNASA式ジャンプスーツの下にあったのは、驚いたことに、股間にレースをあしらったすべすべのシルクの下着だった。指先の感触で色は白だとわかった。一本しかない脚は、ソーセージのようにむっちりしていた。肌は張りがあって、冷たかった。

「ソレル」わたしはいった。エマと呼ぶことはできなかった。「彼を連れもどすか、いっしょに行こうとしてるのか？」

「生きかえりはしないわ」彼女はいった。「よみがえる人間はいないの」

彼女はわたしの手を切断された指の付け根に、ついで冷たい唇に、さらに冷たい腿《もも》のあいだに押しつけた。

「それなら、わたしといっしょにここにいてくれ」

わたしたちはおたがいをまさぐりあった。唇と指はしびれていた。

「ブラをはずさないで」彼女はそういうと、片方のカップをずりさげた。乳首は冷たく、ねっとりしていて、甘かった。甘すぎた。「手遅れよ」

「それなら、いっしょに連れてってくれ」

それでわたしたちの最後の会話は終わった。


「ストーンヘンジみたいね」別れた女房がいったのは、木曜日に冷凍食品を届けにきてくれたときだった。また絵をパラパラめくっていた。「あらま、これはなに？　ちょっと、レイ。ポルノならわかるわ。でも、これは、これは――」

「いっただろう、夢で見たイメージだよ」

「ますます悪いわ。人には見せないでね。法に触れるから。ところで、あれはなんのにおい？」

「におい？」

「死臭みたい。ひょっとしたら、アライグマかなにかかも。ウィリアムにアトリエの下を調べてもらうわ」

「ウィリアムって？」

「ウィリアムがだれか知らないとはいわせないわよ」

土曜の夜、アトリエのドアを乱打する音で目をさました。

「デカンダイル、夜中の二時だぞ」わたしはいった。「とにかく、月曜まで会う予定はないはずだ」

「いま手を貸してほしい」彼はいった。「さもないと、月曜日はない」

いっしょにホンダに乗りこんだ。急いでいるときでさえ、彼の運転はのろのろしていた。

「エマを回収できない。もう四日以上もＬＡＤ空間にいる。ここまで長びいたことはない。本体組織は劣化しはじめている。壊死《えし》の兆候が顕著だ」

死んでるんだ、とわたしは思った。この男はそういえないだけなんだ。

「頻繁に行かせすぎた。長く挿入させすぎた。深すぎた。でも、彼女は聞く耳持たなかった。とり憑《つ》かれた女のようだった」

「アクセルを踏め、さもないと追突されるぞ」わたしはいった。これ以上は聞きたくなかった。

ラジオをつけ、『カルミナ・ブラーナ』に耳をかたむけた。歌いながら地獄へむかう修道士の一団にまつわるオペラだ。

ぴったりに思えた。


デカンダイルの手を借りてストレッチャーにあがると、かたわらに人体を感じた。ふくれあがって、硬直していた。においにはすぐ慣れた。おずおずと、不安に駆られながら、わたしは手籠に右手をすべりこませた。

　手袋のなかのソレルの手は、古びたチーズのようにぶよぶよしていた。はじめて、その指がわたしの指を求めず、じっとしたままだった。だが、もちろん――彼女は死んでいるのだ。

　行きたくなくなった。突如として、なにがなんでも行きたくなくなった。

「待ってくれ」わたしはいった。だが、そういいながらも、無駄だとわかっていた。彼はわたしに彼女のあとを追わせようとしている。ストレッチャーはすでに動いており、小さな四角いドアが、やわらかなカチッという音をたてて閉まった。

　わたしはパニックにおちいった。アトロピンとホルムアルデヒドのすっぱいにおいが肺を満たす。心が縮まり、おとなしくなるのを感じた。手袋のなかの指はちっぽけで、みじめで、孤独な感じだったが、やがて彼女の指を探りあてた。てっきりもっと断端があると思ったが、ふたつしかなかった。わたしは気を落ち着かせ、恋人のようにチクリと痛みが走るのを待ち――おお！　とうとう浮かびあがった、光にむかって。すると暗い研究室と、蛍《ほたる》のような路上の車と、遠くの山が目に映り、完全に意識のあるのをさとって愕然《がくぜん》とした。なぜ死んでいないのだ？　光の格子が雲のように周囲で分かれ、気がつくとわたしは〈他界〉に立っていた、ひとりきりで。いや、彼女がかたわらにいた。彼女は〈他界人〉といっしょだった。わたしたちはただよった、わたしたち三人は。そして時間は堂々めぐりした。わたしたちはずっとここにいた。

　どうしてこわくなかったのだろう？　これでは簡単すぎる。わたしたちは囲いのなかで、それは四周の地平線をぐるっととり巻いていた。おびただしい数の石また石。さわれそうなほど近いのに、かろうじておぼえている星ほどに遠い……そして足もとには、黒いよどんだ水。〈他界〉にはたっぷり闇があるが、星はない。

わたしは動いていた。水はよどんでいた。そのときわたしは理解した（そしていまも理解している）、宇宙の万物は運動しており、ほかの万物の周囲を回転しているのだという物理学者の言葉の意味を。というのも、万物の中心で黒いよどんだ水のなかにいたからだ。動かない唯一のもの。それは主観的な現実だったのか、それとも客観的な現実だったのか？　その疑問は重要ではなかった。これまでわたしの身に起きたり、これから起きるなによりも、このほうが現実味を帯びていた。

たしかに喜びはなかった。けれども、不安もなかった。わたしたちは冷たい無に満たされていた。完璧に。わたしはいつもここにいたし、いつまでもここにいるだろう。ソレルが正面にいて、その正面には——〈他界人〉——そしてわたしたちはまた動いている。黒い水をかき分けて。どんどん深く。ちょうど自分がはなれていき、小さくなっていくのを見送るようだ。

これは夢ではない。ノログチがもぐっていく。ソレルが小さくなっていき、黒い水の底へと彼を追っていく。そしてこのむこうにべつの領域が、そのむこうにさらにまたべつの領域があるのを知り、その知識が不安に負けず劣らずねっとりした絶望でわたしを満たす。

するとわたしは恐怖のあまり活気づき、後退している。わたしを引きずっていこうとするソレルの手をふりほどく。と思うと、彼女もまた行ってしまう。

行ってしまう。

わたしは両手をのばし、棺のふたにさわる。手袋から引きぬいた手が、冷たい血漿をポタポタと顔にしたたらせる。空気がないので、わたしは音もなく絶叫している。デカと、ショックがきて、暖かい闇。回収。めざめると、かつてないほど冷えきっていた。デカンダイルの手を借りて上体を起こす。

「だめでしたか？」彼はすすり泣いていた。知っているのだ。

「だめだった」

わたしはいった。舌ははれあがり、血漿のひどい味がした。ソレルの手はまだ手籠のなかにあった。手をさしこんで、ひっぱりだすと、腐った果物の皮のように肉がはがれ、わたしの指にへばりついた。表では、デモ隊が抗議を繰りかえしていた。土曜日の朝だった。


それがふた月半前のことだ。

デカンダイルとわたしは、デモ隊が教会へ去るまで待ち、それから家まで送ってもらった。「ふたりとも殺してしまった」彼はいった。嗚咽《おえつ》した。「最初がエドウィン、つぎがエマ。二十年の間を置いて。これで許してくれる人間がいなくなった」

「ふたりが望んだんだ。彼らはきみを利用した」わたしはいった。彼らがわたしを利用したように。

私道の入り口でおろしてもらった。デカンダイルにはうんざりしていた。彼の自己憐愍《れんびん》には辟易《へきえき》していた。ひとりでアトリエまで歩きたかった。絵は描けなかった。眠れなかった。理性に反して、ソレルの冷たい手がうなじに触れるのを丸一昼夜待っていた。死者が歩けないとはかぎらない。ひと晩じゅう床の上を行ったり来たりした。眠りこんでしまったにちがいない。というのも、彼女がやってくる夢を見たからだ。一糸もまとわず、光輝き、ふくれあがって、わたしだけのものだった。めざめると、ベッドの上の半分開いた窓から流れこんでくる音に耳をかたむけていた。冬でさえ、森には驚くほど生命が満ちている。わたしはそれが憎かった。

つぎの水曜日、別れた女房から電話をもらった。超常研究所で女性の変死体が見つかったので、身元確認のため署まできてもらうかもしれない。デカンダイル博士が逮捕された。そちらの確認も頼むかもしれない。

けっきょく、事情聴取はされなかった。警察は、盲人に身元確認させるのに乗り気ではないのだ。

「とりわけ大学側が事件をもみ消そうとしているときは」と別れた女房が説明した。

「とりわけ死体がこんどのみたいに常軌を逸した腐敗を示しているときは」とボーイフレンド。

「どういう意味だ？」

「検視官のオフィスに友だちがいてね」彼はいった。「『常軌を逸した』は、そいつの使った言葉だよ。いままで見たことがないほど変わったホトケだそうだ。腐乱している器官もあれば、生きているのと変わらない器官もあるんだ。まるで故人が何年もかけて段階的に死亡したみたいなんだ」

警官は〝故人《ディシードント》〟や〝ほとけ《コープス》〟といった言葉が大好きだ。警官と医者と弁護士だけは、いまだにラテン語をしゃべっている。

ソレルは金曜日に埋葬された。葬儀はなく、適切な書類に署名できるよう、墓穴のへりで簡単な手続きがとられただけだった。彼女が埋められたのは、切断された手足や医学部で解剖された死体用にべつになっている墓地の一画だった。生きているときより死んでいるときのほうをよく知っている人物を悼《いた》むのは奇妙だった。むしろ結婚式のような気分だった。土のにおいがして、棺のふたに土があたる音がしたとき、花嫁をゆずりわたしているような気分だった。

デカンダイルが参列していた。別れた女房のボーイフレンドと手錠でつながれて。最近親者として参列を許されたのだ。

「どういうことだ？」わたしはたずねた。

「彼の妻だったの」別れた女房がいったのは、家まで送っていこうとわたしをパトカーまで連れていくときだった。「学生結婚。別居してたけど、離婚はしてなかった。きっと日本人と駆けおちしたのね。先に殺したほう。それで辻褄《つじつま》があうんじゃない？　警察の仕事ぶりも捨てたもんじゃないでしょ、レイ」

あとの話はすでにご存じのとおり。とりわけあなたが〈ナショナル・ジオグラフィック〉を購読していれば。記事はバランタイン賞の候補にあがった。他界、はるかな領域、あるいはシエイクスピアがずばりといってのけたように、〈未知の国〉からの最初の絵。デカンダイルは〈ピープル〉誌にもとりあげられた――

三途《さんず》の川のマゼラン
刑務所の独房より語る

そしてニューヨークでのわたしの個展は大成功をおさめた。限定版の複製画が、目の玉の飛びでるような値段で、飛ぶように売れた。いっぽう原画は（節税のために）スミソニアンに寄贈した。

ニューヨークからもどったとき、別れた女房とボーイフレンドがローリー・ダーラム空港へ迎えにきてくれた。ふたりは結婚を控えていた。ボーイフレンドがアトリエの下を調べてくれていたが、なにも見つからなかった。別れた女房は妊娠していた。

「あなたの指のことで妙な話を聞いたんだけど」と別れた女房がいったのは、先週の木曜日に電話をくれたときだった。もう立ち寄る暇はないのだ。料理のほうは地元の女性に作ってもらっている。わたしはこう説明した。二本の指先をなくした原因は、例年になく温暖な一九九X年の冬にノース・カロライナで発生した唯一の凍症と医者がいうものだ、と。どういうわけか、画才もいっしょになくなったが、そのことはまだ人に知らせなくてもいい。

とうとう春がきた。湿った大地のにおいは墓場を連想させ、わたしの内に飢えをめざめさせる。たとえ指がそろっていたとしても、絵画ではもはや満たせない飢えを。最後の絵は描いてしまった。別れた女房——失礼、未来のミセス・ウィリアム・ロバートスン・チェリー——とボーイフレンド——失礼、フィアンセ——は、運転手を迎えにやるから、つぎの日曜日の結婚式にはぜひ出席してくれといってきている。

けれど、出席しないかもしれない。ドアの裏には純銀のショットガンがあり、その気になればいつだってロケットのように乗れるのだ。

結婚式は大嫌いだ。それに春も。

そして生者がねたましい。

そして死者が愛《いと》しいのだ。

穴のなかの穴

1

ヴォルヴォの部品を見つけるのは、ちょっとばかり骨かもしれない。とりわけ、あんたがおれみたいなシブちんだったら。ブレーキ・パッドがキーキーいうんで、替えの部品が必要だった。でも、ほったらかしておいた。どうせ、簡単には見つからないとわかっていたんだ。ブレーキはちゃんと効く。ブルックリンならそれでけっこう。どのみち、忙しすぎた。受けもちの離婚訴訟が山場にさしかかっていたし、これほどむずかしい訴訟はあつかったことがなかったからだ。なにしろ、自分の離婚なんだから。

キーキー声がひっきりなしのわめき声になったころ（というのはブレーキの話だ、離婚じゃなくて。そっちは無言だった）、なじみの自動車用品店を二軒あたってみた。でも、からぶりだった。アバースのカウンター係は、ぽかんとこっちを見つめるだけ。パーク・スロープ外国車販売じゃ、あの恐ろしい言葉――「特約店あつかい」――を聞かされた。いつもの方針を曲げて《ブレーキング》（だじゃれにあらず）、ベイ・リッジのヴォルヴォ特約店へ足を運ぶと、部品係は、不作法なことと愉快なこととを混同しているふしのある例のジャマイカ人のひとりだったんだが、ふた付きの箱をごそごそやって、ピンとクリップとスプリングをカウンターの上に積みあげた。

「しめて二十八ドルだよ、だんな」

そういって、いわゆるほくそ笑みを浮かべた。文句をいうと（あるいは、おれたち弁護士好みのいいかたをすれば、異議を唱えると）、そいつはスプレー・ペンキで黄色に塗ったスプリングを指さして、「だって、ほら、黄金《きん》なんだぜ！」とのたまった。それから片方のかかとを軸にくるっとまわり、同僚といっしょにゲラゲラ笑った。おれは立ち去った。我慢にも限度ってものがある。

そういうわけで、ブレーキはつぎの一週間もキーキーいうことになった。悲鳴はひどくなるいっぽうだった。救急車が道をゆずってくれたことも何度かあった。こっちに優先権があると思ったらしい。それでパッドにWD－40（防錆潤滑剤の商品名）をスプレーしてみた。

そんなまねは絶対にしちゃいけない。

金曜の朝、おれはパーク・スロープ外国車販売にまた足を運び、助けを懇請した（これも弁護士特有のいいまわしだ）。ボスの息子のヴィニーが、ハワード・ビーチのブールヴァード輸入車販売にあたってみろと教えてくれた。クィーンズとブルックリンが、ジャマイカ湾のはじっこでぶつかるあたりだ。その日は審理がなかったんで、あたってみることにした。

ブレーキは道じゅう咆《ほ》えっぱなしだった。ブールヴァード輸入車販売は、ベルト・パークウェイをはずれてすぐのロッカウェイ・ブールヴァードぞいに見つかった。暗くて、薄汚くて、ひと目見たら忘れられないような洞穴《ほらあな》みたいな建物。のらくらとコーヒーを飲んでいたり、宅配ピザが届くのを待っていたりしているカヴァーオール姿の連中。希望がわいてきた。

　カウンター係は、やっぱりヴィニーといったんだが、おれの泣きごとに耳をかたむけてから、あの恐ろしい言葉——「特約店あつかい」——でこっちの希望を打ち砕いた。そのとき、おれのうしろにいた男——これまたヴィニーといったんだが（だれもがポケットに名前をぬいつけていた）——がいった。

「〈穴〉のフランキーのとこを紹介してやれよ」

　カウンターの奥のヴィニーはかぶりをふった。

「見つかりっこないさ」

　おれはもうひとりのヴィニーのほうにむきなおって、

「〈穴〉のフランキーのとこって？」とたずねた。

「フランキーは小さな廃車置場《ジャンクヤード》をやってるんだ」男はいった。「ヴォルヴォ専門。〈穴〉を知ってるか？」

「知ってるとはいえんな」

「知ってるはずないよな。行きかたを教えてやる。耳の穴をかっぽじって聞きな、近ごろじゃえらく見つけにくいし、いっぺんしかいわないから」

　このヴィニーに教わったことを一から十まで述べるはおろか、思いだすことさえできない相談だ。ロッカウェイ・ブールヴァードをわたってから、ベルト・パークウェイの下へもどり、側道にはいって、コンジットへUターンするが、センターレーンにとどまって、鋭く左折して袋小路（ほんとうは袋小路じゃない）にはいったら、未舗装道路をたどって急勾配《きゅうこうばい》の土手を下り、立木と灌木《かんぼく》の林をぬける、といえば、あたらずとも遠からずだろう。

おれは教わったとおりにした。すると、うらぶれた一角に出た。幅広い未舗装道路が、ボロ屋にはさまれてのびている。家は雑草だらけの敷地にかたむいて建っていた。ジャージーの農作地か、おれが生まれ育った南部のほうのさびれた一角を彷彿《ほうふつ》とさせるながめだった。歩道がないかわりに、穴ぼこと、ほったらかしの庭と、空き地がたくさんある。通りの半分は大きな水たまりにおおわれている。家はコンクリート・ブロックか、タール紙か、板と小角材でできていて、同じ形はおろか、なんとなく似ているものさえない。ニューヨーク市じゃご法度《はっと》のトレーラーハウスさえ一軒ある（もちろん、犯罪にあたる）。町名表示がないんで、ここがブルックリンなのか、クィーンズなのか、それとも両者のあいだの点線の上なのか見当もつかなかった。

もうひとりの（あるいは、数えていればの話だが、三人めの）ヴィニーが教えてくれたのは、小さな廃車置場が見つかるまでまっすぐ進めということだったんで、そうすることにした。通りを走っているのはおれの車だけだった。水たまりを迂回《うかい》して（あるいはモーターボートのようにつっきって）いくのは、ちょっとした冒険航海の気分だった。廃車は〈穴〉にありあまっていた。なかには人が住んでいる地下鉄の車輛《しゃりょう》や、横倒しになって二軒の裏庭をふさいでいるクレーン車さえある始末。べつの裏庭には白黒まだらの小馬がいた。ちらほらと見かけたのは白人ばかり。短いドレスを着た太った女が、階段のてっぺんに腰をおろし、携帯電話でしゃべっていた。子供たちの一団が水たまりを囲んで、なにかを棒きれでつついていた。連中のうしろの庭にカード・テーブルがあり、粗末な看板が「**月の石あり〼**《ます》」とうたっていた。

のどかな〈穴〉の風景をおれは気にいった。おまけに、水たまりを走りぬけるうちにブレーキの悲鳴もおさまった。廃車はたっぷりと見かけたが、裏庭や路上に一台か二台ずつ散らばっていて、そのどれもがヴォルヴォじゃなかった（べつに意外じゃない）。

駁毛《ばくげ》の小馬の前を二度めに通りすぎたところで、堂々めぐりしていることに思いあたった。とそのとき、葦《あし》を編みこんだ金網フェンスが目にとまった。なんとなく感じるものがあった。

おれは車を止めた。上からのぞくには、フェンスがちょっと高すぎたが、葦の隙間《すきま》が見通せた。あんのじょうだ。それは、まるでテントウムシのように草にまぎれた廃車置場だった。

フェンスに隠れた敷地には車があふれかえり、ぎっしりとつめこまれていた、それこそ縦横《たてよこ》いっぱいに。全部スウェーデン車だ。全部が不死身で、全部が死んでいた。全部が不滅で、全部が壊れていた。全部ヴォルヴォだった。

ロー・スクールで最初に習うことは、弁護士らしく見えないようにするタイミングだ。おれはネクタイと上着を車内に残して、カヴァーオールを着こむと、フェンスづたいにゲートへまわった。ゲートにはうなっている犬の絵があった。ほんとうは絵だけだった（とあとでわかった）んだが、それで用は足りていた。犬の絵を見れば、だれでも足どりが鈍くなる。あれこれ考える。

ゲートに鍵はかかっていなかった。おれはゲートをあけて、すりぬけた。出たところは狭い私道。廃車置場でふさがっていない唯一の空間だ。ほかはヴォルヴォがぎっしりとつめこまれているんで、もぐりこむ隙間さえろくにない始末。車は何列にもならべられ、北をむいているものもあれば、南をむいているものもあったんで（それとも東と西だろうか？）、地獄の交通渋滞のようだった。死者の大渋滞だ。

私道のつきあたりに、波板鉄板、屋根板、ベニヤ、ファイバーグラスでできた安普請《やすぶしん》のガレージがあった。そのなかとまわりに、貧弱すぎて影も落とせないようなニワウルシの木が何本か生えている——ニューヨークの駐車場にはつきものの木だ。看板は出ていないが、その必要もない。ここがフランキーのところにちがいない。

生きている車が廃車置場に一台だけあった。それは私道のつきあたり、ガレージのわきに停まっており、フードをあげていた。まるでしゃべろうとしているのに、いいたいことを忘れてしまったかのように。車種は164、ヴォルヴォにはめずらしい直列六気筒だ。ボディはでこぼこで、テールライトとドアの下のボンドーは錆《さび》だらけ。レーシングカー用車輪の安物のまがいものをはめ、ドアのいちばん下にクロームのレーシングカーまがいのストライプをいれている。ふたりの男が身をかがめ、エンジン・コンパートメントをのぞきこんでいた。

おれは歩み寄って、ようすをうかがった。歓迎されたわけではないが、気づかれていないわけでも（たぶん）ない。カヴァーオール姿の年寄りの白人がエンジンにかがみこみ、いっぽうビジネス・スーツ姿の黒人は、乱暴だが親しげな口調であれこれとわきから口をだしている。このことは目を惹《ひ》いた。というのも、これが一九八〇年代後半の話で、ニューヨークじゃ、黒人と白人の関係はそれほど親密とはいえなかったからだ。

とすると、ここはハワード・ビーチだ。あるいは、すくなくともハワード・ビーチの〈穴〉なんだ。

「ここまでしみったれじゃなけりゃ、ウェーバーをつけて、このSUを捨てられるのにな」と白人がいった。

「ここまでしみったれじゃなけりゃ、こんなとこへくるもんかよ」と黒人が返した。西インド諸島のなまりがある。

「いい車を見つけてやると、島のポンコツに変えちまいやがるんだから」

「ガラクタを売りつけてるくせに……」

などなど。でも、ひどく親しげなやりとりだ。おれは辛抱強く待っていた。やがて老人が顔をあげ、眼鏡を持ちあげると、グリースのしみがついた鼻の両側をふいてから、はじめておれに気がついたふりをした。

「おたくがフランキー？」とおれは訊いた。

「うんにゃ」

「でも、ここはフランキーのとこなんだろ？」

「かもな」廃車置場の連中は条件節がお好みだ。

それをいうなら弁護士も同じ。

「一九七〇年型１４５用のブレーキ部品が見つかるかもしれないと思ってね。ステーション・ワゴン」

「あんたが探してるのは、骨董品屋《こっとうひんや》じゃないのかい」と西インド諸島人。

老人は笑った。ふたりとも笑った。おれは笑わなかった。

「ブレーキ部品だ」おれはいった。「クリップとかピンとかそういったもの」

「簡単には見つからんな」老人はいった。「その手のしろものは、近ごろじゃひどく値が張るんだ」

ロー・スクールで二番めに習うことは、歩み去るタイミングだ。私道のつきあたりまであと一歩というところで、老人が１６４のウィンドウごしに手をのばし、ホーンを鳴らした。二回短く、一回長く。

廃車置場の反対側、フェンスのわきに、ピョコンと頭がつきだした。漫画を見ているのかと思った。頭のわりに目が大きすぎるし、体のわりに頭が大きすぎるからだ。

「なんだい、おじき？」

「フランキー、弁護士さんをそっちへやるから、例の１４５を見せてやんな。先週、車輪をはずしたあれだ」

「見せてもらうよ」とおれ。「でも、どうしてこっちが弁護士だなんて思うんだい？」

「その飾り房《タッセル》」と老人は、おれのローファーに視線を落としながらいった。彼は１６４のフードの下に首をつっこみなおし、おれの相手はもうおしまいだと知らせてよこした。

フランキーの髪の毛は真っ白に近い。おまけにあまりにも薄いんで、頭のてっぺんでひらひらしている。目は明るい青緑色で、ほんのすこし飛びだし気味。おかげで鳩《はと》が豆鉄砲をくらったような顔に見えた。ヒールがえらくぐらぐらになったカウボーイ・ブーツをはいているんで、ブーツの横を地面につけて歩くことになり、足跡のかわりに渦巻き模様をつけていく。老人と同様、身につけているのは、青いギャバジンのズボンともっと淡い青色のワークシャツ。その背中に書いてあるのは——

だが、なんと書いてあるのかは気づかなかった。そんなことにかまっていられなかったんだ。一カ所でこれほどたくさんのヴォルヴォにお目にかかったのははじめてだった。ありとあらゆる年式と型式——ステーション・ワゴン、セダン、ファーストバック、544、122、DL、GL、140から740まで、はては940さえ一台——が、ありとあらゆる破損、損壊、腐食、荒廃、腐朽、老朽、崩壊状態でそろっているんだ。目のさめるような光景だった。ヴォルヴォ同士はぴったりくっつきあっているので、その隙間をカニ歩きでじりじり進むはめになった。

おれたちはガレージの反対の角をまわりこんだ。そこで目に飛びこんできたのは、フェンスを背にして雑然と積まれた——整然と積み重ねられているのではない——巨大なタイアの山だった。こっちのほうが涼しかった。風もないのに、ニワウルシの木がゆれていた。

「探しものはこれかい?」

フランキーが一台の145セダンのわきで足を止めた——おれのステーション・ワゴンと似たようなダーク・グリーン。よくある色なんだ。車輪はなくて、地面に鎮座している。それぞれの車輪収納部のわきに、水のたまったホイールキャップが置かれていた。

背後でドサッと鈍い音。タイアがひとつ、フェンスを越えてきて、小山の上に載ったんだ。つづいてもうひとつ。

「仕事にもどらなけりゃ」とフランキーがいった。「お目当てのものは自分で見つけられるよな?」

彼は145のところにおれを残して、フェンスのむこうのだれかに声をかけてから、タイアを山からひっこぬきはじめた。ころがして低いドアをくぐらせ、ガレージの横に建てられた掘っ立て小屋にいれていく。小屋は高さが一メートル半くらいしかなかった。ドアは斜めにかけられたビニールのシャワー・カーテンでなかばおおわれていた。カーテンにはフラダンスのスカートのようなスリットがはいっていて、タイアがくぐるたびにポンと音がした。

フランキーがタイアをころがしてドアをくぐらせるたびに、そのうしろではつぎのタイアがフェンスを越えてきて山に重なる。シジフォスの苦行のように思えた。

それはそれとして、こっちにもやることがある。おれは慎重にひとつめのホイールキャップの水をあけた。探していた貴重なスプリングとクリップが出てきた。錆びちゃいるが、使えないことはない。おれはぐるっと車を一周した(となりの車とこれほどぴったりとくっついていては、それ自体がひと仕事だった)。四つのホイールキャップの水を捨て、お宝をひとつのホイールキャップに集める。砂金のふるい分けみたいだった。

ひんやりした風が吹き、おかしなにおいがただよっていた。背後ではひっきりなしにポン、ポン、ポンと音がしていた。だが、作業を終えて、ブレーキ部品をフランキーのところまで持っていったとき、タイアの山はすこしも小さくなっていなかった。フランキーはそのてっぺんで、フェンスにもたれ、グッドイヤーのシャツを着たインディアンの男と言葉をかわしていた。

インディアン(フェンスのむこう側でトラックの上に立っていたにちがいない)がおれを目にして、さっと首をひっこめた。ぎょっとさせたらしい。なるほど、おれが見ているのは、ある種の非合法な廃棄物処理現場なわけだ。どうしてあれだけの古タイアが、あんなちっぽけな小屋におさまるのか不思議だったが、訊くつもりはなかった。きっとフランキーと老人は、毎晩タイアをジャマイカ湾まで持っていき、捨てているんだろう。

おれはフランキーにブレーキ部品を見せた。

「二ドルってとこかな」

「おじきに見せな」彼はいった。「値段を教えてくれるから」

これからが腕の見せどころだ、とおれは思った。皿を運ぶウェイターのように、貴重なブレーキ部品をいれたホイールキャップを運びながら、私道のほうに引きかえしはじめる。背後でポン、ポン、ポンとたてつづけに音がした。フランキーが仕事にもどったんだ。行きとはちがう道すじをたどって車のあいだをぬけたにちがいない――それが目に飛びこんできたとき、はじめて目《ま》のあたりにするのがわかったから。

　１８００は、一九六〇年代初頭のヴォルヴォの伝説的な（まあ、ある種の）スポーツ・カーだ。最初のモデル、Ｐ１８００はスコットランドとイングランドで組み立てられた（スウェーデン車にしては、どう控えめにいっても、ふつうじゃない）。こいつ――廃車置場でお目にかかった唯一のＰ１８００――にはまだフィンがついていたし、ガラスも全部はまっているように見えた。色はダーク・ブルー。おれはその車のところまでそろそろと進んだ。びっくりさせたら、消えちまうかもしれないと思ったんだ。でも、それは本物だった。車輪はなく、エンジンもなく、ロッカー・パネルは錆びついている。でも、本物だった。なかをのぞきこんだ。ガラスをコツコツやった。ドアをあけた。

　内装はひどい色だったが、やっぱり本物だった。カビくさかったが、どこも壊れていなかった。あるいは、壊れていないも同然だった。興奮しきって私道にたどり着いたんで、老人がホイールキャップのなかを（占い師が内臓を読むように）のぞきこんで、「十ドル」とのたまったときも、ひるみさえしなかった。

　おれは見つけたものをウーに教えるため、家路を急いだ。

2

だれもがウィルスン・ウーのような友人を持つべきだ、絶えず頭をひねっていなけりゃならなくなるから。ウーはパン職人をしながらハイスクールを卒業し、それからドロップ・アウトしてロック・バンドを結成し、それからプリンストン（だと思う）の奨学金を得て数学（だと思う）を専攻し、それからドロップ・アウトしてエンジニアの職に就き、それから夜学で医科を途中まで進んでから、法科に鞍替《くらが》えした。そこでおれと出会ったわけだ。彼は司法試験に一発で合格した。この途中のどこかで自分はゲイだと決め、それからゲイじゃないと決めた（以上のすべてを彼の細君がどう思ったかは知らない）。彼は民主党員でも共和党員でもあったし、カトリックでもプロテスタントでもあったし、銃器規制賛成派でも反対派でもあった。自分が中国人なのかアメリカ人なのか、それともその両方なのか決めかねている。彼の人生で一貫しているものはヴォルヴォだけだ。ウーはほかの種類の車を所有したことがない。いまは一九八四年型の240DLステーション・ワゴンを細君と子供のために持っていた。自分用にはP1800を持っていて、おれのガレージに置いていた。これはおれが手を貸してペンシルヴェニアから牽引《けんいん》してきた車で、ウーがあるガレージ・セールで五百ドルで買ったものだ（そのいきさつはまたべつの話だ）。おれは車庫代をとらなかった。それは真っ赤な一九六一年型スポーツ・クーペで、B18エンジンを積んでいた。エンジンとトランスミッションは良好（じっさい、快調そのもの）だったが、内装ははぎとられてしまっていた。ウーは座席を見つけていたが、まだとりつけていなかった。ノブとトリムとドア・パネルがそろうのを待っていたんだ。この手のつまらない部品はいちばん見つけにくい、とりわけP1800の場合は。ウーは二年間も探していた。

ウーはブルックリンのうちと同じブロックに住んでいた。これはまったくの偶然だった。ダウンタウン・ブルックリン・ロー・スクールに通っていたころと、独立する前おれたちふたりがリーガル・エイド法律事務所に勤めていた時代からそうだったんだから。ウーはキッチンで、ウェディング・ケーキをデコレートする細君を手伝っていた。細君はケータリング業を営んでいるんだ。

「朝っぱらからなにやってるんだ？」とおれは訊いてみたが、返事を待ちはしなかった。おれは不意打ちが得意だったことはない（だから刑事専門弁護士として成功をおさめられなかったんだ）。「おたくの長い心労の日々も終わりだぜ。１８００を見つけた。Ｐ１８００。内装つき」

「ハンドルは？」

「ハンドルつき」

「パネルは？」

「パネルつき」

「ノブは？」ウーはクリームをかきまわす手を止めていた。気をそそられていたんだ。

「ブレーキを直したのか、見りゃわかる」ウーがそういったのは、翌日おれの車でハワード・ビーチへむかう途中だった。「それとも『聞きゃわかる』というべきかな」

「昨日部品が見つかったんで、今朝とりかえたのさ」

おれは〈穴〉を見つけたいきさつを話してきかせた。ヴォルヴォの廃車置場のことを話し、ダーク・ブルーのP１８００にひょっこり出くわしたことを話した。そのころには、アトランティック通りの端を過ぎており、ハワード・ビーチに近づいていた。おれは右折してコンジット通りにはいり、昨日の道すじをたどりなおそうとしたが、うまくいかなかった。なにひとつ見おぼえがなかった。

ウーが疑るような目つきをしはじめた。それともこういうべきだろうか、ますます疑るような目つきをしはじめた、と。

「ひょっとしてみんな夢だったんじゃないのか」とウーがいった。おれをなじっているのか、自分を慰めているのか、それともその両方なのか。

「いくら夢でもP１８００が廃車置場にころがっているところなんか見ないさ」とおれはいった。

だが、必死になって〈穴〉を見つけようとしても、堂々めぐりだった。とうとうあきらめて、ブールヴァード輸入車販売へ車首をむけた。そこはほとんど人けがなかった。カウンター係にも見おぼえがない。シャツのぬいとりによれば、サルという名前らしい。

「ヴィニーなら休みだよ」彼はいった。「土曜日だもんな」

「それなら力になってもらえないかな。フランキーのとこを見つけようとしてるんだけど。〈穴〉にある」

人は「ぽかんとした顔」といういいまわしを濫用《らんよう》する嫌いがある。サルの顔こそまさにそれだった。

「ヴォルヴォの廃車置場に聞きおぼえは？」おれはいった。「小馬とかそういったものには？」ますますぽかんとしてきた。背後にウーがやってきていた。ふりむくまでもなく、疑いの目つきでいることがわかった。

「ヴォルヴォのことは知らんが、だれか小馬のことをいわなかったか？」と奥のほうで声があがった。ひとりの老人が進みでてきた。帳簿をつけていたにちがいない、ネクタイをしていたからだ。「うちのおやじは〈穴〉で小馬を飼ってたんだ。戦時中に蹄鉄《ていてつ》が足りなくなったとき、売っちまったがな」

「おいおい、ヴィニー、いつの戦争だよ？」とサル（つまり、またしてもヴィニーを見つけたわけだ！）。

「戦争がいくつあった？」と老ヴィニーが訊きかえした。こちらをむいて、「いいか、耳の穴をかっぽじって聞けよ、小僧」（思わず口もとがほころんだ。ふつうならおれのことを〝小僧〟と呼ぶのは判事だけだし、それも判事室のなかだけの話だからだ）「いっぺんしかいえんし、ちゃんといえるかどうかもわからんからな」

老ヴィニーに教わった道すじは、昨日ヴィニーに教わったのとはまるっきりちがっていた。それはベルト・パークウェイの閉鎖されたガス・ステーション、コンジット通りの中古車売場、裏にゴミ捨て場のあるマクドナルド、それにもう忘れてしまったその他もろもろに車を乗りいれることに関係があった。

こういえばじゅうぶんだろう、二十分後、急勾配の土手をガタガタとおりたあと、ウーとおれは〈穴〉の幅広い泥道を走りながら、フランキーのとこを探していた、と。ウーが黙りこんでいるので、強い印象を受けているのだとわかった。あらかじめ予想していなかったら、〈穴〉はかなり印象的だし、予想してる者なんているわけがない。横倒しになったクレーン、地下鉄の車輛（間にあわせの煙突から煙が立ち昇っている）、二軒のあばら屋にはさまれた空き地で草を食《は》んでいる小馬。あれは老ヴィニーのおやじさんが飼っていた小馬の子孫なんだろうか、とおれは首をひねった。蹄鉄をはめているかどうかはわからなかった。

太った女はあいかわらず電話していた。子供たちは車がやってくる音を聞きつけたにちがいない、カード・テーブルの前に立って、手書きの看板をふっていたからだ――「月の石はこちら！」に「月の石あり⧄！」それを目にしたとき、ウーがおれの腕に手を置いて、「止めてくれ、アーヴ」といった――〈穴〉にはいりこんでから、はじめての言葉だった。車を止めると、ウーがおりた。灰のかたまりのような石ころをふたつつまんで、子供たちに一ドル札をわたす。連中はクスクス笑って、釣りはないといった。

釣りはとっておけとウーはいった。

「フランキーのとこじゃあんなまねはしないよな」ウーが車に乗りこんできたとき、おれはいった。

「どんなまねだ？」

「交渉ごとにはコツがあるんだ、ウー。ねばりってもんがいる。子供だって知ってるぞ。とにかくインチキの月の石なんかどうするんだ？」

「自由企業制を支援したのさ」彼はいった。「それだけじゃない、おれはアポロ計画に従事してたから、いっぺん本物の月の石をいじったことがある。ちょうどこんな見かけだったよ」クンクンとにおいを嗅ぎ、「ちょうどこんなにおいだった」

車が水たまりをつっきったとき、彼はウィンドウごしに石ころを浅い水のなかに投げこんだ。

〈穴〉はたしかに（最初は）印象的だが、ヴォルヴォで埋めつくされた廃車置場ほど印象的なものはない。おれは、それを目のあたりにしたときのウーの顔を見るのが待ちきれなかった。失望はしなかった。ゲートをくぐりぬけたとたん、ウーが息を呑《の》むのが聞こえた。周囲を見まわしてから、ウーはおれを見て、にやりとした。

「たまげたな」と彼はいった。つかみどころがなく、疑り深いあのウーが。

「まあな」とおれ（ウーがP１８００を見るときが待ちどおしくてたまらない！）。

私道のつきあたりに老人がいて、こんどはディーゼル車の修理をしていた。べつの客――今回は白人だ――がそれを見ながら、あれこれと口をだしていた。老人は自動車修理だけじゃなく、かけあい漫才も商売にしているらしい。ふたりは燃料噴射機から水をぬこうとしていた。

「１８００があるそうだね」ウーがいって、こう付け加えた。「なかなか見つからない車だ」

おれはひるんだ。ウーはビジネスってものを知らない。老人が背すじをのばし、こちらに目をむけた。身長一メートル八十センチの中国人ほど人目を惹くものはない。ウーは一メートル八十六だ。

「Ｐ１８００か」老人がいった。「なかなか見つからないどころの騒ぎじゃない。めったにお目にかかれない掘りだしもんだよ。でも、見るのはロハだ」

彼はディーゼル車のフロントガラスの横あいから手をのばし、ホーンを鳴らした。二回短く、一回長く。

大きすぎる目玉をつけた大きすぎる頭が、廃車置場の反対側、フェンスのわきにあらわれた。

「弁護士がふたりになってもどってきたぞ」と老人が声をはりあげた。それからおれにむかって、「フランキーが働いているところに着くまで、ガレージぞいにまっすぐもどったほうが楽だ。それから右へ曲がれば、Ｐ１８００が見つかる」


フランキーは、あいかわらずフェンスわきの小さくならないタイアの山（積み重ねにあらず）にとりくんでいた。それぞれのタイアがポンと音をたてて、小屋の低いドアをくぐっていく。会釈《えしゃく》すると、フランキーがうなずき返した。おれは右に曲がり、車の隙間をじりじりと進みながらＰ１８００のほうにむかった。てっきり、ウーがすぐあとをついてきているものと思っていた。お目当ての車が見えたとき、ほっと胸をなでおろした――けっきょく、夢じゃなかったんだ！　称賛の口笛が聞こえる（せめてそれくらいは当然だ）と思っていたが、ふりむくと、ウーはついてきていなかった。

彼はいまだにガレージのわきで、壁を背にして積み重ねられた（山積みにあらず）ホイールをながめていた。

「おーい、ウー！」Ｐ１８００のバンパーに乗りながらおれはいった。「ホイールなんかどこにでもころがってるだろ。こいつの内装を見にこいよ！」それから、喉から手が出るほどほしがっているみたいに聞こえたのではないかと心配になって、「オンボロだけど、これで間にあうかもしれん」といいそえた。

ウーは返事をするそぶりも見せなかった。堆積《たいせき》から二個のホイールをひっぱりだす。正確にはホイールじゃない、すくなくともタイアをはめるようなやつじゃなかった。むしろ針金網《ワイア・メッシュ》タイアのようで、トレッドがあるべきところに金属の山型紋様《シャエヴロン》がついていた。

ウーはホイールを横ならびにして直立させせた。片方をたたくと、灰色のほこりが舞いあがった。もう片方をたたき、

「こいつをどこで手にいれたんだ？」と訊いた。

フランキーが仕事を中断して、煙草《たばこ》に火をつけた。

「デューン・バギーからはずしたんだ」

このときには、おれもふたりのところにもどっていた。

「ヴォルヴォのデューン・バギーだって？」

「ヴォルヴォじゃない」とフランキー。「電気自動車だよ。ホイールはバラ売りできないね。セットだ」

「どんなデューン・バギーだい？」とウー。「ちょっと見せてもらえないかな？」

フランキーが目を細くして、

「べつの場所にあるんだ。なあ、あんた環境保護団体の人かなんかかい？」

「その反対さ」とウー。「弁護士だよ。たまたまデューン・バギーが三度の飯より好きでね。ちょっと見せてもらえないかな？　掘りだしもんはなかなか見つからないんだ」

おれはひるんだ。

「おじきに訊いてみないと」とフランキー。

「ウー」フランキーがおじを探しにいったとたん、おれはいった。「廃車置場の連中についてて知っておいてもらいたいことがある。かりに見つけにくいものであっても、連中に教える必要はないってことだ。それはそうと、このデューン・バギーの件はどういうことなんだ？　ほしいのはP1800用の内装じゃなかったのか」

「P１８００のことは忘れてくれ、アーヴ」ウーはいった。「おまえさんにやる。進呈するよ」

「どういうことだ？」

ウーはまたワイア・メッシュ・ホイールをたたいて、舞いあがったほこりのにおいを嗅《か》いだ。

「これがなにかわかるか、アーヴ？」

「ワイア・ホイールの一種だろ。それがどうした？」

「おれは一九七〇年にボーイングで働いてたんだ」ウーはいった。「こいつを作るのに手を貸したんだよ、アーヴ。こいつはＬＲＶのもんだ」

「ＬＲなんだって？」

ウーが答えようとした矢先に、フランキーがもどってきた。

「よーし、見てもいいそうだ。でも、息をこらえなくちゃだめだぜ。洞窟《どうくつ》のなかにあるんだけど、そこには空気がないんだ」

「洞窟？」とおれ。ふたりともそれにはとりあわなかった。

「ドアから見えるよ。でも、おれはそこまで行かない」とフランキー。「おじきが行かせてくれないんだ。上着はないのかい？　寒いよ」

「だいじょうぶだ」とウー。

「ご勝手に」フランキーがプラスチック製の溶接用ゴーグルをウーに放った。「そいつをかけな。それと忘れないでくれよ、息をこらえるのを」

この時点で洞窟の所在が明らかになった。フランキーは小屋に通じる低いドアのほうを指さしていた。彼がタイアをころがしている場所だ。ウーはゴーグルをかけると、かがみこんだ。ドアをくぐりぬけるときに、タイアと同じポンという妙な音がした。

おれはフランキーといっしょに陽射しを浴びながら、ふたつのワイア・メッシュ・ホイールをかかえていた。ばかになった気分だった。

またしてもポンと音がして、ウーがうしろむきにシャワー・カーテンを押しのけて出てきた。ふりかえったとき、その顔は幽霊を見たかのようだった。ほかにどういったらいいのだろう。おまけにガタガタふるえていた。

「寒いっていったじゃないか！」とフランキー。「それにちょっと変わってるって。たとえば、空気がないとかさ。デューン・バギーがほしいんだったら、自分でとってきてもらわないとな」

ウーのふるえはしだいにおさまった。おさまるにつれ、大きな笑みが満面に広がっていった。

「たしかに、ちょっと変わってるな」ウーはいった。「相棒にも見せてやりたい。もうひとつゴーグルを貸してくれ」

「疑ってるわけじゃないよ」とおれ。

「アーヴ、頼むよ！　このゴーグルをかけてくれ」

「やなこった！」とおれはいった。でも、ゴーグルをかけた。遅かれ早かれ、いつもおれはウーのいいなりになる。ウーにはかないっこないんだ。

「息をためるんじゃない。すっかり吐きだしてから、こらえるんだ。行こう。ついてきてくれ」

おれは息を吐きだし、なんとか遅れずに身をかがめた。ウーに手をつかまれ、そのすぐあとについて小屋のドアをくぐりぬける。ポンという音がしたとしても、おれには聞こえなかった。はいった先は洞窟の入り口だった——だが、見わたすと、はいったわけじゃなかった。なかはべつの外だったんだ！

そこは浜辺に似ていた。一面が灰色の砂（か塵《ちり》）だが、水はない。星は見えるが、暗くはなかった。塵は緑がかった灰色で、裁判所の廊下の色に似ていた（弁護士には見慣れた色だ）。

耳が痛くて死にそうだった。おまけに寒いこと！

おれたちがいるのは、長くゆるやかな斜面のてっぺんで、砂丘のような斜面にはタイアが散らばっていた。斜面の底には前輪のない銀色のデューン・バギーがあり、灰色の塵に鼻面をうずめていた。

ウーがそれを指さした。狂人みたいなにやにや笑いを浮かべていた。これだけ見ればじゅうぶんだ。おれは手をふりほどいて、うしろむきにシャワー・カーテンをくぐりぬけ、空気をむさぼった。こんどはドアをぬけるときに「ポン」という音が聞こえた。

あったかい空気は格別だった。耳鳴りもしだいにおさまっていった。フランキーはタイアの山にすわって、煙草をふかしていた。

「連れはどこだい？　あそこには長くいられないよ」

ちょうどそのとき、派手なポンという音をたてて、ウーがうしろむきにシャワー・カーテンを押しのけてきた。

「あいつをもらうよ」肺に空気が行きわたったとたん、ウーはいった。「もらうことにする！」

おれはひるんだ。二回とも。

「おじきに訊いてみないとな」とフランキーがいった。

「ウー」フランキーがおじを探しにいったとたん、おれはいった。「廃車置場の連中についていっておきたいことがある。連中の前で『あいつをもらうよ。もらうことにする』なんて口が裂けてもいっちゃいけない。いうんだったらこうだ。『あれでも間にあわないことはないが……』」

「アーヴィン！」

ウーがおれの言葉をさえぎった。目がギラギラしていた（彼はめったにおれをアーヴィンとは呼ばない）。両手でおれの手をとると、まるでおれたちが花嫁と花婿《はなむこ》であるかのように、くるくるまわりはじめる。ウーの指は凍えていた。

「アーヴィン、知ってるか、わかるか、おれたちがいまどこにいたか？」

「一種の洞窟だろ？　さっきもこのやりとりをしなかったっけ？」

「月だよ！　アーヴィン、おまえさんがいま目にしたのは月面だったんだよ！」

「たしかにちょっと変わってたが」とおれはいった。「でも、月は百万キロのかなただ。しかも空に浮かんでいて……」

「四十万キロだ」ウーはいった。「でも、それはあとで説明する」

　フランキーがおじといっしょにもどってきたのだ。

「あのデューン・バギーは珍品だ」と老人はいった。「五百以下じゃ話にならんな」

　ウーがいった。

「もらうよ！」

　おれはひるんだ。

「でも、自分で洞窟からだしてもらわんとな」と老人。「もうフランキーをあそこに行かせたくないんだ。だからガキどもにも、もう石はなしだといっとる」

「問題ないよ」とウー。「明日はやってるかい？」

「明日は日曜だ」と老人。

「じゃあ月曜は？」

　ぎっしりつめこまれたヴォルヴォの隙間をぬけ、ウーのあとについて正面ゲートまでもどった。街路に出たところで、ウーがＰ１８００をちらっとも見ようとしなかったことに思いあたった。

「あんたはあのふたりがつかまえた最高のカモだよ」とおれはいった。ちょっとばかり機嫌をそこねていたんだ。ちょっとばかりじゃすまなかった。

「その点は疑問の余地なしだな」とウー。

「疑問の余地なんてあるもんか！」おれは１４５を発進させ、〈穴〉からの出口を探しながら通りを進んだ。出口ならどこでもよかった。「ポンコツのデューン・バギーに五百ドルだって？」

「その点はまったく疑問の余地なしだ。あれはハドリー・アペニンか、デカルトか、タウルス・リトロウのどれかだ」とウー。「たぶん、ＬＲＶの製造番号でわかるだろう」

「ハドリーとかデカルトとかは初耳だが、フォード（タウラスという人気車種があった）がデューン・バギーを作ってないのは知ってるぞ」木立《こだち》をぬけてのびている未舗装道路を見つけた。梢《こずえ》ごしに、午後の空に青白くかかっている満月が見えた。「それに月はちゃんと空にかかってる。あるはずのところに」

「どうやら月へ行く方法はひとつじゃないらしい、アーヴィン。連中は月を古タイア捨て場に使ってるんだ。自分の目で見たじゃないか！」

未舗装道路はコンジット通りの空き地に通じていた。おれは歩道を横切り、ガタガタと縁石を乗りこえて、車の流れに割りこんだ。ようやくブルックリンに帰るめどがついたので、運転以外にも注意をむける余裕ができた。

「ウー」おれはいった。「いくらNAPA（全米自動車部品協会）で働いていたからって――」

「NASAだ、アーヴ。それにNASAで働いてたんじゃない、ボーイングで働いてたんだ」

「どこでもいい。科学は専門外だ。でも、月が空にあるって事実は知ってる。おれたちがいたのは地面にあいた穴のなかだ、たしかにちょっと変わってたが」

「穴に星があるか？」ウーがいった。「空気がないか？　変だと思わないか、アーヴ」彼はグローヴ・コンパートメントに封筒を見つけて、鉛筆で走り書きをはじめた。「穴なんかじゃない。あのタイアを見たとき、おやっと思ったんだ。あれは月面探検車《ルナ・ローヴィング・ヴィークル》のタイアだよ、LRVか月面車《ルナ・ローヴァー》のほうが通りがいいが。三台しか作られなかったし、三台とも月に置き去りにされたんだ。アポロ15号、16号、17号。一九七一年と七二年。ちゃんとおぼえてるだろ」

「もちろんさ」とおれはいった。ローヴ・スクールで三番めに習うことは、なにかをおぼえていないと認めてはならないということだ。「じゃあ、どうやってその月面車とやらがブルックリンなんかにあるんだ？」

「それを計算しようとしてたんだよ」ウーがいった。「これは宇宙でもいちばん稀《まれ》な出来事のひとつじゃないかと思うんだ。新位相幾何学的超越《ネオトポロジカル・メタ》ユークリッド的隣接だ」

「非論理的形而上学的《ノンロジカル・メタフィジカル》なんだって？」

ウーが封筒をわたしてくれた。それは数字で埋まっていた——

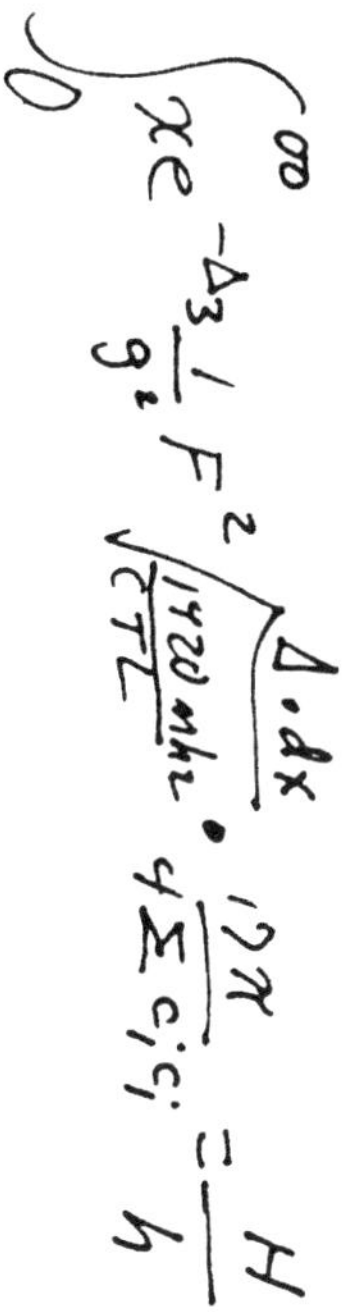

「それでなにもかも説明がつく」とウーがいった。「新位相幾何学的超越ユークリッド的隣接。きわめて稀な現象だ。じっさい、これが唯一の例かもしれん」

「まちがいないのか？」

「むかし物理学者だったんだ」

「エンジニアじゃなかったっけ」

「その前だ。数字を見ろよ、アーヴ！　数字は嘘をつかない。その方程式が表しているのは、どうやって時空が折りたたまれれば、ふたつの場所が隣接すると同時に何百万キロもはなれていられるかだ。あるいは、とにかく四十万キロも」

「要するに、月への裏口みたいなもんがあるってことか？」

「まさにそのとおり」

3

日曜日には大画面TVの前にすわる権利を確保していた。おれは女房といっしょに午後じゅうゴルフとストック・カー・レースを観戦した。コマーシャルのたびにチャンネルを切り替えたんだ。いまでは喧嘩《けんか》もしなくなった、もう口もきかないからだ。とりわけ女房がリモコンを握っているときは。月曜の朝、ウーが九時きっかりに戸口へあらわれた。カヴァーオールを着て、ショッピング・バッグと工具箱をさげている。

「今日は審理がないとどうしてわかったんだ？」とおれ。

「いまのところ一件しか訴訟をかかえていないと知ってるからさ、おたくの離婚だよ、しかも費用を節約するために双方の代理人をつとめてることも。ハイ、ダイアン」

「ハイ、ウー」（女房はウーには口をきく。）

おれの145に乗った。イースタン・パークウェイへ出るまで、ウーはずっと黙りこくって、ベイ・リッジ・ナイトクラブのカクテル・ナプキンに数字をならべていた。

「昨日の晩はお出かけかい？」とおれは訊いた。ダイアンとまる一日すごしたあとで、だれかと口をききたくてうずうずしてたんだ。

「ひと晩じゅう気になってたことがあるんだ」彼はいった。「月面は真空だ。すると地球の空気はどうしてタイアといっしょに残らず小屋のドアに殺到しないのか？」

「降参」とおれ。

赤信号で停止。

「こういうことなんだ」とウーはいって、ナプキンをわたしてくれた。その上にはこんな走り書きが――

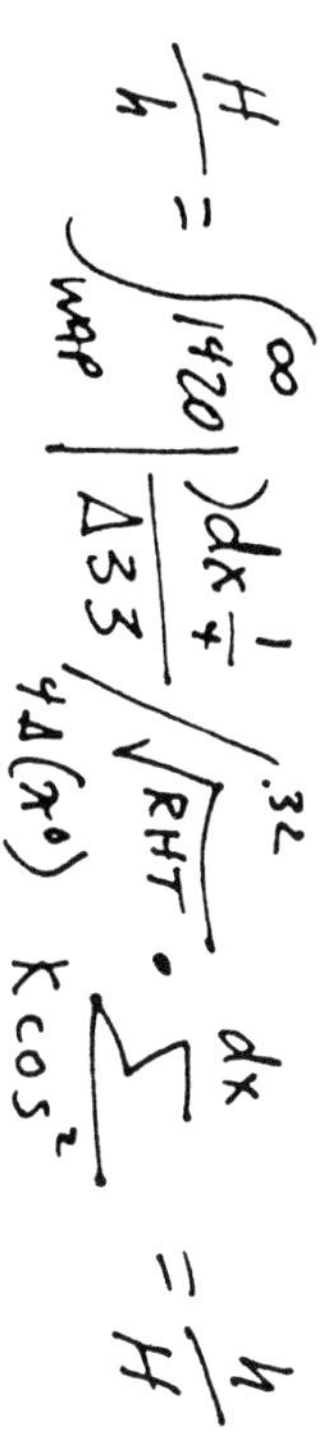

「どういうことだって？」
「さっきの疑問への解答。その数字が示してるように、アーヴ、こんどの一件はたんなる新位相幾何学的超越ユークリッド的隣接じゃない。**不適合**新位相幾何学的超越ユークリッド的隣接なんだ。二カ所は依然として四十万キロはなれてるんだよ、たとえその距離が一センチ以下に折りたたまれてるにしても。すべては明白だ。わかるか？」
「まあな」おれはいった。ロー・スクールで四番めに習うことは、なにかをわからないと認めてはならないということだ。
「空気が殺到しないのは、殺到できないからだ。もっとも、しみだすことはできるから、隣接のすぐそばにはごく局地的な微気候が生まれることになる。きっと減圧で即死せずにすむのはそのせいなんだろう。力を加えてやれば、タイアはころがっていける。でも、空気はあまりにも、あまりにも……」

「つかみどころがなくて力を加えられないわけだ」とおれ。

「まさにそのとおり」

コンジット通りからはずれる道を探したが、見おぼえのある場所がない。通りを二、三本試してみたが、どれも〈穴〉には通じていなかった。

「またか！」ウーがこぼした。

「まただ！」おれは答えた。

ブールヴァードへ引きかえす。今日はヴィニーがカウンターのむこうにいた。彼はおれのことを思いだした（ちょっと水をむけてやったから）。

「〈穴〉を見つけるのに苦労したのは、あんただけじゃない」彼はいった。「近ごろやけに見つけにくいんだ」

「どういう意味だい、『近ごろ』ってのは？」戸口のウーがたずねた。

「去年のいまごろからだ。だいたいひと月ごとに、見つけにくくなってく。コンコルドと関係があるんじゃないかな。騒音が潮《しお》に影響するってなにかで読んだことがある。ほら、〈穴〉はジャマイカ湾からそうはなれちゃいないだろ」

「地図を描いてもらえないかな？」とおれは頼んだ。

「地図なんて描いたことない」とヴィニー。「だから、耳の穴をかっぽじって聞きな」

ヴィニーに教わった道すじは、廃線になった鉄道線路を走り、一方通行の通りを逆走して、あるヘルス・クラブの駐車場を急カーブで横切り、さらに左折と右折を繰りかえすというものだった。おれがなんとか教わったとおりにしているあいだ、ウーはヴィニーのカウンターから持ってきた洗車のチラシの裏に走り書きしていた。

「潮だ」彼はつぶやいた。「あたりまえの話じゃないか！」

どういう意味かは訊かなかった。教えてくれると思った（知っていた！）から。ところが、その暇もないうちに、車はみすぼらしい木立をぬける未舗装道路の上をガタガタと走り、すっかり見慣れた〈穴〉の泥道に乗りいれていた。

「もう月の石はいらないのか？」子供たちと看板の前を通りしなに訊いてみた。

「今日は自分で拾ってくるんだ、アーヴ！」

ゲートのわきに車をつけ、おれたちはなかへはいった。ウーはショッピング・バッグをさげていた。工具箱はおれが持たされた。

老人は年代ものの122を修理していた。うしろから見ると四十八年型フォードに似ているヴォルヴォだ（おれの常に変わらぬお気にいりのひとつだ）。

「電気自動車だからな」ウーとおれが近づいていくと、老人がいった。

「122が？」とおれ。

「デューン・バギーさ」と老人。「いま電気自動車はひっぱりだこだ。カリフォルニアじゃ来年、自動車は全部電動になる。法律でそう決まった」

「いや、そんな法律はない」おれはいった。「それはともかく、どういうことだ？」

「つまり、あのデューン・バギーには相当の価値があるってことだ」

「いや、そんな価値はない。おまけに、値段のことはもう話がついてる」

「そうだとも。五百だ」ウーがいった。ポケットから五枚の札をひっぱりだし、広げてみせる。

「五百以下じゃ話にならんといったんだ」と老人。「それより高くないとはいわなかったぞ」

ウーに答えるいとまをあたえず、おれは彼を１２２のうしろにひっぱっていった。

「ロー・スクールで二番めに習ったことをおぼえてるか？　立ち去るタイミングだよ。来週もどってくりゃあいい――まだあいつがほしかったらの話だが」

ウーはかぶりをふった。

「来週はここにないはずなんだ。〈穴〉は見つかりにくくなってるとヴィニーがいったとき、ピンときたんだ。隣接は月と地球のあいだの時空連続体だけじゃなく、周辺もゆがめてる。で、月だから、当然、月周がある。これを見てくれ」

彼は洗車のチラシをわたしてくれた。裏にはこんな走り書きが――

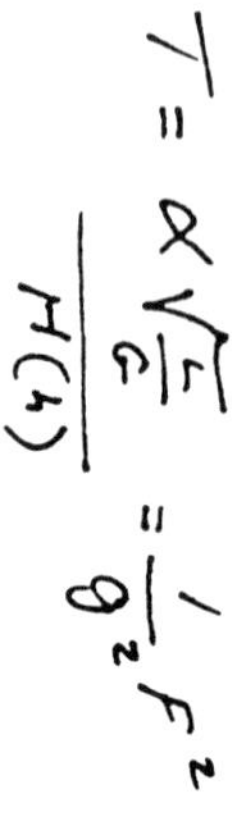

「ほらな」とウーがいった。「この現象は、たんなる不適合新位相幾何学的超越ユークリッド的隣接じゃない。**周期的**不適合新位相幾何学的超越ユークリッド的隣接なんだよ」

「ってことは……」

「隣接が消えたりあらわれたりするってことだ。月の満ち欠けにあわせて」

「ＰＭＳ（月経期前症候群）みたいなもんか」

「まさにそのとおり。まだ昼間の保留時間を補正してないが、月は下弦だから、今日からあと、すくなくともひと月は、まずまちがいなくフランキーの違法廃棄物処理商売は開店休業だ」

「納得。じゃあ来月もどってこよう」

「アーヴ、いちかばちかってわけにはいかないんだ。なにしろ百万ドルがかかってるんだから」

「なにがかかってるって？」思わず気をそそられた。

「あのＬＲＶは新品だと二百万する。おまけに三台しか作られなかった。手にいれてしまえば、あとはＮＡＳＡとコンタクトをとるだけ。でなければボーイングか、スミソニアンの航空宇宙博物館か。でも、鉄は熱いうちに打たなきゃいかん。二百ドル投資してくれ。そうしたら利益の四分の一を分けてやるよ」

「半分」

「三分の一。Ｐ１８００もつける」

「Ｐ１８００はもうくれたじゃないか」

「ああ、でもあれはただの冗談だ。こんどは本気」

「手を打とう」おれはいった。でも、ウーに二百ドルわたすかわりに、やつの手から五百ドルをむしりとって、「でも、数字を検討しててくれ。話はおれがつける」

話は六百ドルでまとまった。返金はしないということで。

「それはどういう意味だ？」とウーがたずねた。

「デューン・バギーはおまえさんらのものってことだ。洞窟から持ちだしても、持ちださなくてもな」と金を数えながら老人が答えた。

「妥当だな」とウー。

おれにはちっとも妥当に思えなかったが、口は閉ざしたままにしておいた。どのみち、老人から金をとりもどす筋書きは、思いもつかなかったんだ。

老人が122のエンジンの修理にもどると、ウーとおれは廃車置場のつきあたりにむかった。フランキーがタイアをころがして、小屋のドアをくぐらせていた。ポン、ポン、ポン。フェンスわきの山はすこしも小さくなっていなかった。フランキーが手をふり、作業をつづけた。

ウーはショッピング・バッグをおろすと、スパンデクスの自転車競技用着を二着ひっぱりだした。その片方をおれにわたし、靴を脱ぎはじめる。

そのあとのやりとりは省略しよう――おれのせりふ、彼のせりふ、抗議や議論やなんやかんやは。十分後、おれはカヴァーオールの下に黒と紫のタイツをはいており、ウーもそうだったといえばじゅうぶんだ。たぶん、真空の酷寒から皮膚を守るためなんだろう。こうと決めたら、ウーはてこでも動かない。

フランキーはこの騒ぎをどう思ったんだろう。彼は黙々とタイアをころがし、ひとつまたひとつとドアをくぐらせつづけていた。

バッグのなかにはまだまだ意外なものがはいっていた。ウーは、ゴム手袋とウールのミトン、漢字の書かれた茶色の瓶《びん》、スーパーマーケットの野菜用透明ビニール袋ひと巻き、コットン・ボールひと箱、粘着テープひと巻き、ロープ一本をつぎつぎととりだした。

フランキーがはじめて口をきいたのは、ウーがロープをとりだしたときだった。そのとき彼は作業を中断し、タイアの山にすわりこむと、煙草に火をつけて、いった。

「だめだよ」

ウーがもういっぺんいってくれと頼んだ。

「見せてやるよ」とフランキー。

彼はロープの端をタイアに縛りつけ、低いドアをくぐらせて小屋のなかに放りこんだ。いつものポンという音につづいて、すさまじいバリバリバリッという音がした。

ドアから煙が吹きだす。ウーとおれは跳びすさった。

フランキーがロープをたぐり寄せた。端は真っ黒焦げだ。タイアは影も形もない。

「痛いめにあっておぼえたのさ」と彼はいった。「自分でデューン・バギーをひっぱりだそうとしたときに。ホイールをはずしたのはそのあとなんだ」

「そうに決まってる！」ウーがいった。「おれはなんてばかなんだ。あたりまえの話じゃないか！」

「なにがあたりまえの話なんだ？」とフランキーとおれが同時にたずねた。

ウーはショッピング・バッグの角をちぎり、ちびた鉛筆でその上にさらさらと数字を書きはじめた。

「これがあたりまえの話さ！」そういうと、フランキーに紙きれをわたす。

フランキーはそれに目をやり、肩をすくめると、おれにまわした——

$$t_p \approx \frac{1}{G} \times \frac{e^4}{m_p m_e^2 c^3}$$

$$h(H)$$

「だから？」とおれ。

「だから、そういうことだよ！」とウー。「その数字がはっきり表してるように、不適合隣接を**通過**することはできても、ふたつの相を**連結**することはできないんだ。当然の理屈だ。四十万キロの時空が一ミリ以下に折りたたまれたら、どれくらいの差動エネルギーがたまると思う」

「ロープを焼きつくすくらい」とフランキー。

「まさにそのとおり」

「鎖ならどうだ？」おれはいってみた。

「鎖は溶けるよ」とフランキー。「もっとも、ケーブルは試しちゃないが」

「人間の知る物質でそれほどの差動エネルギーに耐えられるものはない」とウー。「ケーブルでもだめだ。だから、タイアがポンと音をたてるんだよ。強く押してやらないと、はねかえってくるんだろ?」

「まあね」とフランキーが煙草をもみ消しながらいった。飽きてきたらしい。

「つまり、あいつはあそこに残しておくってことか」とおれ。複雑な気持ちだった。百万ドルの三分の一を失うのはごめんだが、あの焦げたロープの見かけが気にいらない。でなければ、においが。投資した百ドルにだって、喜んでさよならのキスをするつもりだった。

「あそこに残すだって? とんでもない。運転してくるんだ!」ウーがいった。「フランキー、十二ボルトのバッテリーをいくつか貸してもらえないかな? 正確には三つだ」

「バッテリーならおじきが持ってる」とフランキー。「でも、売りものにするんじゃないかな。おじきは貸すって柄じゃない」

もう意外にも思わなかった。


三十分後、おれたちは三基の十二ボルト・バッテリーをスーパーマーケットのショッピング・カートに載せていた。老人はこんども百ドルといったが、いまのおれはパートナーだったんで、交渉を引きうけた。ひとつ二十ドルで話をつけた。充電して使えるようにしたうえで、運ぶためのカートもつけさせた。それに三組のブースターコード。こいつは借りものだ。

ウーはふたつのワイア・メッシュ・ホイールをころがして、小屋のドアをくぐらせた。それぞれがポンと音をたてて、かき消えた。彼はバッテリーとブースターコードをいれたスーパーマーケットのカートに工具箱をつっこんだ。ゴム手袋をはめ、その上からウールのミトンをはめる。おれもそうした。

「準備はいいか、アーヴ？」とウーがいった（よくないといいたいところだったが、いってもしかたないことがわかっていたので、口をつぐんでいた）。「月面じゃ話ができないから、段取りを話しておく。まず、カートを押しこむ。隣接のふたつの相をつなぐ戸口でつかえさせないこと。つかえたら、加熱しはじめる。へたすりゃ爆発するかもしれん。地球と月が吹っとぶかも。吹っとばないとはいいきれん。戸口をぬけたら、カートといっしょに斜面をまっすぐおりてくれ。おれはホイールを持っていく。LRVに着いたら、前端を持ちあげてくれ――」

「ジャッキはないのか？」

「重力はかなり小さいはずだ。おまけに、LRVはゴルフ・カートより軽い。地球上でも二百キロしかない。おたくが持ちあげている隙に、おれがホイールをはめる――道具は工具箱にそろえておいた。それが終わったら、バッテリーをわたしてくれ。こいつはフロントに載せる。そうしたら、おれがブースターコードで直列につなぐ。それが終わったら乗りこんで――」

「ひとつ忘れてないか、ウー？」おれはいった。「それだけのことをやってのけられるほど息をこらえていられないぜ」

「そりゃそうだ！」ウーはにやっと笑うと、漢字の書かれた茶色い瓶をかかげた。「問題なし！　古代中国の薬用酒が用意してある。名前は〈彼は中国語をならべた〉、つまり〈池の探検者〉だ。漢の時代の賢人は、こいつを使って何時間も水中に寝そべり、瞑想《めいそう》にふけったもんだ。こいつは香港《ホンコン》からとりよせた。香港では〈また中国語をならべ〉、つまり〈泥亀の達人〉と呼ばれていて、泥棒が使う。でも、だいじょうぶ、同じものだ。そのコットン・ボールをとってくれ」

瓶はコルクで栓《せん》がしてあった。ウーは栓をぬき、どろりとした茶色い液体をコットン・ボールに注いだ。シューッと音がして、湯気が立ち昇った。

「よしてくれよ」とおれ。

「〈池の探検者〉は血中に酸素を行きわたらせるだけじゃなく、呼吸反射を抑えるんだ。じっさい、それが舌べろの下にあるうちは、呼吸できない。つまり、しゃべれないってことだな。それに毛細管を収縮させ、心搏《しんぱく》を遅くする働きもある。血中の窒素《ちっそ》を除去する働きもあるから、酔うこともない」

「どうしてそんなに詳しいんだ？」

「しばらく生化学をかじったことがある」とウーはいった。「古代の漢方について修士論文を書いたよ。もっとも、未完に終わったがね」

「数学を修める前の話かい？」

「数学のあと、法律の前だ。口をあけて」

おれの舌べろの下にコットン・ボールを押しこみかけて、ウーはいった。

「〈池の探検者〉は、地球大気の酸素化に先立つ太古の呼吸パターンに皮質をあわせる働きがあるんだ。たいしたもんだろ、アーヴ！　もっとも、ごく自然に感じられるはずだ。息を吐いて、肺をからっぽにしろ。よーし！　もどってきたら、すぐに吐きだせ。そうすりゃ呼吸もできるし、口もきける。じつに簡単だ」

〈池の探検者〉は苦い味がした。酸素（かなにか）が舌と頬にあふれるのを感じた。口のなかがピリピリした。いったん慣れてしまうと、それほど悪くなかった。じつをいうと、ひどくいい気分だった。味をべつにすればの話だが。苦みはしつこく残っていた。

ウーが自分の舌べろの下にコットン・ボールを押しこむと、にっこり笑って、瓶に栓をした。それから、および腰のおれの目の前で、二枚のビニール袋をロールから破りとった。

なりゆきが読めた。おれは首をふりながらあとじさり——

そのあとのやりとりは省略しよう。十分後、おれたちはふたりともビニール袋を頭にかぶって、粘着テープで首に留めていたといえばじゅうぶんだろう。最初のパニックがおさまってしまえば、それほど悪くなかった。いつもどおり、ウーは自分がしていることを心得ているようだった。そしていつもどおり、彼の計画に逆らうだけ無駄だった。

フランキーはこの一部始終をどう思ったのか、あんたは気になるだろう、おれも気になった。彼はまた作業を中断していた。ビニール袋をテープで留めているあいだ、彼がタイアの山にすわって、あの青緑色の目でこっちをながめているのが見えた。すこし退屈そうだった。まるでこんなことは日常茶飯事《さはんじ》だというように。

準備は万端ととのった。ウーがスーパーマーケットのカートの前をつかみ、おれは把手《とって》を握った。ウーが指をひねって、小屋のドアのほうをさした。ボロボロのシャワー・カーテンが時空界面のさざ波でかすかにゆれていた。出発進行！

おれはフランキーにバイバイと手をふった。彼が別れのしるしに指を一本あげたとき、おれたちはドアを走りぬけた。

4

地球から月へは——人類にとって大きな一歩だ（ウィルスン・ウーの場合はひとまたぎだ）。ビニール袋ごしでさえ、バリバリッという音が聞こえた。スーパーマーケットのカートが、ブレードの曲がった芝刈り機のようにガタガタとゆれる。と思うと、おれたちはむこう側にいた。あるのはとてつもなく巨大で、冷たくうつろな静寂ばかりだった。

頭上には満天の星々。足もとには、灰色の塵。くぐりぬけてきたドアは、背後の低い崖《がけ》の根元でぼんやりと光っている穴だった。おれたちの眼下には、タイアの散乱する灰色の斜面が広がっていた。斜面の底の平地には、あき瓶、包装材、空気タンク、大きな三脚が散らばっていて、それにもちろん、デューン・バギー——あるいはLRV——が鼻面を塵に埋めていた。あたり一面に轍《わだち》が刻まれている。そのむこうにあるのは低い丘陵で、ときおり黒い石があるほかは、灰緑一色。どこもかしこも近くに思えた。はるかかなたというものがないんだ。タイア、廃棄物、デューン・バギーのまわりの轍をのぞけば、風景は単調でのっぺりしている。目立つものがない。人の手がはいっていない。生命もない。

風景全体は、冬の満月の下の汚れた雪みたいに、ほの明るかった。ただし、もっと明るい。それにもっと緑がかっていた。

ウーは狂人みたいなにやにや笑いを浮かべていた。彼のビニール袋はふくらんでいたんで、宇宙服のヘルメットのように見えた。こっちの袋もきっと同じように見えるんだろう。そう思ったら気分がよくなった。

ウーが背後の上のほうを指さした。ふりむくと、そこに地球があった——青緑色の大きすぎる月のようにぽっかりと虚空に浮かんで。まるっきり『全地球カタログ』の表紙と同じだった。ウーを頭から疑っていたわけじゃないが、頭から信用していたわけでもなかった、このときまでは。ロー・スクールで五番めに習うことは、あの半信半疑の「薄明地帯」で気楽にしていろっていうことだ。

でも、いまは信じきった。おれたちは月にいて、地球をふり返っているんだ。おまけにこの寒さ！　手袋はまるっきり役に立たなかった、ゴム手袋の上にウールのミトンをしていても。だが、寒さを思いわずらっている暇はなかった。ウーがもうワイア・メッシュ・ホイールを拾いあげ、斜面を下りはじめていたんだ。両腋《りょうわき》にひとつずつはさんでピョンピョン跳びはねていく。散らばったタイアを避けようとしているんだ。おれはうしろ手に食品カートを引きずりながら、そのあとを追った。カートが塵にめりこむんじゃないかと思っていたが、そんなことにはならなかった。困るのは、低重力のせいで足もとがおぼつかないことだけ。古タイアの下に爪先をねじこんで、いちどに数センチずつカートをひっぱらねばならなかった。

デューン・バギー、あるいはウー好みの呼びかたをすれば、LRVはフードのない（あるいはエンジンさえない）ジープくらいの大きさだった。背もたれにプラスチック帯が張ってある芝生《しばふ》の椅子《いす》のような座席がふたつ、横ならびにポータブルTV大の四角い操縦盤とむかいあっている。座席にはさまれてシフトギアがある。ステアリング・ホイールはない。前端にとりつけられた傘型アンテナのせいで、全体が『E.T.』か『メリー・ポピンズ』に出てくる珍妙な機械仕掛けのように見える。

前端を持ちあげると、ウーが左側の車輪を丸いファイバーグラスのフェンダーの下にはめこんだ。いくらLRVが軽いといっても、おれはぐっと踏んばらなければならなかった。そのひょうしに、自分が呼吸してないことを思いだした。とたんにパニックに襲われた。目を閉じて、舌べろを吸いこむ。そのうちパニックはおさまった。〈池の探検者〉の苦味が頼もしく感じられた。

目をあけると、霧《きり》がかかっているみたいだった。ビニール袋が曇《くも》っていたんだ。かろうじてウーが見える。早くも左輪をはめ終えていた。インディーのピット・クルーをつとめたことでもあるんだろうか、とおれはいぶかしんだ（あとでわかったが、つとめたことがあった）。

ウーは右輪へ移動した。霧はますます濃くなっていく。片手でぬぐおうとしたが、もちろん、曇っているのは内側だった。ウーが親指を上にむけたので、おれは前端をおろした。ビニール袋を指さすと、彼はうなずいた。ウーの袋も曇っていた。彼はレンチを工具箱に放りこんだ。するとプラスチックのトレーがガラスのように砕け散った（もちろん、音をたてずに）。凍っていたにちがいない。手足の先が死にそうに冷たかった。

ウーが斜面をピョンピョンと登りはじめ、おれはあとを追った。頭上の地球も、眼下の月も見えない。なにもかもがぼやけている。どうやって小屋のドアをぬける出口（それとも入り口？）を見つけるんだろう、とおれは首をひねった。心配にはおよばなかった。ウーがおれの手をとり、通りぬけさせてくれたんだ。こんどはポンと音がした。まぶしさに目をしばたたきながら、おれは頭から袋をむしりとった。

ウーがコットンをペッとを吐きだし、おれもそれにならった。最初のひと呼吸は妙な感じだった。そしてすばらしかった。呼吸がこんなに愉快なものとは知らなかった。

かん高い歓声があがった。数人の近所の子供たちが、フランキーといっしょにタイアの山にすわっていた。

「デカルト」とウー。

「置いてきちまった」とおれ。

「場所のことだよ。あそこは赤道近くの月の高地だ。アポロ16号。ヤング、デューク、マッティングリー。一九七二年。ＬＲＶのバッテリー・カヴァーに見おぼえがある。もっとも、生還は危機一髪のところだったがな。おれたちの生還だよ、連中のじゃなくて。最後の二、三メートルはタイアをたどるしかなかった。ビニール袋の内側にＷＤ‐40をスプレーしてから、もういっぺん行こう」

「そいつはなんにでも効くからな」とフランキーがいった。

正午になった。おれは腹ペコだったが、お昼休みなんていってられなかった。バッテリーが凍るんじゃないか、とウーがハラハラしてたんだ。バッテリーは耐寒性だが、地球用であって、月用じゃない。おれたちは新しい〈池の探検者〉とWD‐40できちんと処理した新しいビニール袋を身につけて、月へもどった。おれは靴にもビニール袋をかぶせ、テープで留めておいた。冷えきった爪先がいまだにズキズキしていた。

LRVのありかにむかって斜面を下っていきながら、おれたちはタイアをいくつかわきに放って道を作った。運がよければ、すぐに登ってくることになる。

元からあったNASAのバッテリーはそのままにしておいて、新しい（いや、中古だが、充電した）バッテリーをその上、フロント・フェンダーのあいだにとりつけた。ウーがブースターコードをつなぐあいだ、おれはこれが見おさめになることを祈って、周囲をぐるっと見まわした。たいしたながめじゃなかった。低い丘陵がとり巻いているだけで、正面の丘には焦げたドーナッツみたいなタイアが散らばっている。小屋のドア（あるいは、ウー好みの呼びかたをすれば、隣接）は、斜面のてっぺんにある低い崖の根元でぼんやりと光っている洞穴だ。斜面は長さはたいしたことないが、勾配がきつい。十二度といったところか。

傘型アンテナがドアをくぐるだろうか、とおれは思った。まるでその考えを読んだかのように、ふり返ると、ウーがすでにアンテナをはずしにかかっていた。ほかのガラクタといっしょに放りだし、座席にすわると、かたわらの座席をポンとたたく。

おれは座席におさまった、というか〝またがった〟。というのもLRVに〝おさまる〟ような座席はなかったから。もちろん、ウーが左座席だ。最初に月におりたのがイギリス人だったら、ウーは右座席にすわったんだろうな、とふと思った。ステアリング・ホイールもフット・ペダルもない――だが、ウーは涼しい顔だった。自分がしていることをちゃんとわきまえているようだ。計器盤のスイッチをいくつかいれる。すると「旋回」「前進」「動力」その他もろもろのランプがともった。狂人のような笑みをこちらにむけ、斜面のてっぺん（あるいはその上に浮かんでいる地球）のほうに両手の親指を突きあげて、ウーは座席のあいだのT型ハンドルを前に倒した。

LRVがガクンとかたむいた。それはうめきをあげると――座席と尾骨を通して〝聞こえた〟んだ――のろのろと前進をはじめた。バッテリーが弱いのがわかった。

LRVにライトがあったとしても、必要はなかった。隣接の上に巨大な北極星のようにかかっている地球が、ありあまるほどの光をくれた。シフトギアだと思っていたハンドルは、じつはヴィデオ・ゲームについているような操縦桿《ジョイスティック》だった。ウーが操縦桿を横に倒すと、LRVは鋭く右折し――四輪すべてが方向を変えた――斜面を登りはじめた。

のろのろした進みかただった。地球は親しげに見えたはずだ、とあんたは思うかもしれない。でも、そうじゃなかった。地球はよそよそしく無慈悲に見えた。おれたちをあざ笑っているようだった。はじめから弱かったバッテリーが、ますます弱くなってきた。ウーのにやにや笑いはとっくに消えていた。せっかくタイアのあいだに道をつけておいたのに、無駄骨に終わった。斜面を一直線に登るなんて、LRVにはとてもじゃないが無理だ。

おれはLRVからおり、ジグザグに登る道をつけはじめた。月の引力が強かったら、タイアを投げるのは愉快だっただろう。おれはタイアからタイアへと跳びはねていき、かたっぱしから下のほうへ投げとばした。ウーがそのあとをついてきた。

問題は、ジグザグに走っても曲がり角が急勾配なことだった。てっぺんまでまだ二十メートルを残したところで、LRVのバッテリーがあがった。もちろん、聞こえたわけじゃない。でも、最後の道すじをつけてふり返ると、LRVが立往生していた。ウーは両手で操縦桿をバンバンたたいていた。ビニール袋がふくれあがっていたので、破裂するんじゃないかとひやひやした。ウーが癇癪《かんしゃく》を起こすのを見るのははじめてだ。それで心配になった。ウーのようすを見かねたおれは、走って（というよりは、跳びはねて）もどった。

ブースターコードをはずしにかかる。ウーが操縦桿をたたくのをやめて、手伝ってくれた。スーパーマーケットのカートは底に置いてきてしまったが、月の重力下ならバッテリーはじゅうぶんに軽い。おれは両腋《りょうわき》にひとつずつバッテリーをかかえて、斜面を登りはじめた。わざわざふりむきはしなかった。ウーが残りを持ってついてくるのはわかっていたからだ。

おれたちは隣接——小屋のドア——をそろって走りぬけた。ビニール袋を頭からむしりとり、コットン・ボールをペッと吐きだす。暖かい空気が肺にあふれた。気分爽快《そうかい》とはこのことだ。

でも、手足の先には火がついていた。

「ちっきしょう！」ウーがいった。彼が悪態をつくのを聞くのははじめてだ。「もうすこしだったのに！」

「失敗したわけじゃない。あとたったの数メートルだ。こいつを充電して、ピザでもつまもうや」

「名案だ」ウーがいった。

おれはうめいた。落ち着きをとりもどしつつあった。「腹がへると気が短くなっていけない。でもな、アーヴ。状況は予想より悪いぞ」

バッテリーをおろすと、そのうちのふたつの側面が裂けていたんだ。三つともからっぽだった。月の真空中で酸剤が沸騰してしまったんだ。そもそも使えたこと自体が驚きだった。

「ところで、爪先が痛まないか？」ウーが訊いた。

「痛くて死にそうだよ」とおれは答えた。

ロー・スクールで六番めに習うことは、すべての（あるいは、ほとんどすべての）問題は現金で解決できるということだ。おれの財布にはとっておきの百ドル札が、非常事態にそなえて隠してあった――これが非常事態でないとしたら、なにが非常事態なんだ？　おれたちは九十ドルで老人からさらに三つのバッテリーを買い、すぐに充電してもらった。それから釣り（十ドル）を自転車に乗った子供に持たせ、ピザ四切れとダイエット・ソーダふた缶を買いにいかせた。

それからニワウルシの木の下にすわって、靴《くつ》を脱いだ。さいわい爪先は黒ずんでいなかった。陽射しを浴びて、あっというまにぬくもった。冷たいのは靴のほうだった。片方のローファーのタッセルは折れていた。もう片方は、さわったひょうしにポキンと折れた。

「LRVの電気系統をいくつかバイパスしないと、斜面を登りきれないな」とウーがいった。風に飛ばされてきた新聞紙を拾って、回路図を描きはじめる。「計算だと、あのバッテリーは三十三・九パーセントの出力で十六分もつ、航法システムを遮断すればの話だがな。さもなけりゃ、後部操舵モーターを分流させるか。こいつを見てくれ――」

「信用するよ」おれはいった。「ピザがきた」

靴下は暖かかった。こんどはビニール袋を二重に留めた。いっぽうウーは〈池の探検者〉をコットン・ボールに注いだ。湯気が立ち昇り、タイアの山の上の子供たちが喝采《かっさい》した。いまでは十人くらいになっていた。フランキーはひとり頭二十五セントの料金をとっていた。ウーはコットン・ボールを舌べろの下に押しこみかけて、その手を止めた。

「きみたち」彼はいった。「家でまねするんじゃないぞ！」

いっせいにブーイングがあがった。ウーはおれの頭にビニール袋を留めてから、自分の袋をテープ留めした。おれたちは手をふり――おれたちはご近所の英雄だ！――充電のすんだ〝新しい〟バッテリーをかかえあげた。そして肩をならべて身をかがめ、隣接をくぐって、やりかけの仕事が待っている古タイアの散らばった月の斜面へもどった。おれたちは史上初の惑星間自動車回収チームなんだ！

　こんどはウーがバッテリーをふたつ運び、おれはひとつ運んでいた。立ち止まって景色をながめはしなかった。もう月のながめにはうんざりだった。ウーがバッテリーをつなぐあいだ、おれは助手席に乗りこんだ。ウーがとなりに腰をおろし、スイッチをいくつかいれた。こんどのほうがすくなかった。計器盤の〝前進〟ランプはつかなかった。方向転換と運転系統の半分のランプは消えたままだ。

　と思うと、ウーがおれの右手を操縦捍の上に置き、自分は跳びおりると、ＬＲＶのうしろをつかんだ。押すつもりらしい。おれに運転をまかせたわけだ。

　おれは操縦捍を前に倒した。するとＬＲＶがうめいて動きだした。この前よりはすこしばかり元気がいい。方向転換には時間がかかった。前輪しかまわらなかったからだ。それでも、希望がわいてきた。ＬＲＶはスピードを落とさずに最後のカーブを切りぬけた。

　最後の直線路をめざす。バッテリーが一メートルごとに、十センチごとに、一センチごとに弱まるのを感じた。まるで月面のほかの万物が軽くなった分だけ、ＬＲＶが重くなったかのようだった。計器盤のライトが点滅していた。

　隣接まであとたったの十メートル。それは崖の根元でぼんやり光る細長い穴だった。反対側がまばゆい光にあふれているのはわかっていた（真夏の午後なんだ！）が、どうやら空気をもらさないようにしているのと同じ界面が、光も弱めているようだ。

幅はなんとか足りそうだ。でも、高さが足りない。さいわいLRVには風防がない。かがみこみさえすれば、通りぬけられるだろう。

開口部まであと五メートル。三メートル。二メートル。LRVが止まった。操縦捍をガチャガチャやると、もう三十センチ進んだ。座席のうしろに手をのばし、ブースターコードをゆさぶった。LRVがうめいてもう十五センチ前進し——そこで息絶えた。おれは目と鼻の先にある崖の根元の細長い穴と、頭上の地球に目をやった。どちらも同じくらい遠かった。

操縦捍をゆすってみる。うんともすんともいわない。おりて、押すのを手伝おうとしたが、ウーに止められた。彼には奥の手があった。バッテリーからコードをはずすと、接続を逆にしたんだ。それでどうなるはずもないんだが、ちょくちょく気がつくように、電気ってやつは理屈どおりにはいかない、法律と同じように。うまくいくはずのないことが、たびたびうまくいくんだ。

おれはもういちど操縦捍をぐっと押しこんだ。

LRVがもういちどうめいて前進し、うめきつづけた。おれは車首を穴にむけ、かがみこんだ。光がチラチラし、マシンがガタガタとゆれる。LRVの前端がシャワー・カーテンから突きだし、陽射しを浴びる。つづいておれ。いきなりの熱でビニール袋がふくれあがった。

バッテリーが最後のうめきをあげた。おれは跳びおりて、フロント・バンパーをひっぱりにかかった。ビニール袋ごしに、子供たちの悲鳴が聞こえる。それとも歓声なんだろうか? シャワー・カーテンの裏ですさまじいバリバリバリッという音がした。LRVは半分しかぬけていない。前端がガクガクと上下している。

おれは頭から袋をむしりとり、コットンをペッと吐きだすと、深呼吸して、金切り声をあげた。

「ウー！」

シューッ、バリバリッと音がした。足もとで地面がゆれるのがわかった。背後でタイアの山がゆっくりと崩れはじめた。子供たちは逃げようとして、すべったり、ころがり落ちたりしている。どこかでガラスの割れる音。おれは金切り声をあげた。

「ウー！」

LRVの前端がすぽっとぬけ、はずみでおれは、（あけすけにいえば）いやっていうほどケツをぶつけた。

地面のゆれがおさまった。子供たちが喝采した。

通りぬけたのはLRVの前半だけだった。座席のすぐうしろで半分に焼け切れていたんだ。まるで下手くそな溶接工に切断されたかのようだった。オゾンのツンとくるにおいがただよっていた。おれは深呼吸して、カーテンのほうにかがみこんだ。ウーの身が心配だった。でも、カーテンもなければ小屋もなかった——板ぎれの山があるだけだった。

「ウー！」

おれは叫んだ。でも、彼はそこにいた、板ぎれのあいだの地面に横たわって。ウーは半身を起こし、頭から袋をむしりとった。コットンをペッと吐きだし、深呼吸して——あたりを見まわし、うめき声をあげた。

子供たちはやんやの大喝采（子供は破壊が大好きだ）。フランキーさえ喜んでいるようだった。でも、老人は喜んじゃいなかった。ガレージの角をまわってきたとき、見るからに怒り狂っていた。

「いったいぜんたいなんの騒ぎだ？」彼は訊いた。「おれの小屋はどうなった？」

「いい質問だ」とウー。

立ちあがり、小屋のなれの果ての板ぎれをわきに放りはじめる。シャワー・カーテンはその下にあった、溶けてゴワゴワしたプラスチックのがらくたになって。その下には灰と燃え殻の山――それで終わりだった。洞窟なし、穴なし。LRVの後半なし。月なし。

「洞窟はひと月ごとに大きくなったり、小さくなったりするけど」とフランキー。「でも、そんなふうになったことはないな。はじめてあらわれてからいちどだって」

「それはいつのことだい？」とウー。

「半年くらい前かな」

「おれのブースターコードはどうなった？」と老人がいった。

ピザのお釣りで老人にブースターコード代を払ってから、レッカー車を呼んで、半分だけのLRVをパーク・スロープまで牽引《けんいん》していくことにした。レッカー車を待っているあいだ、おれはウーをわきにひっぱっていき、「おれたちのせいで廃業ってわけじゃないだろうな」といった。心が痛むってわけじゃないが、気にはなった。

「いや、とんでもない。隣接はもっと低い新位相幾何学的軌道に移りかけてたんだ。おれたちはほんのすこし時期を早めただけさ。暦がないとはっきりしたことはいえんが、八月の潮汐表《ちょうせきひょう》によれば（暗記しといてよかったよ）来月には隣接はここから消えてたはずだ。でなければ、さ来月には。フランキーがいったように、ここには半年しかなかったんだ。これは一時的なもので、周期的であるばかりか、断続的なものなんだよ」

「氷河期みたいなもんだな」

「まさにそのとおり。この半球じゃ常にどこかで起きてるけど、たいていはこんな人家に近い場所でじゃない。ヒューロン湖の湖底かもしれんし、グレート・プレーンズの上空かもしれん。よく原因不明の空中衝突があるだろ」

「むこう側はどうなんだ？」おれは訊いた。「常にアポロの着陸地点なのか？　それともただの偶然だったのか？」

「いい質問だ！」ウーは食べ終わったピザの紙皿を一枚つまみあげると、ちびた鉛筆で走り書きをはじめた。「かりにアポロ着陸地点六ヵ所全部の月緯を平均して、係数で割るとすれば……」

「訊いてみただけだよ」おれはいった。「レッカー車がきた」

5

半分のLRVを半額で（おれが交渉した）牽引《けんいん》してきたが、百万ドルにはならなかった。ボーイングは経営危機にあった。NASAは買いあげを停止していた。航空宇宙博物館は飛ばないものには興味がなかった。

「あれを持って各地をまわるってのはどうだ」売りこみを数週間つづけたあと、ウーがいった。「ショッピング・センターのアトラクションになるかもしれん――『半分の中国人が半分の月面探検車をお目にかけます。料金はおとなも子供も半額』」

ウーのユーモアは苦い失望の裏返しだった。でも、彼は売りこみをつづけた。JPL（ジェット推進研究所）は電話に応じようとしなかった。ゼネラル・モーターズは返事をよこさなかった。ようやく、アポロ関係の記念物を一堂に集めることを検討していたハンツヴィル公園管理局が、成人娯楽担当の副理事を視察に派遣することに同意した。

彼女がやってきたのは、おれの離婚が成立した日だった。ウーとおれはガレージで彼女に会った。家が売れるのを待つあいだ、おれはそこで暮らしていたんだ。彼女の目は、フランキーの目みたいに、大きくて青緑色だった。彼女はLRVを調べ、首をふると、「一ドル札みたいなものね」といった。

「どういうことかな?」とウーが訊いた。がっかりしている顔だった。それとも、ひょっとしたら疑っている顔だったのか。だんだんちがいがわからなくなる。

「半分以上あれば、ちゃんとした一ドル札の価値がある。半分以下だと、一文の値打ちもなし。このLRVは半分にちょっと足りないから、一文の値打ちもないわけ。それはともかく、あのオンボロP1800を売る気はない？　あれはイギリスで組み立てられたやつじゃないかしら？」

それがキャンディとのなれそめだ。でも、それはまたべつの話。

その二日後に家が売れた。ガレージつきで売ったので、おれはウーを手伝って半分のLRVを彼の家の裏庭に移動させた。いまでもそこにある。半分のLRVは、どんなバイクよりも軽かった。P1800（こいつはナンバー・プレートつきだ）は路上駐車させて、土曜の朝に、おれが内装部品を買いにいった。ウーの予言どおり、こんどは簡単に〈穴〉が見つかった。もう隣接とつながってないからだ。ブールヴァード輸入車販売に立ち寄るまでもなかった。コンジットからそれらしい通りにはいっただけで、そこに出ていたんだ。

老人はおれと口をきこうとしなかったが、フランキーは話のわかるやつだった。

「あんたの相棒がきて、なにもかも説明してくれたよ」と彼はいった。数字でいっぱいの黄色い法律用箋《ようせん》を見せ、「こいつをくれた。もっと詳しい説明なんだろうな、きっと」

フランキーはガレージの前に小屋の板ぎれを積みあげていた。小屋のドアがあったところには、消し炭のような地面が露出していた。消し炭は、ツンとくるあの月のにおいがした。

「どっちにしろ、タイア廃棄稼業にはうんざりしてたんだ」とフランキーが小声で白状した。

老人がガレージの角をまわってやってきた。

「相棒はどうした？」と彼は訊いた。

「土曜の午前中は学校に行ってるんだ」

ウーはメテオロロジストになる勉強をしていた。その学問の対象が、天気なのか流れ星なのかはよくわからない（メテオロロジーは気象学、メテオは隕石のこと）。とにかく、法律とは縁を切っていた。

「いい厄介払いだ」と老人はいった。

内装パネル、ノブ、ハンドル、トリム代として老人は六十五ドルをふっかけてきた。いい値を払うしかなかった。金はあった、家具の半分をダイアンに売ったからだ。おれの新しい人生の門出だ。P１８００のちっぽけなハート形のトランクにおさまらないものは、なにも持ちたくなかった。その夜、ウーに手伝ってもらって座席をいれてから、パネルとノブとハンドルをとりつけた。作業が終わったのは真夜中だったんで、見た目は悪くなかった。たとえ昼間に見れば異様な色のとりあわせだとわかっていても――赤い車体に青と白の内装。ウーはまたあの狂ったにやにや笑いを浮かべていた。その笑いを見るのは月面以来だった。彼はルーフトップごしに東の空（じつをいえば、ハワード・ビーチのほう）を指さした。月が昇るところだった。

そのながめがうれしかった――はるかかなたにある月が。

ウーの細君が残りもののウェディング・ケーキを持ってきてくれた。おれは145のキーをウーにやり、ウーはP1800のキーをおれにくれた。

「まあ、対等の取り引きだよな」とおれはいった。

手をさしだしたが、ウーはそれを払いのけると、かわりにおれを地面から浮くほど抱きしめた。だれもがウィルスン・ウーみたいな友人を持つべきだ。

おれは満月を追いかけて遠いアラバマへとむかった。

――パット・モーロイに深甚の感謝を捧げる。

宇宙のはずれ

これまでに気づいたかぎりじゃ、北部と〈南部〉（山カギで囲めっていわれてるんだ）の最大のちがいは、がらあきの駐車場だ。あるいは、ひょっとしたら、〈がらあきの駐車場〉というべきかもしれない。ブルックリンじゃ、がらあきの駐車場は、薄気味悪くて見苦しい空き地で、瓦礫《がれき》の上に名前のない毒々しくて、鼻の曲がりそうなにおいの雑草がはびこっていたり、ゴキブリのしみがついた家庭用品ゴミが散らばっていたり、目の隅でちらっと見るのでもないかぎり、視界にいれたくないようなおぞましくて、いやらしい、チョコマカ走る生きものが住みついていたりと相場は決まってる。ここアラバマじゃ、おれが住んで仕事している（勉強を仕事と呼べればの話だし、おれのしていることを勉強と呼べればの話だが）ハンツヴィルの中心地区《ダウンタウン》でさえ、がらあきの駐車場は、ミニチュアのユーエル・ギボンズ（アメリカのナチュラリスト・著作家）記念碑みたいだ。野放図《のほうず》に生《お》い茂《しげ》った食用植物と道ばたの飾り——ギシギシとヒユ、アザミとメダケ、アメリカヤマゴボウとスイカズラ、ブタクサとフジ——そのなかじゃ、奇妙なことにひっくり返った食料品カートやトランスミッションの収納部、ときにはペシャンコになったマットレスや、ガラクタや、黒い水が半分ほどたまった古タイアが、興趣をそえているんだ。いってみれば、薬味をきかせているわけだ。植物相の魅力をそこなうどころか、引きたてているんだから。ブルックリンじゃ、よっぽどの凶悪犯に追われているのでもないかぎり、がらあきの駐車場を通りぬけたりしない。アラバマじゃ、おれは毎日同じ角の駐車場を横切って、寝泊りして法律の勉強をしていたホイッパー・ウィル法律事務所から、男子洗面所の専用キーを持っていたホッピーズ・グッド・ガルフまで通《かよ》っていた。じっさい、小道を横切って、草むらをぬけるのを楽しみにしてたくらいだ。定期的に自然と親しく触れあう機会だったから。あるいは、ひょっとしたら、〈自然〉というべきかもしれない。

そして〈郷愁〉にひたる機会でもあったのだ。

駐車場の奇妙なゴミのひとつに、ビーズの座席クッションがあった。一九八〇年代後半にニューヨークのタクシー運転手（とりわけバングラディシュ出身の連中）が愛用したもので、いまでもたまに見かけることがある。このクッションにも華やかな時代があったのだろうが、残っているのは五十かそこらの大きな木製ビーズだけで、よじれたネオプレン（合成ゴムの一種）のひもに数珠《じゅず》つなぎになって、いうなれば、座席の形をラフ・スケッチしていた。でも、見ればそれとわかったし、日に二、三度目にするたびに、ビッグ・アップルのことが思いだされて、胸に暖かいものがこみあげてきた。ちょうど自動車のホーンが鳴るのを聞いたり、ベーグルのにおいを嗅《か》ぐようなものだったんだ。そいつは、ホッピーズ・グッド・ガルフへの通り道になっている狭い赤土の小道にはみ出す形でころがっていた。おれの目の前でしだいにバラバラになっていき、毎週すこしずつ見分けがつかなくなっていったが、それでも見慣れたところが残っていた。ちょうど隣近所（あるいは友人）が落ちぶれていくように。おれは日に何度かそれをまたぎ越すのを楽しみにしていた。というのも、キャンディに首ったけだった（いまでもそうだ――いまじゃおれたちは夫《ミスタ》と妻《ミセス》も同然だ！）し、（すくなくとも）アラバマを好きになりかけていたけれど、ニューヨークが恋しかったからだ。おれたちブルックリン人種は都会の動物だし、人と車の両方に見捨てられた、この手のさびれゆく小さな赤煉瓦《あかれんが》造りの〈南部〉の〝ダウンタウン〟ほど都会的からほど遠いものはない。たぶん、いつもすこしばかりもの悲しくて、がらんとしていたんだろうが、近ごろじゃ前にもましてもの悲しくて、がらんとしているんだ。アメリカのおおかたの街――北部でも〈南部〉でも――と同じように、ハンツヴィルは命の素《もと》が旧繁華街《オールド・ダウンタウン》から〈バイパス〉へ流れるのを見てきた。静かで暗い心臓から、にぎやかで、ネオンの輝く皮膚《ひふ》――街をぐるっととり巻くショッピング・モールとファースト・フード・レストランとコンヴィニエンス・ストアとディスカウント・センターの連なりへ。

　べつに愚痴をこぼしてるわけじゃない。この火の消えたようなダウンタウンは、〈バイパス〉よりおれにふさわしかった。〈バイパス〉は徒歩の男のための場所じゃないし、そのころおれはそういう境遇だったんだから――そいつはまるっきりべつの話だが、ここで話しといたほうがいいだろう。そいつもホイッパー・ウィルに関係があり、〈はずれ〉（街のだ、宇宙のじゃなく）に関係があり――

　Uターンに関係があるんだから。

　キャンディを慕ってブルックリンからここへ引っ越してきたとき、おれは親友のウィルスン・

ウーからもらったヴォルヴォＰ１８００を彼女に売っていた。ウーがＬＲＶ（月面走行車《ルナ・ローヴィング・ヴィークル》）を月から持ち帰るのを手伝った見返りにもらったやつだ（そいつもまるっきりべつの話で、この話は「穴のなかの穴」でしておいた）。キャンディに手を貸して車の整備をしてやったのは、おれが彼女のボーイフレンド——じつは、近い将来の婚約者——だったからだけじゃなく、ヴォルヴォの最初にして唯一の真のスポーツカー、Ｐ１８００が世にも稀《まれ》なクラシックで、その恐ろしく風変わりな性質は、さしもの〈南部〉のシェイド・ツリー・メカニック（この人種を称賛することにかけちゃ、おれの右に出る者はいない）にも理解できそうにないからだ。たとえば、キャブレター。ヴォルヴォのツイン・スライド式ＳＵは、走行距離が三、四十万キロを超えたところで空気もれを起こしはじめる。そしてウーによれば（彼はこれに関する数式を見せてくれた——もちろんだとも！）、ＳＵを同調させるには——とりわけ、べつの気候に移動したあとは——その土地の平均湿度（気温は要因じゃない）に近づいた日に、サード・ギアでエンジンの回転数を毎分四千七百二十五まであげ、勾配《こうばい》が四から六パーセントの坂道を走り、８の字ターンの状態でＳＵを交互に切りかえながら、フレームとトランスミッション・ケースのあいだにくさび留めした三十センチのアルミ箔製《はくせい》パイ皿が、排気音で〝Ａ〟を歌うようになるまで、車体をかたむけるしかないという。おれは絶対音感を持ちあわせちゃいないが、例の小さなＣ電池式ギター・チューナーを借りられたし、ハンツヴィルの北はずれの古い四車線には長い六パーセントの勾配がある。そこで道路は市の境界を越え、スクウィレル・リッジ——標高三百九十メートルのアパラチア山脈の残りかすで、郡の北半分じゃ随一の高さを誇ってる——の山肩をまわりこむんだ。ウーの方法にはいくつかの峠がいるんで、おれは市警の連中がひとり残らず教会にいるとわかっている日曜の早朝に出かけ、帰りは市境を越えたところで「Uターン禁止。警察専用」の近道を使うことにした（これが最初の過ち）。調整をすませ、キャンディを教会（メソジスト派）で拾おうと、車を街にもどそうとしかけたときだった。灰色の〝警察車《スモーキー》〟が——いうなれば——逆光を背にして、襲いかかってきたんだ。

　警官一般、ことにアラバマ州警察官は、ユーモアの欠けた恐ろしく頭の固いやからで、おれのふたつめの過ちは、じっさいは車を運転《ドライヴィング》していたんじゃなく、調律《チューニング》（調整の意味にもとれる）しようとしていたんだと説明しようとしたことだった。そいつはおれ自身の言葉を使って、ひとつの違反（不法なUターン）に六つの罰則を適用した。三つめの過ちは、おれがホイッパー・ウィル・ノイダートの娘の近い将来（というのも、まだ正式にキャンディにプロポーズしてなかったからだ。理由はあとでわかる）の婚約者だと説明したことだった。むかしホイッパー・ウィルが、よりによってこの警官に銃をぶっぱなしたことがあるなんて、おれにわかるわけがない。この三つのしくじりの結果、おれは略式で治安判事の前に引きだされることになり（教会はちょうどお開きになっていた）、判事はむかしホイッパー・ウィルに×××呼ばわりされたことを教えてから、おれのニューヨークの運転免許証をとりあげ、アラバマの免許を申請できるようになるまで、三カ月の謹慎をいいわたした。

　とまあ、こういうしだいでP１８００は快調に走っていたわけだし、おれは徒歩だったわけだし、キャンディとおれは、毎（あるいはほとんど毎）日、彼女の勤め先の公園管理局に近い

〈バイパス〉に出るかわりに、ハンツヴィルの古いダウンタウンでランチのために会っていたわけだ。おれには望むところだった。ニューヨーカーは、おれみたいな車好きのブルックリン人種でさえ、歩くのがうれしいものだし、おれは〈バイパス〉がへどが出るほど嫌いだから。毎朝おれは判で押したように同じことをした――目をさます、角の駐車場を横切ってホッピーズ・グッド・ガルフの男子洗面所へ行き（「ホイッパー・ウィルんとこの北部野郎《ヤンク》か」）、それからオフィスにもどって郵便を待つ。

　郵便をあけるまでもなかった。日誌に記入するだけだ。ホイッパー・ウィル・ノイダートは四つの郡で六十年にわたり、トレーラー・パークの家主をやっていた。安普請《ロー・レント》の物件にあこぎなとりたて《ハイ・クライム》というやり口で、北アラバマじゃほかのだれよりもたくさんの敵を作り、わずかな友人にしか恵まれなかった。オフィスがダウンタウンにあったのは、いかにもじいさんらしい。というのも、自分は移動住宅にいるところを死んでも見られたくない、そいつにふさわしいのは（彼によれば）〝貧乏白人と黒んぼと×××〟だけだ、と広言してはばからなかったからだ。ホイッパー・ウィルは税制と法律の網の目――じっさいは、何重もの網の目――をかいくぐってきていたので、州の監査が未決のあいだ、オフィスは差し押えられていた。リアルター協会（公認の不動産仲介人の組織）、IRS（国税庁）、BATF（アルコール・タバコ・火器局）、DEA（麻薬取締局）、その他いくつかのさらに評判のよろしくない機関のあいだで結ばれたとり決めで、土地家屋の管理は、係争中の訴訟をかかえておらず、対立する利害のない州外の弁護士にゆだねるしかなくなった。おれがホイッパー・ウィルのひとり娘と熱愛中だという事実は、利害とみなされなかった――じっさい、この役目におれを推薦したのはキャンディだったんだ。ほかになり手がいなかったから。いくらホイッパー・ウィルへの恨みつらみが薄らいでいたとしてもだ、世を去った悪人への恨みつらみが薄らぐこともあるように。ホイッパー・ウィルは死んじゃいなかったが、アルツハイマー病、前立腺癌《がん》、肺気腫、パーキンソン病に囲まれて、棺桶《かんおけ》に片足をつっこんでいた。彼が老人ホームにはいって九カ月近くがたっていた。

電話（鳴るのはキャンディがかけてきたときだけ）に出て、郵便を日誌に記入する見返りに、おれは〝住んで〟（眠って）アラバマの法律を勉強するための場所としてオフィスを使えることになった。さもなければ、とにかく参考書を読みふけるための場所として。あるいは、とにかく参考書を広げるための場所として。勉強する上での問題は、時期が黄金のアラバマの十月であり、秋は（気がついていたんだが）四十代にとって恋の季節であることだった。おれは四十一だった。いまじゃそれよりすこしばかり年を食ってるわけだが、そんなのあたりまえだと思うなら、おれの話をまだ聞いてないからだ。話は、おれがあることに気がついた朝からはじまる。がらあきの駐車場のビーズの座席クッションが、ボロになるかわりに、ましになっていたのさ。

火曜日だった。典型的な——ということは美しい——アラバマの十月の朝だ。木の葉はそろそろ色づこうかと考えはじめたところ。昨夜、キャンディとおれは夜更《よふ》かしした。スクウィレル・リッジの展望台に車を停め、おれがあとひとつ——小さなやつだ——というところまで彼女の制服のブラウスのボタンをはずしたとき、彼女がきっぱりと、だがやさしく、おれの手の甲に触れ、おれを止めた。おれはその触れかたが大好きだった。よだれの出そうな夢からぬけられず、寝過ごしてしまい、ベッドと呼んでいるレザーのカウチからよろめき出たのは十時近くだった。目が半分しかあかないまま、よろよろと角の駐車場を横切ってホッピーズ・グッド・ガルフへむかう。

「ホイッパー・ウィルんとこの北部野郎《ヤンク》か」とホッピーがいった。挨拶《あいさつ》と論評と会話をいつもの簡潔なせりふにまぜあわせている。ホッピーは口数の多いほうじゃない。「まあね」とおれはいった。それぐらいしか返事を思いつかなかったのだ。「そんなところかな」と彼がいった。彼なりに話は終わりだといっているのだ。帰り道、角の駐車場を横切るとき、おれは旧友のビーズの座席クッションを注意深くまたぎ越えた。それは小道にはみ出す形で、いつもの場所にころがっていた。はずれたビーズが、以前はつながれていたネオプレンのひものまわりの土と草むらに散らばっていた。裏返しになったけものの体のようで、骸骨《がいこつ》（ひも）よりも肉（ビーズ）のほうがずっしりしているみたいだった。ひょっとすると朝の光のせいかもしれない（と思った）、ひょっとするとまだ乾いていない夜露《よつゆ》のせいかもしれない――だが、おれは気づいたんだ。打ち捨てられた座席クッションが、すこしばかりボロに見えるかわりに、今朝はすこしばかりましに見える、あるいは見えるように思えることに。

奇妙だった。釈然としなかった。けっきょく、いまは十月であり、あたり一面でゆっくりと、静かに、黄金の荒廃が進行していることは歴然としていたのだから。そしてその十月のおれにとって、衰退と腐敗は喜ぶべきものだった。そのおかげで、おれの結婚したい女は自由の身になろうしていたんだ。昨夜、スクウィレル・リッジでキャンディは、父親がようやく老人ホームに落ち着いてくれたので、そろそろ結婚を考えてもいい時期だと同意した。あるいは、すくなくとも婚約を。来週のいつか——とおれにはわかっていた——おれにプロポーズさせてくれるだろう。それにともなうすべての特権つきで。

　ビーズがひとりでにまた座席クッションの形に集まっていると見えるのは、想像（でなければ、たぶん気分）の産物だと思うことにした。いつものように、おれはビーズを蹴《け》らないように気をつけて先へ進んだ。〈自然〉のプロセスに干渉するなんて大それたまねはできるはずがない。オフィスにもどると、ホイッパー・ウィルの骨董品《こっとうひん》のオープンリール式留守番電話にメッセージがふたつ残っていた——ひとつは親友のウィルスン・ウーからで、〈宇宙のはずれ〉を探しあてたという。もうひとつはキャンディからで、〝ボニー・バッグ〟でのランチに二十分遅れるという内容だった。このふたつめのメッセージでちょっと心配になった。というのも、背景の低いうめき声で、彼女がスクウィレル・リッジ（老人ホームだ、山じゃなくて）にいるとわかったから。送話を止められていたから、どちらにも電話をかけられなかったので、おれはホイッパー・ウィルの古色蒼然《こしょくそうぜん》としたケロシン式オフィス冷蔵庫にあったカフェイン・フリー・ダイエット・チェリー・コークをあけ、窓の下枠に〈コーコランズ・アラバマ判例レヴュー〉を広げて、勉強にとりかかった。目がさめると十二時二十分だったので、ランチに遅刻したと思って、一瞬パニックにおちいった。それから、キャンディも遅れてくることを思いだした。

ボニー・バゲットは小さなサンドイッチ・ショップで、お客はもっぱら弁護士と不動産業者。その大半は、おおむね〈バイパス〉を出てNASAと大学へむかうタイプの保守的なハンツヴィル人種だ。

「心配したよ」とおれがいったのは、キャンディとおれが同時にブースにすべりこんだときだった。「スクウィレル・リッジから電話してるのがわかったから、ひょっとしてと思ったんだ……」

プレスのきいた公園管理局のカーキ色の制服姿のキャンディは、いつものように、とびきりいかしていた。きれいになろうという気がなくても、きれいな女はいるものだ。キャンディはそういう女だし、おかげで（おれにとって）よりいっそう特別なものになる。とりわけ自分の美しさに無頓着なふりをしているが、そういうふりをしているだけの妻と別れたあとでは。でも、そいつはまるっきりべつの話だ。

「心配ないわ」キャンディが答え、おれがアラバマくんだりまでやってくる原因になったあの笑みを浮かべて先までいわせず、おれの手の甲に触れた。おかげで、昨夜もうちょっとで一線を越えるところだったのを思いだした。「サインしなけりゃならなかっただけ、それだけよ。書類。形式主義。じつをいうと、DNR」

おれはDNRがなにか知っていた。蘇生禁止《ドゥ・ノット・リサシテイト》命令のことだ。

「手続きやらなにやらの一部だけど、やっぱり奇妙じゃない？」とキャンディ。「心が痛むわ。

だってこういってる――命令してる――んだもの、自分の父さんを生かしておかないでくれ。死なせてやってくれって」

「キャンディ――」こんどはおれが彼女の手をとる番だった。「きみのお父さんは九十歳だ。アルツハイマー病にかかってる。癌にかかってる。髪は雪のように真っ白だ。歯は一本も残っちゃいない。いい人生を送ってきたが、いまは……」

「八十九よ」とキャンディ。「わたしが生まれたとき、父さんは六十に手が届くところだったし、いい人生を送ってもこなかった。ひどい人生を送ってきたのよ。父さんはひどい男だった。四つの郡の人々の人生をみじめにしてきた。でも、それでも、彼は……」

「もうひどい男じゃないさ」

おれはいった。それはほんとうだった。みんなが憎んでいるホイッパー・ウィルにおれは会ったことがない。おれの知ってる男は、温和でぼんやりしていた。日がな一日TNNとCMTVをながめて過ごし、まるで小さな白い犬をあやしているかのように、膝《ひざ》に載せた紙ナプキンをいつまでもなでていた。

「いまじゃおとなしい老人で、心配ごとはあらかたなくなってる。こんどはきみがいい人生を送る番だ。おれが送る番でもある。それで思いだしたが――ウーから電話をもらったんだ！彼が従事している天文学プロジェクトに関する件で」

「すてき」とキャンディ。彼女はウーが大好きだった。みんなウーが大好きなんだ。「どこにいるの？　まだハワイ？」

てるんだから」

「たぶんね」とおれ。「電話番号を残さなかったんだ。残しても関係ないが。送話を止められ
「きっとまたかけてくるわよ」とキャンディ。

ボニー・バゲットじゃ、注文したいときに注文するわけじゃない。指名されるんだ、小学校でされるみたいに。店主のボニー本人が、小さな黒板を持ってやってくる。黒板には五種類のサンドイッチが記されているが、毎日同じ。じっさい、小学校だってここまで悪くはなかった。指名はされたが、黒板を机まで持ってこられはしなかった。

「おやじさんはどう？」ボニーが訊いた。

「変わりばえしないわ」とキャンディ。「今日スクウィレル・リッジまで行ってきたの——老人ホームのほうへ——そうしたら、だれに聞いても、おとなしくしてるって」DNRのことは口にしなかった。

「たまげたわ、ほんとに」ボニーがいった。「彼がわたしの父さんに銃をぶっぱなしたときのことを話したっけ？　スクウィレル・リッジ・トレーラー・パークでよ」

「ええ、ボニー、話してもらったわ、何度も。でも、父さんはアルツハイマーでおとなしくなってるの」とキャンディ。「暴れるようになる年寄りもいるけど、わたしの父さんはおとなしくなったわ。わたしが文句をいう筋合いじゃないわね」

「義理の兄のアールにも銃をぶっぱなしたのよ、ウィロウ・ベンド・トレーラー・パークで」とボニー。「彼を×××呼ばわりして」

「そろそろ話を切りあげて、注文してもいいかしら」とキャンディ。「ランチ・タイムは五十五分しかないし、もう十一分近くたってるから」

「あら、もちろんそうね」ボニーは頰をすぼめて、小さな黒板を軽くたたくと、チョークで印をつける用意をした。「お熱いおふたりさんはなんにする？」

おれはいつもどおりロースト・ビーフを注文した。キャンディはいつもどおりチキン・サラダだ。それぞれにポテトチップがひと袋ついてきて、いつもどおり、おれが両方の袋をたいらげた。

「お熱いおふたりさんだってさ」おれはささやき声でいった。「今夜そいつを正式にしないか？　プロポーズすることを提案《プロポーズ》するよ」

「ボニーはだれにでもお熱いおふたりさんっていうの」

キャンディはむかしながらのかわいい〈南部〉の女だ。このタイプにおれがぐっとくるのは、彼女らが（神話に反して）決して顔を赤らめないからだ。彼女には、おれにプロポーズ（それにともなうすべての特権つき）させたくないちゃんとした理由があった。この前キャンディが婚約したとき、十年ほど前の話だが、ホイッパー・ウィルが結婚式のリハーサルに酔っ払って姿をあらわし、花婿《はなむこ》に、つぎに牧師にむかって銃をぶっぱなし、両方を×××呼ばわりして、効果的に結婚式をご破算にし、婚約も解消させた。キャンディとしては、おやじさんと、おやじさんがしでかしそうなことを心配せずに承諾できると確信が持てるまで、もういちどプロポーズの言葉を耳にしたくもなかったんだ。

「だいじょうぶだよ、キャンディ。お父さんは老人ホームに落ち着いてる」おれはいった。「おれたちは人生をいっしょに送っていける。計画を立てられる。それに……」

「じきにね」彼女はいって、おれの手首にそっとさわった。やさしく、完璧に！「でも、今夜はだめ。水曜だし、水曜の夜は〝グレージング〟に行くんじゃなかった？」

べつにあせってオフィスにもどり、法律の勉強をする必要はなかった。それでキャンディが仕事にもどると、おれはガス・ステーションのわきで足を止め、ホッピーがフォード・タウラスのフロント・ブレーキ・パッドを交換するのをながめた。

「ホイッパー・ウィルんとこのヤンクか」といつものように彼がいい、「まあね」といつものようにおれが応えた。だが、今日のホッピーは会話をしたい気分らしく、「ホイッパー・ウィルのじいさんはどうだい？」とたずねた。

「元気だよ。おとなしいし。非の打ちどころがないね。一日じゅうCMTVとTNNをながめてばかりいる、スクウィレル・リッジで。老人ホームの」

「じいさんがおれに銃をぶっぱなしたときのことを話したっけ？　シカモア・スプリングス・トレーラー・パークで。×××呼ばわりされた」

「だれにでも銃をぶっぱなしたらしいな」

「あれほど射撃が下手《へた》くそなんで助かったよ」とホッピー。「とにかく、トレーラー・パークの家主にしちゃ。四つの郡で最低のろくでなしだ」

「でも、もうろくでなしじゃない」おれはいった。「一日じゅうCMTVとTNNをながめてばかりいる、スクウィレル・リッジで。老人ホームの」

「アルツハイマーさまさまだ」ホッピーがいった。「そんなところかな」

彼はブレーキの交換にもどり、おれはぶらぶらと陽射しのなかへ出て、角の駐車場を横切りオフィスへむかった。べつにあせって勉強をはじめる必要はなかったので、バラバラになったビーズの座席クッション、ニューヨーク・シティを偲《しの》ぶささやかなよすがを見るために足を止めた。まちがいなくましに見えた。でも、そんなことがあるわけない。おれはひざまずくと、なんにもさわらずに、大むかしはてっぺんだったものから四番めのひもについたビーズの数を数えた。木製ビーズが九つ。裸になったネオプレンのひもの長さから考えると、五つか六つがはずれてしまっているらしい。おれは手の甲にボールペンで9と書いた。きちんと仕事をしているような気分だった。これでつぎの機会にわかるはずだ。証拠ができるはずだ。弁護士にもどったような気がしはじめていた。

オフィスにもどると、ホイッパー・ウィルの密造酒《ムーンシャイン》いり一パイント壜《びん》がぎっしりつまったままの小型冷蔵庫からカフェイン・フリー・ダイエット・チェリー・コークをとりだした。彼が密造酒を冷蔵していた理由はわからずじまいだった。熟成する機会をあたえたくなかったんだろう、と推測できるだけだ。熟成はよくなることだから。

窓の下枠に〈コーコランズ・アラバマ判例レヴュー〉を広げ、勉強にとりかかる。目がさめると、電話が鳴っていた。

ウーからだった。

「ウー！」

「メッセージが届かなかったのか？」

「届いたよ。やっと声が聞けてうれしいが、こっちから電話できなかったんだ」おれはいった。

「送話を止められてる。家族は元気か？」ウーと妻君のあいだにはふたりの息子がいる。

「ブルックリンにもどってる。気候に耐えられなかったんだ」

「ハワイでか！？！」

「おれがいるのはマウナ・ケア天文台だ」とウー。「標高三千六百メートル。チベットさながらだよ」

「なんでもいいが」とおれ。「仕事は順調かい？　最近隕石を観測したか？」

「話してやったことを忘れたのか、アーヴィン？」ウーがおれをアーヴィンと呼ぶことはめったにない。それはたいてい彼がいらいらしてることを意味する。「気象学《メテオロロジー》は隕石《メテオ》に関する学問じゃないんだ。天気に関する学問なんだよ。おれの仕事は天文台の観測スケジュールを立てることで、それは天候しだいだ」

「そうか――じゃあ、天気はどうだい、ウー？」

「最高だよ！」ウーは声を低くした。「それがきっかけで、話してやったものを見つけたんだ」ますます声を低くして、「〈宇宙のはずれ〉だよ」

「おめでとう」おれはいった。そんなものが迷子になっていたとは知らなかった。「でも、どうしてそれがそんなにすごい秘密なんだ？」

「言外の意味のせいだよ。どんなに控えめにいっても、予想外だ。ひと月近く視界にはいっていながら、それとわからなかったのは、まちがった色をしていたからだとわかったんだ」

「まちがった色？」

「まちがった色だ」とウー。「ハッブル定数や、赤方偏移や、膨張宇宙のことは知ってるだろ？」

ウーが知らないはずはないといった口調で訊いたので、彼をがっかりさせるわけにはいかなかった。

「もちろん知ってるさ」

「いいか、宇宙は膨張を止めていたんだ」ひと呼吸おいて、ささやき声でいいそえる。「じつは、おれの計算によると、収縮をはじめてる。そっちのファックスは何番だ？　数字を送ってやるよ」

ホイッパー・ウィルはハンツヴィルで――ひょっとしたらアラバマでさえ――最初のファックス・マシンを所有していた。それはアップライト・ピアノくらいの大きさで、完全な電気仕掛けというわけでもなく、オフィスのむこう側の角に鎮座していた。そのうしろの壁には横丁に通じる排気孔があり、ストーヴの煙突と湾曲したホースが入り組んでのびていた。ベニヤ板の側面の裏や、ジュラルミンのフードの下はなるべくのぞかないようにしてきたが、そのさまざまな構成部品が、バッテリーと１１０、ぜんまい仕掛け、重力、水圧、プロパン、木炭（熱印字用）から成る複雑怪奇でこれ一台こっきりの組合せを動力にしていることは、ホッピー（いちど修理に呼ばれたことがあった）から教えてもらっていた。だれが、いつ作ったのかはだれも知らない。動くことさえ知らなかったが、ウーに番号を教えた直後に、リレーがカチリと鳴り、アップライト型ファックスがうめきはじめた。ウィーンとうなりはじめた。ガチャガチャ、ゴトゴト、ゴホゴホ、ゴーゴーいった。冷たい蒸気と暖かいガスを吐きだし、枝編み細工の〈着信〉籠《かご》から一枚の紙が床に舞いおちた。

それは紫色のしみだらけで——小学校で見たおぼえのある謄写《とうしゃ》インクだ——ウーの手書きの公式が記されていた——

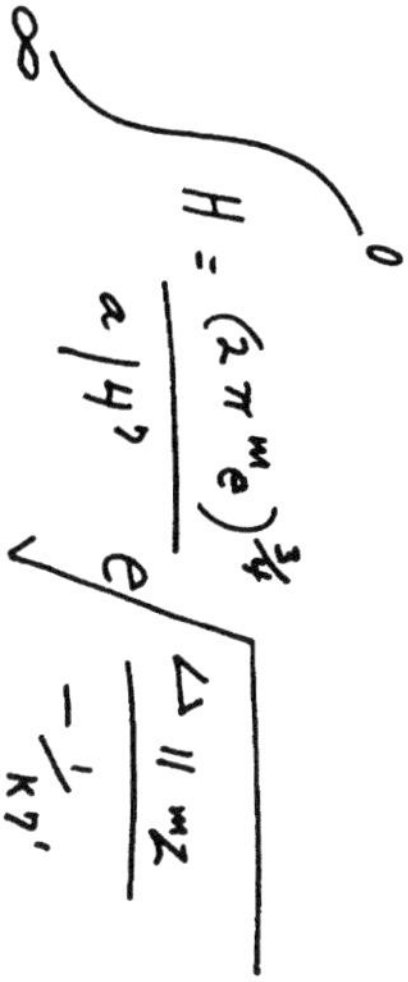

「これはなんだ?」おれは訊いた。

「見たとおりのものさ。ハッブル定数が不定なんだ。逆転し、混乱し、ごちゃごちゃになってる」とウー。「赤方偏移が青方偏移に変わってしまったのがわかるだろ、ちょうどエルヴィスの歌の題名にあるように」

「あれは青から黄金《きん》だ」おれはいった。『ぼくの青い月がまた黄金に変わるとき』」

「アーヴィン、こいつはエルヴィスの歌より大事なことなんだ」ウーがいった（ちょっとひとりよがりに、とおれは思った。エルヴィスを持ちだしたのは、そもそもウーのほうなんだから）。

「それが意味するのは、宇宙が膨張を止めて、つぶれはじめてるってことなんだ」

「よくわかる」おれは嘘をついた。「そいつは――いいことなのか、それとも悪いことなのか？」

「いいことじゃないな」とウー。「終わりのはじまりだ。あるいは、とにかくはじまりの終わりだ。ビッグ・バンではじまった膨張の時期が終わり、大収縮《ビッグ・クランチ》にいたろうとしてるってわけだ。つまり、おれたちの知ってる生活の終わりさ。それどころか、おれたちの知ってる存在の終わりなんだ。宇宙の森羅万象《しんらばんしょう》、あらゆる星、あらゆる惑星、あらゆる銀河――地球と、ヒマラヤからエンパイア・ステート・ビルディングからオルセー美術館にいたるなにもかもが――つぶれてテニス・ボールくらいの大きさのかたまりになっちまうんだ」

「どうやら悪いことらしいな」おれはいった。「そのクランチとやらは、いつ起きるんだ？」

「しばらくしてからだ」

「しばらくって、どれくらい？」キャンディのことを考えずにはいられなかった。それと結婚するっていうおれたちの計画のことを（たとえまだ正式にプロポーズしてなくても）。

「百十億から百五十億年後だ」とウー。「ところで、キャンディは元気か？　もう婚約したのかい？」

「したようなもんだ」おれはいった。「今夜〝グレージング〟に行くことになってる。彼女のおやじさんが老人ホームに落ち着きしだい、結婚を申しこむつもりだよ」

「おめでとう」ウーがいった。「それとも、ひょっとして、もうちょっとでおめでとうっていうべきかな——まずい！　ボスのお出ましだ。この回線を使っちゃいけないことになってるんだ。キャンディによろしく。ところで、〝グレージング〟ってなんだ……？」

だが、返事をする暇もなく、電話は切れていた。だれもがウィルスン・ウーのような友人を持つべきだ。彼はクィーンズで育ち、ブロンクス科学学校で物理学を学び、パリでパン職人の修業をし、プリンストンで数学を修め、香港《ホンコン》で漢方を習得し、ハーヴァードだかイエールだか（いつも混同しちまう）で法律を専攻した。NASA（とにかく、グラマンだ）に勤め、それからリーガル・エイド法律事務所に勤めた。身長が一メートル八十六で、ギターを弾くことはいったっけ？　おれたちはブルックリンの同じブロックに住んでいた。ふたりともヴォルヴォの持ち主で、月に行った仲だった。やがておれはキャンディに出会い、アラバマに引っ越した。ウーはリーガル・エイドを辞めて、気象学《メテオロロジー》の学位をとった。

そいつは隕石《メテオ》についての学問じゃない。

ハンツヴィルの〈バイパス〉にあるアポロ・ショッピング・センター内のサターン5型六連館《ファイヴ・シックスプレックス》は、似たりよったりの映画館が六つならび、退屈した若造たちが警備のまねごとをしているという場所で、〝つまみ食い《グレージング》〟にはうってつけだ。こいつはキャンディと友人たちが十五年ほど前——ちょうど〈南部〉の大都市の郊外に複合型映画館《マルチプレックス》が登場しはじめたころ——に考えだした遊びだ。そもそもは、デートを柔軟にするために考えられたものだった。というのも、十代の少女と少年が同じ映画を好むことはめったにないからだ。そのあと、キャンディと友人たちがおとなになり、映画が衰退をつづけると、いくつかの上映作品をつぎはぎして（お望みなら）一本にするという遊びになった。〝グレージング〟に行くときは、セーターを何枚も重ね着し、帽子をいくつもかぶる。そいつを使って席をとり、外見を変えた上で、劇場から劇場へわたっていくんだ。同じ映画館にいるとき、デートの相手とはかならず同席するが、〝グレージング〟の規則により、相手に行かないでくれ——あるいは行ってくれ——とプレッシャーをかけることは許されない。男性軍と女性軍は、好きなように出入りする。いっしょのときもあれば、別々のときもある。その水曜の夜に上映されていたのは、ティーンむけのセックス・コメディ、お涙ちょうだいの純愛もの、弁護士が危機におちいるスリラー、警官コンビの友情もの、動物が歌うミュージカル・アニメ、凶悪犯が爆弾を仕掛けるアクションものだ。もちろん、映画の上映時間はまちまちだし、キャンディとおれはうしろむきにグレーズするのが好きだった。自動車の爆発ではじめて、ホール（と時間）を斜めに横切り、法廷の告白へ移ってから、歌うアナグマたち（おれ）とウーピーの感涙ものの気のきいた台詞《ワイズクラック》（キャンディ）に別れたあと、ティーンのそわそわしっぱなしのファースト・キスのところで合流する。〝グレージング〟をするたびに、おれは映画が芸術になる前の古い時代を思いだす。そのころブルックリンの〝映画小屋《ピクチャー・ショウ》〟は、切れ目なく延々と上映をつづけていて、だれも〈はじめ〉

や〈終わり〉を気にしなかった。はいったときの場面にくるまで残っている。そうしたら、そこが終わりだった。

「グレージングは結婚によく似てるって思わないか？」おれはささやき声でいった。

「結婚？」キャンディが警戒しながら訊いた。おれたちは、家主の女性に質問する警官たちをいっしょに見ていた。「プレッシャーをかけてるの？」

「プロポーズしてるわけじゃない」とおれ。「意見をいってるんだ」

「映画についての意見ならかまわないわ。結婚についての意見はプレッシャーをかけてるとみなすわよ」

「いまのはグレージングについての意見だ」とおれ。「つまり……」

「シーーーッッッッ！」とうしろの席の客がいった。

おれは声をひそめた。

「……いっしょにいるときもあれば、はなればなれになってるときもあるってこと。いっしょにはいって、いっしょに出るってこと。自分の好みを追求するのは自由だけれど、ある席のとなりに自分のための席がとってあるって、いつも意識してるってことだよ」

おれは彼女に首ったけだった。

「きみに首ったけなんだ」とささやき声でいう。

「シーーーッッッッ！」とうしろのカップルがいった。

「明日の夜」キャンディがささやき声でいい、おれの手をとった。と、その手をさしあげたので、カー・チェイスのヘッドライトに照らされることになった。「これはなに？」彼女は、おれの手の甲の数字を見つめていた。

「そいつは――どんなにきみを愛してるか思いだすためのきっかけなんだ」おれは嘘をついた。ほんとうはそれがなにかいいたくなかった。頭がおかしいと思われたくなかったんだ。

「六割しか愛してないの？」

「持ちかたが逆さまだ」

「こっちむきなのね！」

「いてっ！」

「シーーーーッッッッッッ！」とうしろのカップルがいった。

タイトルとクレジットは全部すっとばしたが、予告編は全部見た。真夜中にグッド・ガルフの男子洗面所でキャンディにおろしてもらった。角の駐車場を横切ってホイッパー・ウィルのオフィスへ帰〝宅〟する途中、満月手前の月を見あげ、ハワイの山頂にいるウーのことを考えた。星はまばらにしか出ていなかった。ひょっとしたら宇宙は縮んでいるのかもしれない。ウーの数字は、おれにには理解できたためしはないが、たいてい正しい。とはいえ、なにを心配するんだ？　若いときは数十億年が永遠のように思えるものだ。そして四十一は年寄りじゃない。再婚は二度めの青春みたいなものだ。おれは旧友であるビーズの座席クッションを慎重にまたぎ越えた。月光を浴びて、そいつはいつもよりましに見えた。でも、それをいうなら、おれたちだってそうじゃないか？

あくる朝、目がさめたのは十時近くだった。陽射しにちょっとふらふらしながら、ホッピーズ・グッド・ガルフへとむかった。

「ホイッパー・ウィルんとこのヤンクか」と修理区画にいたホッピーがいった。そこでべつのタウラスのフロント・ブレーキ・パッドを交換していた。

「まあね」とつぶやくと、うしろで彼が「そんなところかな」と返し、おれは表へもどって、角の駐車場を横切りはじめた。

ビーズの座席クッションのところで足を止める。まちがいなく前よりましに見えた。草むらや小道に散らばっている、はずれたビーズの数も減っているように思える。切れた裸のネオプレンのひもや、座席クッションの穴のあいたところもすくなくなっているようだ。

でも、あれこれ考えるまでもない。証拠があるんだ。

おれは手の甲の数字をチェックした――9。

てっぺんから四列めのビーズを数える――11。

両方とも確認しなおしたが、結果は同じだった。

気味が悪い。おれは草むらを見まわした。おれに悪戯《いたずら》をしかけてクスクス笑っている坊主たちの姿が見えるかもしれないと思ったのだ。あるいは、ホッピーの姿だってかまわない。だが、草むらはがらんとしていた。ここは平日のダウンタウンだ。とにかく、この角の駐車場で遊んでる子供はいない。

おれは親指に唾《つば》をつけ、9をこすって消すと、オフィスにもどった。ウーからまたメッセージが届いているのではないかと期待していたが、留守電にはなにもはいっていなかった。

まだ十時半だったし、ボニー・バッグでのランチまでキャンディには会えないので、カフェイン・フリー・ダイエット・チェリー・コークの缶をあけ、〈コーコランズ〉を広げた。うとうとしかけたとき、ホイッパー・ウィルのアップライト型ファックス・マシンが二度カチリといって、ウィーンと生きかえった。ブッブッうなり、ブルブルふるえ、キーキーいって、ガチャガチャ鳴り、シューシュー、ピーピー音をたてたかと思うと、しみだらけの紫色の謄写用紙を床に吐きだした。そいつは数字でいっぱいだった――

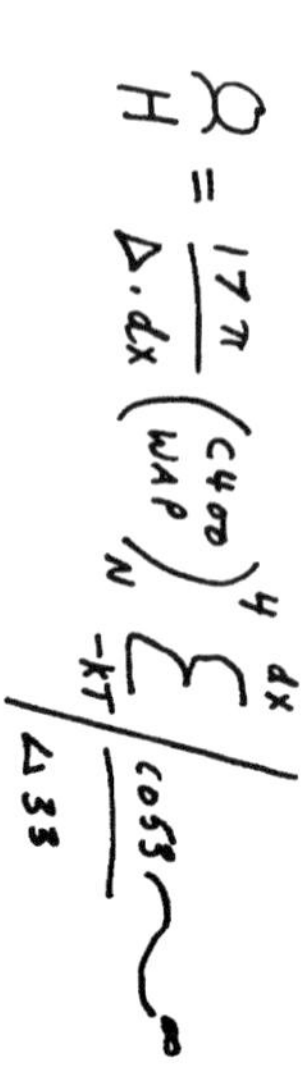

紙が冷えるのを見はからって、おれはそれを拾いあげ、平らにのばした。前のやつといっしょにしておこうとしかけたとき、電話が鳴った。
「そういうわけだ」ウーだった。
「またしてもビッグ・クランチか？」もちろん、当てずっぽうだ。
「持ちかたが逆さまにちがいない」ウーがいった。「いま送った数字は、反エントロピー的逆転を表してるんだ」

「それで納得がいったよ」おれは嘘をついた。「この逆転ってのは、けっきょくビッグ・クランチが起こらないって意味か？」べつに意外じゃなかった。ずっと災厄というより朝食のシリアルのように聞こえていたんだ。

「アーヴィン！」ウーがいった。「数字をもっとしっかり見ろ。AER（反エントロピー的逆転）はビッグ・クランチにつながるんだ。そいつが引き起こすんだよ。宇宙は縮むだけじゃない、巻きもどるんだ。うしろむきに進むんだよ。おれの計算によれば、つぎの百十億から百五十億年のあいだ、いまからビッグ・クランチまで、いっさいが逆転することになる。木は灰から薪《まき》、オーク、どんぐりへと育つ。割れたガラスは宙を舞って窓ガラスにもどる。お茶はカップのなかで熱くなる」

「面白そうだ」おれはいった。「都合がいいくらいかもしれん。そういうことはいつ起きるんだ？」

「もうはじまってる」とウー。「反エントロピー的逆転はいまも進行中だ」

「ほんとか？」カフェイン・フリー・ダイエット・チェリー・コークに触れてみる。温《ぬる》くなりかけていた。でも、冷たくなるはずじゃないのか？　それから時計に目をやった。もうじき十一時だ。「ここじゃ逆転は起きてないぞ」

「もちろん起きてないさ、いまのところは」ウーがいった。「それは常に〈宇宙のはずれ〉ではじまるんだ。交通渋滞がはじまるようなもんだ。さもなけりゃ、潮《しお》が変わるようなもんだ。

最初はたるみをとらなけりゃならん。だから、はじめのうちは、なにも起きてないように思えるだろう。どの時点で潮が変わる？　何千年も気がつかんかもしれん。宇宙時間じゃ、まばたきするあいだだ」

おれはまばたきした。ビーズの座席クッションのことを考えずにはいられなかった。

「ちょっと待ってくれ。ここでなにかがもう逆転してるってことはあり得るのか？」おれは訊いた。「巻きもどってるってことは？」

「まずありそうにないな」とウー。「宇宙はおそろしく大きいし……」

ちょうどそのときノックの音がした。

「悪い」おれはいった。「だれかきたみたいだ」

キャンディだった。こざっぱりした公園管理局の制服姿だ。近い将来の婚約者であるおれにキスするかわりに、まっすぐ小さなケロシン式オフィス冷蔵庫のところへ行って、カフェイン・フリー・ダイエット・チェリー・コークをあけた。なにかまずいことが起きたとピンときた。キャンディは、カフェイン・フリー・ダイエット・チェリー・コークがへどが出るほど嫌いだからだ。

「ランチで会うはずじゃなかったっけ？」おれは訊いた。

「二、三分前に電話があったの」彼女はいった。「スクウィレル・リッジから、老人ホームのほう。父さんがブザーをなぐったの」

おれは沈痛な面持ちを作ろうとした。口もとがゆるむのを隠そうとした。自分に都合よく解釈して、いま聞こえたのは「ブザーを押した」だと思い、それは「バケツを蹴った」（亡くなるの俗語表現）の地方版だと見当をつけたのだ。おれは部屋を横切って、キャンディの手をとった。

「とても残念だ」おれは嘘をついた。

「ブザーの半分も残念じゃないくせに」キャンディがいった。すでにおれをドアのほうへ引きずっている。「目のまわりにあざをつけられたのがその人」

スクウィレル・リッジ――老人ホームのほう――は、ハンツヴィル北東の窪地《くぼち》にあり、スクウィレル・リッジ――山のほう――を見あげている。モダンな平屋造りの建物で、見た目は小学校かモーテルのようだが、においは――やっぱり、老人ホームのようだ。ドアをくぐりぬけたとたん、においは襲ってくる――排泄物《オーデュアー》とおもらし《ディスオーダー》、尿と芳香剤、流動食と濡《ぬ》れタオル、新しい嘔吐物《おうとぶつ》と古いシーツ、ビーチ・ナット（かみ煙草の商標）とライゾール・パイン（除菌消臭スプレーの一種）のいりまじった気のめいるにおいが。つぎに、音が襲ってくる――スリッパのパタパタいう音、うめき声とうなり声、トーク番組の喝采《かっさい》、おまるが落ちる金属音、ワイア・スポークの車椅子《くるまいす》のきしみ――たまにパニックに駆られた悲鳴や、血も凍るような絶叫が響きわたる。まるで定期的に激戦が繰りひろげられるいっぽう、その周囲で日常生活がつづいているかのような音だ。じっさい、そのとおりなんだ。死との戦いが繰りひろげられているんだから。

おれはキャンディについて長い廊下の端まで行き、娯楽室にいる彼女のおやじさんを見つけた。にこにこしながら、ＴＶの前の椅子に安全ベルトで留められて、アラン・ジャクスンが歌ったり、ギターを弾くふりをするところをながめていた。

「お早うございます、ミスタ・ノイダート」

おれはいった。ホイッパー・ウィルとはどうしても呼べなかった。さっきもいったように、おれは、四つの郡でトレーラー・パークの鼻つまみだったホイッパー・ウィルを知らないんだ。おれの知ってる男、おれたちの目の前にいる男は、大きいけれどふにゃふにゃで——脂肪のつきすぎたビーフだ——歯は一本もなく、長くて薄い白髪（今朝は、ふだんよりすこしだけ灰色がかって見えた）を生やしている。透きとおるように青い目はＴＶに釘づけで、指は膝に載せた紙ナプキンをせっせとなでていた。

「なにがあったの、父さん？」

キャンディがたずね、老人の肩にそっと手を置いた。もちろん、返事はなかった。一月に入院して以来、ホイッパー・ウィル・ノイダートはだれにも口をきいていない。そのとき彼は婦長のフローレンス・ゲイザーズを「ションベンたらしの腐れ×××」と呼び、銃をぶっぱなすと脅迫した。

「車椅子からおろして、バスルームに行かせようとしたんだ。そうしたら起きあがって、なぐりかかってきたのさ」

ふり返ると、白衣姿のやせた若い黒人が戸口に立っていた。鼻にダイアモンド・ピアスをつけ、目のまわりの黒いあざに濡れたハンカチをあてている。

「この美貌《びぼう》が目にはいったとたんだ。おれを×××（失礼！）呼ばわりしたかと思うと、立ちあがって、なぐったのさ。往年のホイッパー・ウィルみたいだったぜ」

「ごめんなさいね、ブザー。ゲイザーズに報告するかわりに電話をくれてありがとう」

「たいしたこっちゃないさ、キャンディ。アルツハイマーにかかった年寄りには突発事態《インシデント》がつきものさ」彼はデント（歯を連想させる）にアクセントを置いて発音した。「ゲイザーズは騒ぎたてるしか能がないからな」

「ブザー」キャンディがいった。「こちらは――」

おれは、近い将来の婚約者として紹介されると期待してたが、がっかりすることになった。「ニューヨークからきた友だち」として紹介されたんだ。

「ホイッパー・ウィルんとこのヤンクか」とうなずきながらブザー。「噂《うわさ》は聞いてるよ」

「目のことはごめんなさいね」とキャンディ。「それとゲイザーズに電話しないでくれて助かったわ。お礼にステーキでもおごらせてもらえる？」

「ヴェジタリアンなんだ」とブザー。「気をつかわなくていいよ、キャンディ。あんたのおやじさんはそう悪くない、こんどの一件をべつにすれば。毎朝おとなしく体を洗わせてくれるし、散歩させてくれる。なっ、ミスタ・ノイダート？　そうしたらいっしょにTNNを見るんだ。パム・ティリスが映るたびにおれを呼ぶ。なっ、ミスタ・ノイダート？　もっとも、いつもすごくおとなしかったわけじゃない。ほら、おれの母さんに銃をぶっぱなしたことがあったじゃないか、おれたちがカイバーズ・クリーク・トレーラー・パークに住んでたころだ。母さんを

×××呼ばわりして。失礼、でも、そういったんだよ」

「ブザーとは古いつきあいなの」車へもどる途中でキャンディが説明した。「彼はうちの中学で最初の黒人、失礼、アフリカ系アメリカ人とかなんとかの子どもだったたし、わたしはホイッパー・ウィルの娘だった。それで、ふたりともみそっかすだったのよ。わたしは彼の面倒を見たし、彼はいまだにわたしの面倒を見てる。ありがたい話よ。父さんのやったことをゲイザーズが知ったら、絶対にスクウィレル・リッジから放りだすわ。そうしたら父さんをあずける場所がなくなって、ふりだしにもどることになる。そうなったらどうする？」

「まずいな」とおれ。

「ええ、これで終わりだと思いたいわ。ただの突発事態《インシデント》だったと」彼女はブザーと同じ発音でいった。

「そうだといいな」

「変な話だけど、父さん、ましに見えたと思わなかった？」

「ましに見えた？」

「きっとブザーが髪にグレシャン・フォーミュラをつけてくれたんだわ。ブザーはずっとヘアドレッサーになりたがってたから。この老人ホームの仕事は、ただの腰かけなの」

どうにかランチを食いそこなわずにすんだ。おれたちはディナーと〝ドライヴ〟の予定をいれ（今夜は結婚を申しこむ夜になるんだ）、おれはキャンディにオフォスでおろしてもらった。まだ三時だったので、カフェイン・フリー・ダイエット・チェリー・コークをあけ、窓の下枠に〈コーコランズ〉を広げて、失った時間をとりもどすことにした。目がさめると、ガタガタ、ゴトゴト、ギシギシ、ゴンゴン、ガチャガチャとリズミックな音がしていて、かすかにツンとくるにおいがした。床がゆれていた。ホイッパー・ウィルのアップライト型ファックス・マシンが紫色のインクでしみだらけの紙を吐きだしているところで、それはひらひらと床に舞いおちた。

角をつまんで拾いあげ、冷めるあいだにじっくりながめた——

だが、どういう意味か突きとめる暇もなく（もちろん、だれが送ったかはわかっていた）、電話が鳴った。

「おまえさんの質問への回答だ」ウーがいった。

「質問って？」

「ここでなにかがもう逆転してるってことはあり得るかって訊いたじゃないか」

「そこじゃない」とおれ。「ここだ」

「ここってのは地球上のことだよ！」とウー。「おれの計算が示すように、理論的にはあり得る。たぶん不可避でさえあるだろう。スーパーストリングのことは知ってるな？」

「強力接着剤《スーパーグルー》かスーパーモデルみたいなもんか？」思いきっていってみた。

「まさにそのとおり。宇宙をくっつけてるし、極限まで引きのばされてる。こういったスーパー弦《ストリング》の調和的《ハーモニック》な振動が、離散した物体をゆすぶることはあり得るから、局所的なエントロピー的場では、泡か逆転としてあらわれることになるはずだ」

「場だって？　がらあきの駐車場はどうだ？」おれはビーズの座席クッションのことをウーに話した。

「ふううむむむ」とウー。彼の頭脳が猛烈に回転している音が聞こえるようだった。「おまえさんはなにかをつかんだのかもしれんな、アーヴ。スーパーストリングのハーモニックな倍音は、〈宇宙のはずれ〉からおれの視線をさかのぼってきたのかもしれん。それからファックスと電話の回線をたどっていったんだ。切れ目をいれると、ガラスが線にそって割れるのと同じだ。でも、たしかめなきゃいかんな。写真を二枚送ってくれ。そうしたら計量できる……まずい」声をひそめて、「ボスのお出ましだ。キャンディによろしく。また電話するよ」

　まだ午後の光がたっぷりあったので、ウーが電話を切ってすぐ、おれは角の駐車場を横切ってホッピーズ・グッド・ガルフにむかい、ホッピーが事故現場を撮影するのに使うポラロイドを借りた。写真をとりながら、自分で計量した。数を数えたんだ。四列めの十一個のビーズは十三個にふえていたし、ほかの列もだいぶましになっているように思えた。地面にころがっているビーズは多くなかった。座席クッションは車にとりつけてもかまわないほどちゃんとして見えた、車があればの話だが。

気味が悪かった。どうも気にいらない。

ホッピーにカメラを返し、はるばるオフィスまでもどった。これからどうなるか見当をつけようとしながらだ。落葉は舞いあがって、木にくっつくようになるんだろうか？　キャンディのヴォルヴォは四速でリヴァースするようになるんだろうか？　考えるだけで頭がくらくらしてきたんで、ホイッパー・ウィルのアップライト型ファックス・マシンの送信籠に写真を置いてから、送話を止められているのを思いだす――たぶん正しくは、思いあたる――始末だった。電話でウーと話すことは（むこうがかけてきたときは）できるが、ファックスを送ることはできないんだ。

ウーには悪いが、ほっとした。できることはやったんだし、いまのおれは疲れていた。宇宙について考えることに疲れていた。これから大事な、まちがいなく歴史的なデートがあるんだ――いうまでもなく、司法試験の勉強も。おれはカフェイン・フリー・ダイエット・チェリー・コークをあけ、窓の下枠に〈コーコランズ〉を広げて、楽しい夢を見るのにふけった。ほとんどはキャンディと、あの制服の最後の小さなボタンの夢だった。

ハンツヴィル公園局の職員には、通常の九時から五時までにはおさまらない職務がたくさんある。なかには興味深いものもあり、楽しいものさえあるし、キャンディは仕事を愛しているから、おれはできるかぎり彼女にあわせる（つまり、同伴する）ようにする。その夜はノース・サイド・バプティスト派連合教会の〈魚フライとキルトの夕べ〉に顔を出さなけりゃならなかった。そこではプレスのきいて、折り目がびしっとついたカーキ色の制服姿のキャンディが主賓《しゅひん》をつとめた。魚はおれの大好物の養殖ナマズで、黄色いコーン・ミールにくるまっていたが、くつろいで楽しむことができなかった。あとのことばかり考えていたんだ。スクウィレル・リッジ――山のほうだ――へ行きたくてうずうずしていた。でも、バプティスト派のいいところは、なにごともさっさと切りあげるところで、九時十五分にはキャンディとおれは展望台に車を停めていた。冷えこんだ夜で、おれたちは暖かくて、まだカタカタいっているＰ１８００のフードに腰かけていた。眼下には谷間の明かりが、とらわれた星々のように広がっていた。おれは掌《てのひら》に汗をかいていた。今夜こそプロポーズするつもりだ。きっと彼女は承諾してくれる。それにともなうすべての特権つきで。

あらゆる意味でその夜を忘れがたいものにしたかったし、満月が出るはずだったので、おれは月が昇るのを待った。東の地平線の輝きを見ながら、ウーのことを考え、〝逆転〟のあと、月は西に昇るのだろうかと首をひねった。だれかがちがいに気づくだろうか？　それとも、西を東と呼んで、あとは知らん顔をするだけだろうか？

おれには歯が立ちそうもない問題だった。おまけに――いろいろと気にかかることがほかにあった。月が地平線をはなれたとたん、おれはフードからおりて、両膝をついた。結婚を申しこもうとしたちょうどそのとき、ビーッビーッと音がした。

「なにごとだ？」おれは訊いた。

「ブザーよ」とキャンディ。

「ポケットベルみたいな音だな」

「ポケットベルよ。ブザーが貸してくれたの」といいながら、彼女は腰に手をのばして、ポケットベルを切った。

「なんのために？」

「なんのためかわかるでしょ」

スクウィレル・リッジに電話はないから、SUの咆哮《ほうこう》と排気音のうなりを交互に響かせながら、大急ぎで山をおりた。キャンディのいちばんの心配は、その夜が当直のゲイザーズを警戒させることだったので、スクウィレル・リッジ——老人ホームのほうだ——の駐車場にライトを消して忍びこんだ。おれはP1800に残り、いっぽうキャンディは横手のドアからなかにすべりこんだ。

もどってきたのは三十分後だった。

「それで？」とおれ。

「父さんがブザーをなぐったの」できるだけ静かに駐車場から車を出したとたん、彼女がいった（あるいは、そういったと思った）。「でも、だいじょうぶ。ブザーはゲイザーズになにもいわなかったわ。こんども。あとひとつストライクをとられたらおしまい。スリー・ストライク、バッター・アウトよ」

「こんどはどこをなぐったんだ？」

「なぐった《ヒット》んじゃないの」彼女はいった。「噛んだ《ビット》の」

「でも、おやじさんに歯はないじゃないか！」

キャンディは肩をすくめた。

「いまはあるみたいね」


というのが、人生で最大の夜のひとつになるはずだったものだ。プロポーズも、その承諾も、それにともなうすべての特権も——はかない夢と消えた。とにかく、その夜は。キャンディはモントゴメリー（アラバマ州の州都）で終日開かれる公園管理局の年次総会のため、朝早く発《た》たなければならないので、睡眠が必要だった。ホッピーズ・グッド・ガルフでおろしてもらい、おれは長いこと散歩した。冷たいシャワーを浴びるのと同じくらい役に立った。ハンツヴィルのダウンタウンの通りという通りを歩くのに、二十分しかかからなかった。それから角の駐車場を横切って、オフィスにもどった。満月の光を浴びて、ビーズの座席クッションは新品同然に見えた。てっぺんの列のビーズは全部そろっていたし、それ以外の列も二、三個しか欠けていなかった。おれは蹴とばしたくなるのを我慢した。

ホイッパー・ウィルの骨董品のオープンリール式留守番電話にメッセージがふたつ残ってい

た。最初のはハーハーいう息づかいだけ。手あたりしだいのセクハラ・コールだろう。さもなければ、まちがい電話か。あるいは、ひょっとしたら、ホイッパー・ウィルの旧敵かもしれない。ホイッパー・ウィルの敵はたいていたい老人だ。

ふたつめのメッセージはキャンディからだった。おれより先に帰宅したわけだ。

「明日は会議で一日つぶれるから」彼女はいった。「帰りは遅くなるわ。万一にそなえて、ブザーにそこの番号を知らせとくわね。どういう意味かはわかるでしょ。わたしが家に着いたら、やりかけの仕事をすませましょ」締めくくりに派手なキスの音。

真夜中だったが、眠れなかった。いろいろと恐ろしい考えが頭からはなれなかった。おれはカフェイン・フリー・ダイエット・チェリー・コークをあけ、窓の出っぱりに〈コーコランズ〉を広げて、がらんとした通りを見わたした。ハンツヴィルのダウンタウンほどひっそりしたダウンタウンがあるだろうか？〈バイパス〉が商売を根こそぎかっさらっていく前は、どんなようすだったか想像しようとしてみた。すぐに眠りこんだにちがいない。手をつないだ新婚さんでダウンタウンが混雑してるって悪夢を見たからだ。しかもどの新婚さんも年寄りだった。どの新婚さんにも歯があった。

あくる朝、目をさますと頭に浮かんだのは、ビーズの座席クッションのことだった。ウーのためにもう一枚写真をとることにした。事前と事後というわけだ。グッド・ガルフの男子洗面所で朝のお清めをすませたあと、修理区画でホッピーを見つけた。またべつのタウラスのフロント・ブレーキを修理していた。

「ホイッパー・ウィルんとこのヤンクか」とホッピー。

「まあね」とおれ。またポラロイドを貸してくれと頼む。

「レッカーのなかだ」

「レッカーはロックされてる」

「キーがあるだろ」とホッピー。「手洗いのキーが。この辺じゃ、ひとつのキーで万事がすむんだ。人生はシンプルにしなくちゃ。そんなところかな」

ホッピーが仕事にとりかかるのを待ってから、カメラを持って角の駐車場へむかい、ビーズの座席クッションの写真をとった。頭がおかしいと思われたくなかったんだ。写真をプリントし、カメラを返すと、急いでオフィスにもどり、ホイッパー・ウィルの骨董品のアップライト・ファックス・マシンの送信籠にある前のやつのとなりに新しい写真を置いた。自分の目を疑っていたにしろ（ときどき疑わないやつがいるか？）、これではっきりした。写真という証拠がある。ビーズの座席クッションは、最初の写真より二枚めに映っているやつのほうが、はるかにちゃんとした形になっていた。たとえ二十四時間足らずしか間《ま》があいてなくても。おれの目の前で逆‐腐敗していたんだ。

いろいろと恐ろしい考えが、頭からはなれなかった。

とにかく留守電にメッセージは残っていなかった。ブザーからの知らせはない。

いくら集中できなくても、勉強しなけりゃならないのはわかっていた。おれはカフェイン・

フリー・ダイエット・チェリー・コークをあけ、窓の下枠に〈コーコランズ〉を広げた。目がさめると正午近くで、床がゆれていた。ファックス・マシンがフーフー・プップッ、キーキー・ギシギシ、ガチャガチャ・ウワンウワンと音をたてていた。止まったかと思うと、また動きだした。さっきより騒々しく。着信籠から一枚の紙がひらひらと舞いおちた。床にとどく前に、まだあったかいそれをキャッチする――

解読しようとしているさいちゅうに、電話が鳴っているのに気がついた。

びくびくしながら受話器をとった。最悪の事態を予想して、「ブザーか？」とささやき声でいう。

「ブザー？」ウーだった。「機械を擬人化してるのか、アーヴィン？　だが、それは気にするな。もっと大事な質問がある。この二枚のポラロイドのうち、どっちがナンバー・ワンだ？」

「ポラロイドって？　届いたのか？　そんなばかな。ファックスしてないんだぞ。送話が止められてるんだ！」

「いまは通じるらしい」とウー。「ついさっき、最新の計算をそっちへファックスしてたんだ。終わったとたん、おまえさんのポロライドが届いたのさ。握手プロトコルから自己点検バックスピンをたどってきたんだろう。もっとも、ナンバーをふり忘れてたがな」

「薄汚いのがナンバー・ツー。もっと薄汚いのがナンバー・ワン」

「じゃあ、おまえさんのいうとおりだったんだ！」ウーがいった。「ボロから多少ボロになってる。〈はずれ〉から何光年もはなれたハンツヴィルのダウンタウンでさえ、宇宙は孤立した反エントロピー的泡場ですでに縮んでるんだ。変則的調和的超ひも《ハーモニック・スーパーストリング》の倍音だ。いまファックスした公式は、おまえさんにもわかるはずだが、反エントロピー的逆転場の直線軸が、〈宇宙のはずれ〉からハンツヴィルのダウンタウンまでスーパーストリングのひだをたどる可能性を理論的に認めてる。でも、観測は科学の精髄だからな。おまえさんのポラロイドを使えば、数学的に計算できるようになるから……」

「ウー！」おれはさえぎった。ウーが相手だと、ときどきさえぎってやらなけりゃならない。

「人間はどうなる？」

「人間？」

「人間だ」おれはいった。「知ってるだろ。人類。おれたちみたいな。ほら、二本足で車に乗る動物だよ！」ときどきウーにはじれったくなる。

「ああ、人間か」ウーはいった。「そうだな、人間も宇宙のほかの部分と同じ物質でできてるだろ。反エントロピー的逆転は、おれたちが逆さまに生きることを意味してる。墓場からゆり籠《かご》だよ。人間は年をとるかわりに若くなるだろうな」

「いつ？」

「いつかって？　反エントロピー的逆転波が、〈はずれ〉から宇宙のほかの部分へ広がるときだ。潮が変わるみたいなもんだ。数千年かもしれん。二、三百年にすぎんかもしれん。ただし、おまえさんの座席クッションの実験が示すように、直線軸にそって孤立した泡があるかもしれんから……まずい！　ボスのお出ましだ」ウーがささやき声でいった。「電話を切らなけりゃ。キャンディによろしく。ところで、彼女のおやじさんはどうだい？」

ウーは質問して電話を切ることが多い。答えられない質問が多い。でも、こいつはたいていの質問より答えられなかった。

ボニー・バッグでのランチは勝手がちがった。ブースをひとり占めすることになったんだ。おまけに、いろいろと気にかかることがあった。

「キャンディはどこ？」ボニーが訊いた。

モントゴメリーだ、と教えた。

「州都じゃない。うらやましい。それじゃホイッパー・ウィルはどう？　あいかわらずおとなしい？」

「だといいが」とおれ。

「彼が銃をぶっぱなしたときのことは話したっけ、相手はわたしの……」

「たぶん聞いてるよ」おれはいった。ちょっとした冒険のつもりでチキン・サラダを注文する。それとポテトチップふた袋。

オフィスにもどると、オープン・リール式留守番電話にメッセージがふたつ残っていた。最初のはハーハーいう息づかい。ふたつめは罵声《ばせい》と怒鳴り声。うなり声とうめき声ばかりだったんで、きっとホイッパー・ウィルの旧敵のひとりだろうと察しをつけた。聞きとれたのは「ごくつぶし」と「殺してやる」と「ぶっぱなす」だけだった。

ありがたいことに、ブザーからの連絡はない。

おれはカフェイン・フリー・ダイエット・チェリー・コークをあけ、窓の下枠に〈コーコランズ〉を広げた。いろいろと恐ろしい考えが頭をはなれなかったので、気をまぎらわすには法律の勉強をするしかないとわかっていた。目がさめると、日が暮れかけていた。電話が鳴っていた。おれは、逃げたくなるのを我慢して受話器をとった。

「ブザーか……？」最悪の事態を予想して、ささやき声でいう。

「ブズズズズズズズ！」ウーがいった。彼はときどき子供みたいなふざけかたをする。でも、すぐに用件にはいった。「あの二枚のポロライドは、どれくらいはなれてるんだ？」

「時間的にか？」おれはすばやく計算した。「十八時間と四十五分《スリー・クオーター》だ」

「ふむむむむむむ。それなら変数の割合と一致するな。数学は科学の精髄だし、ビーズは星より数えやすい。ビーズを数えてから引き算し、十八と四分の三《スリー・クオーター》を超える月の相で割り算すれば、宇宙の正確な年齢を計算できる。そっちは中部標準時か、それとも東部標準時か？」

「中部だ」とおれ。「でも、ウー……」

「完璧だ！　おれがノーベル賞をとったら、おまえさんと連名にするのを思いださせてくれよ、アーヴ。ビッグ・バンからいまこの瞬間までの宇宙の正確な年齢は……」

「ウー!」おれはさえぎった。ウーが相手だと、ときどきさえぎらなけりゃならない。「あんたの助けがいるんだ。そいつを逆転させる方法はないのか?」

「なにを逆転させるんだ?」

「収縮だよ、反エントロピー的逆転だかなんだかだ」

「宇宙をひっくり返すのか?」傷ついたような口ぶりだった。

「いや、そんな大げさな話じゃない。変則的調和的スーパーストリング倍音だ」

「ふむむむむむ」ウーはまた好奇心をそそられたようすだった。「局所的にか? 一時的にか? ひょっとしたら。もしひも《ストリング》の上にならんでれば……」話がビーズの座席クッションのことなのか、宇宙のことなのか、さっぱりわからない。

ホイッパー・ウィルのアップライト型ファックス・マシンがゴトゴトいった。ゴロゴロいった。うなって咆《ほ》えた。床がふるえ、壁がきしみ、暖かい紙が着信籠から出てきて、床のほうへ舞いおちた。

おれは途中でキャッチした。だんだんキャッチするのがうまくなってきた。

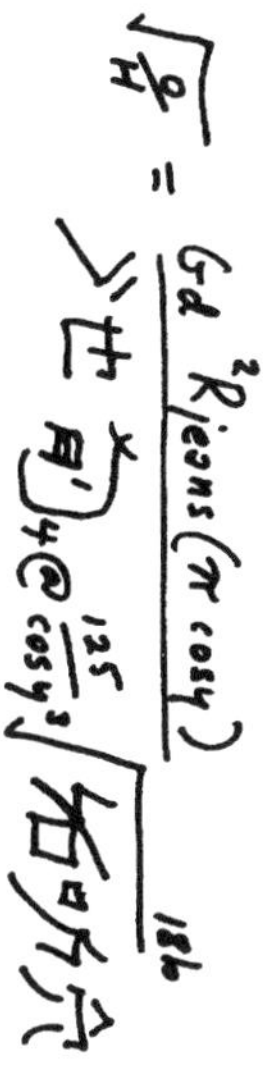

「漢字はどういうことだ？」おれは訊いた。

「多元文化共働だ」ウーはいった。「スーパーストリングの軸上の遠隔反エントロピー的場の相対的線形安定性の計算を、ラクダが水を飲めるように井戸の毒を沈殿させるための古代天山《テンシャン》の呪文と組みあわせたんだ。学校で習ったちょっとした裏技さ」

「医学校でか？」

「隊商《キャラヴァン》学校だ」とウー。「もちろん、一時的なもんだ。効き目は二、三千年しかつづかん。それに反エントロピー的場逆転装置を使わなけりゃならん」

「そりゃあなんだ？」

「手近にあるものならなんでもいい。ツー・バイ・フォー(角材)、ジャッキのハンドル。ガツンと一発かますのさ。問題は、副作用がどういうものか知りようがないことだが……まずい！」声をひそめて、「ボスのお出ましだ――」


ウーが電話を切ったあと、おれは窓辺にすわって、夜のとばりがおりるのを待った。ブザーからの電話を待ったんだ。いろいろと恐ろしい考えが頭をはなれなかった。

日が暮れると、下におりて、角の駐車場へ行った。短いツー・バイ・フォーをさげていった。身がまえ、ビーズの座席クッションのとなりの地面をたたいた、いちどだけ。ガツンと一発かましたわけだ。それから、こんどは反対側を。もういちどガツンと一発かましてやった。蹴ってぶち壊したくなるのを我慢した。けっきょく、実験なんだから。

ツー・バイ・フォーを草むらに放りだす。月が（まだ東から）昇るところで、小道に犬と猫が並んで、こちらを見ていた。そいつらが並んだまま、そろって走り去ったとき、悪寒がおれの心臓をわしづかみにした。もし事態を悪化させたんだとしたら？

ホッピーズ・グッド・ガルフは閉まっていた。おれは男子洗面所を使い、オフィスにもどった。留守電にメッセージがふたつ残っていた。最初のは聞いたことのない声だったが、だれの声かはまちがえようがなかった。

「あの腹黒い、ごくつぶしの娘はどこだ？　聞いてるのか、すべた？　おれを老人ホームにぶちこみやがったんなら、絶対にぶっ殺してやる、絶対にぶっ殺してやるからな！」

ふたつめのメッセージはブザーからだった。

「困ったことになった、ヤンク」彼はいった。「じいさんは手がつけられない。ガラス・ドアに椅子を投げつけて、ゲイザーズのオフィスに押しいった。いま――」

さらにガラスの割れる音、悲鳴、ドサッという音。ビィーッビィーッと発信音がして、メッセージが切れたのだとわかった。

電話が鳴っていた。受話器をとると、また最初の声がしたが、こんどは生《ライヴ》だった――

「この腐れ外道《げどう》の親不孝者めが！　おれのオールズモビルはどこだ？　この老人ホームの黒んぼにくれてやったのか？」

ブザーの叫ぶ声。

「よせっ！」

「このろくでなしの×××！」

つぎの瞬間、銃声がした。おれは電話を切り、ドアを駆けぬけ、夜のなかへ出ていった。

しばらく運転から遠ざかっていると、車を走らせるのは暴走と紙一重に思えるものだ。警察のことは心配してなかった。ホッピーズ・グッド・ガルフのレッカー車を停めるとは思えなかったからだ、だれが運転してるのかに気づかないかぎりは。それで赤ランプをつけ、地獄からきた蝙蝠《こうもり》のように四車線をつっ走った。スクウィレル・リッジにむかって、老人ホームのほうだ。

エンジンはかけっぱなし、赤ランプは回転させたままで、トラックを駐車場に乗りすてた。ホイッパー・ウィルはゲイザーズのオフィスにいた。彼女のデスクから銃を手にいれていた。真珠を把手《とって》に埋めこんだ新品の三八口径レディーズ・スペシャルだ。ホイッパー・ウィルはそいつをブザーにつきつけており、ブザーは棒を飲んだような恰好《かっこう》で、デスクの陰の事務用回転椅子にすわっていた。ブザーの頭のすぐ左側の壁に弾痕があった。

「おれの金を根こそぎ奪って、おれをくそったれの老人ホームにぶちこみやがったんだぞ！あの性根の腐った×××！」

ホイッパー・ウィルがわめいた。彼がしゃべっているのはキャンディ——実の娘のことだった！　髪は黒に近く、ドアに背をむけて立っていた（彼が立っているのをはじめて見た）。ブザーはおれのほうをむいており、眉毛とダイアモンドの鼻ピアスで微妙な合図を送ってきた

――まるでおれひとりじゃ状況が呑《の》みこめないとでもいうように！　おれは割れたガラスを踏まないようにしながら、爪先立ちで床を横切った。

「待ってろ、いまにこの手を、あの恩知らずで腹黒い親不孝の×××にかけてやる！」

それだけ聞けばたくさんだった。おれはホイッパー・ウィルの側頭部に強烈な一撃をくらわせた。ガツンと一発。彼はへなへなと膝から崩れ、おれはその体を抱きとめて、その手から三八口径をとりあげた。こんどは頭の反対側をなぐろうとしたちょうどそのとき、彼はリノリウムの床にぐったりと倒れこんだ。

「おみごと」とブザー。「そりゃあなんだ？」

「反エントロピー的場逆転装置だ」とおれ。

「チューブソックスにはいった懐中電灯みたいだな」

「そうともいう」おれはできるだけやさしくホイッパー・ウィルを引きずって、廊下から彼の部屋へむかった。

あくる朝、ホイッパー・ウィルのオフィスのなか、ベッドと呼んでいるカウチの上で目をさますと、十時近くだった。起きて窓辺へ足を運んだ。レッカーは置いた場所にちゃんとあった、ホッピーズ・グッド・ガルフの看板の下に。

ズボンをはいて下へおり、角の駐車場を横切った。ビーズの座席クッションは、てっぺんの列でいくつかビーズが欠けていたし、いちばん下ではすくなくとも半分欠けていた。木製ビーズが赤土の地面に散らばっていた。おれは注意深く——うやうやしくさえあった——その横へまわりこんだ。

「ホイッパー・ウィルんとこのヤンクか」とホッピー。またべつのタウラスのフロント・ブレーキを交換していた。

「まあね」とおれ。

「ホイッパー・ウィルじいさんはどうだい？」

「変わりばえしない、と思うよ」おれはいった。昨夜トラックを借りたことをホッピーに話してもしかたない。「年寄りがどういうもんかは知ってるだろ」

「そんなところかな」彼はいった。

オフィスにもどると、留守電にメッセージがふたつ残っていた。最初のはブザーからだった。「ゲイザーズのほうは心配ない、ヤンク」彼はいった。「強盗がはいったといっといた。だから警察に電話しないさ。デスクの三八口径が非合法だってばれるからな。そういうわけで、壁の穴やら指紋やらは問題ない。この件でキャンディを悩ませる理由は見あたらないが、どう思う？」

おれもそう思った。ふたつめのメッセージはキャンディからだった。

「ただいま。万事順調だといいんだけど。十二時にボニー・バッグで会いましょう」

おれはカフェイン・フリー・ダイエット・チェリー・コークをあけ、窓の下枠に〈コーコランズ〉を広げた。目がさめると、十二時近かった。

「いい旅だったわ」キャンディがいった。「いろいろとありがとう。今朝、街へくる途中でスクウィレル・リッジに寄ったの。そうしたら――」

「そうしたら？」**どうなったんだろう？**

「父さんは元気そうだった。車椅子にすわって、TVの前ですやすや眠ってたわ。髪はまた真っ白に近くなってた。たぶん、ブザーがグレシァン・フォーミュラを洗いおとしたのね」

「そりゃあいい」とおれ。「似合わないような気がしたんだ」

「これで一件落着って気分」キャンディがいった。おれの手の甲にさわって、「ひょっとしたら、今夜スクウィレル・リッジに行くべきかもね」彼女はいった。「山のことよ、老人ホームじゃなくて。いってる意味がわかればだけど」

「お熱いおふたりさんはなんにする？」ボニーが訊いて、チョークをつきつけた。「おやじさんはどう？　彼が銃をぶっぱなしたときのことは話したっけ……」

「聞いたよ」おれはいった。「それから、いつものを頼む」


こいつが作り話だったら、話はそこで終わっていただろう。でも、現実の人生じゃ、かならずその先があるし、ときにはそのままにしておけないこともある。その晩、スクウィレル・リッジ――山のほうだ――へ行く途中、キャンディとおれは老人ホームに寄った。ホイッパー・ウィルは車椅子におとなしくすわって、ナプキンをなでながら、TNNに映ったパム・ティリスをブザーといっしょにながめていた。いまのじいさんの髪は雪のように真っ白で、ほっとしたことに、口に歯がないのがわかった。ブザーがおれにウィンクし、おれも同じウィンクを返した。

例のダイアモンドはすごくいかして見えた。

その夜、展望台でおれは両膝をつき——まあ、そのあとはわかる（あるいは察しがつく）だろ、それにともなうすべての特権つきだ。そこで話が終わってもよかったが、オフィスにもどると、ファックスがウィーン、ガタガタ、ブワブワ、シューシューいっており、電話も鳴っていた。

受話器をとるのに二の足を踏んだ。またブザーだったらどうしよう？

でも、そうじゃなかった。

「おめでとう！」ウーがいった。

おれは顔を赤らめた（でも、すぐに赤くなる質《たち》なんだ）。

「もう聞いたのか？」

「聞いたかだって？　見えるんだよ。ファックスは届いてないのか？」

「いま床から拾うところだ」

まだ暖かい紙に紫色の謄写インクで記されていたのは——

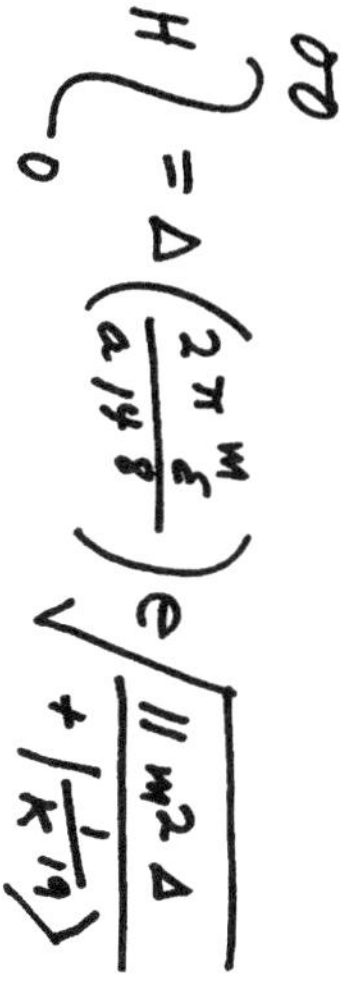

「バタフライ効果にちがいない」ウーがいった。

たとえ蝶《バタフライ》が（それなりに）ロマンチックであるとしても、ウーが話しているのは、おれのプロポーズとその承諾と、それにともなうすべての特権のことではないと薄々わかってきた。

「いったいいなんの話をしてるんだ？」おれは訊いた。

「カオスと複雑系だよ！」ウーはいった。「熱帯雨林で蝶《ちょう》がはばたくと、シカゴで吹雪《ふぶき》が起きるんだ。線形調和的フィードバックだ。数字を見ろアーヴ！　数字は科学の精髄だ！　おまえさんがスーパーストリング調和的波逆転を引き起こし、それが宇宙全体を風にあおられる旗のようにはためかせたんだ。ところで、ビーズの座席クッションをなんでたたいたんだ？」

「ツー・バイ・フォーだ」とおれ。ホイッパー・ウィルのことを話す理由は見あたらなかった。

「なるほど、うまくたたいたわけだ。赤方偏移は元どおりになってる。宇宙はまた膨張してるよ。いつまでもつかはわからんが」

「おれの結婚式まではもってほしいね」

「結婚式？？！？　まさか……」

「そのまさかだよ」とおれ。「昨日の夜プロポーズした。で、キャンディは承諾した。それにともなうすべての特権つきで。ハワイからもどって、付き添いをやってくれないか？」

「お安い御用だ」ウーがいった。「ただ、ハワイからじゃないがな。来週、サンディエゴで大学がはじまるんだ」

「サンディエゴ？」

「気象学者としてのここでの仕事は終わったんだ。ジェインと坊主たちはもうサンディエゴにいる。そこで給費研究員として気象学的昆虫学《メテオロロジカル・エントモロジー》を学ぶのさ」

「そりゃあなんだ？」

「虫と天気だ」

「虫と天気がどう関係するんだ？」

「いま説明したじゃないか、アーヴィン」とウー。「ほら、数字を送るから、自分で考えろ」

そして彼はそうした。でも、そいつはまるっきりべつの話だ。

時間どおりに教会へ

1

ブルックリンに近づくのにいちばんいいのは空路だ。ブルックリン橋も悪くはないが、ピカピカの高層ビルの立ちならぶマンハッタンの繁華街から、地味で古くさいブルックリンにまっすぐ車で（あるいは自転車で、あるいはもっと悪いことに、徒歩で）はいるのは、正直いって幻滅だし、げっそりするし、下手をすりゃげんなりする。地下鉄も大差ない。穴からべつの穴へ移動するだけだ。中間もなければ、接近もなく、到着のドラマってやつに欠ける。ニュータウン・クリークにかかるコチューシコ橋をわたるのはオーケイだ。いくらさえないウィリアムズバーグだって、果てしなくつづく、整然とした墓場のようなクィーンズをぬけたあとなら、生きいきとして見えるってもんだ。でも、タール紙で屋根をふいたブルックリンの住宅のながめを楽しみはじめたちょうどそのとき、右手にまたあれがあらわれる。マンハッタンの摩天楼《まてんろう》群が。ヘアスタイルをばっちり決めて、ローカット・ドレスをまとった背の高い女が、ひとことも口にしなくとも、会話に割りこんでくるようなもんだ。そいつはよくない、フェアじゃない。でも、そうなんだからしかたない。だから、飛行機に乗るといいのは、片方からしか見えないっていうところだ。おれが好きなのは、右側にすわること。南から飛んでくると、パイン・バレンズの暗い荒れ地をわたり、ジャージー海岸に立ちならぶ、うらぶれたちっぽけな町々をわたり、悲しげで謎めいた湾をわたったところで、コニー・アイランドの明かりが夜の闇からぬっとあらわれるって寸法だ。縞《しま》になっているのは、からっぽの並木道。マンハッタンは見えない。左側の奥に隠れているんだ。ちょうどべつの本の章か、べつのパーティの女のように。タービン・エンジンが推力を落とし、じきに街灯に照らされた玄関ポーチや裏庭をよぎって降下している。由緒正しきわが故郷の街。ブルックリンだ！

「もうじきだ」おれはキャンディにいった。

「そりゃあよかった」

キャンディは飛行機が大嫌いで、ハンツヴィルからずっと、景色には目もくれずにいた。おれは彼女の体ごしに外を見ようとした。目に飛びこんできたのは、ジャマイカ湾の水びたしの土地、つづいてカラフルでけんか腰のキャナーシー、つづいてプロスペクト・パークとグランド・アーミー広場。そしていつも正確な時計のついたウィリアムズバーグ・タワー。驚いたことに、予定時刻かっきりだった。

いまでは窓ぎわの席をキャンディにゆずったのを後悔していた。でも、けっきょく、おれたちのハネムーンだ。きっと飛行機に乗るのを好きになってくれると思ったんだよ。

「きれいだなあ！」おれはいった。

「そうなんでしょうね」彼女がぼそりといった。

てっきりいつもの長い待機飛行があるものと思っていた。ロングアイランド湾まで出ていくあれだ。でも、そうと知る前に、おれたちの機はブロンクス上空で、例の心臓が止まりそうな、翼をぐっと沈めるジェット機のUターンをするところで、そのままライカーズ島上空を降下していた。サーヴォ機構がウィーンと鳴り、油圧装置がうなるなか、でこぼこのフラップとおんぼろの着陸装置が、ガチャンと音をたてて（すくなくとも）一万回めの着陸にそなえた。このプレオウンド・エアー社の707は、どう控えめにいっても、年季がはいっている。シート・ベルトにはイースタン、枕にはパンナム、嘔吐袋《おうとぶくろ》にはブラニフ、ピーナッツにはピープル・エクスプレスとロゴがはいっている始末。おかげで自信みたいなものがわいてくる。運悪く墜落するようなことがあるとしたら、とっくのむかしにそうなっていたはずだと思うからだ。

窓のむこうで、汚い水が汚いコンクリートに席をゆずり、やがて車輪があのうれしいキャンという音をたてて滑走路に触れた。映画を見たことのある人間にはおなじみの音だ。たとえ実生活ではいちどもじっさいに聞いたことがなくても。

そしてこれは実生活だ。ニューヨーク！

「目をあけてもいいよ」

おれがいうと、キャンディは目をあけた。ハンツヴィルでパイロットがスロットルを開いて以来はじめて。アパラチア山脈の上空では、食べものを口に運んでやるはめにさえなった。というのも、トレイに載っているものを見ようと目をあけたら、窓の外にたまたま視線がいってしまうかもしれない、と彼女が心配したからだ。さいわい、機内食はピーナッツとプレッツェルだけだった（二品目《ひんもく》の食事）。

おれたちの機が、翼を生やした大きな太ったバスのようにターミナルまで地上走行しているとき、キャンディがようやく窓の外に目をやった。口もとをほころばせさえした。飛行機はちょっとよたよたしていたが（タイアが坊主なのか？）、この飛行の最終部分をじっさいに楽しんでいるようだった。

「すくなくとも息を止めはしなかったな」とおれ。

「えっ？」

「なんでもない」

ゴーン！　もうゲートに着いた。しかも定刻に。おれは前の座席の下にある靴《くつ》を手探りしはじめた。飛行機をおりる行列ができはじめるまでには、たいていたっぷり時間がある。ところが、驚いたことに、もうおれたちの番だった。キャンディがおれの腕をひっぱっていて、うしろの通路にひしめいた乗客たちが、いらだたしげにおれをにらんでいた。

おれは靴を手に持って機からおり、ターミナルではいた。ローファーだった。おれはまだ弁護士だ、たとえ開業しているとはかならずしもいえないにしても。

「ニューヨーク、ニューヨーク」

キャンディにささやきながら、トンネルをぬけて荷物回収所へむかう。彼女がおれの故郷の街へくるのははじめてだった。ふたりでどこかへ行くのははじめてだった。彼女はハンツヴィル公園管理局の制服を着用するといいはった。そうすれば飛行機が落ちても、彼らが身元確認をするのに困らないというのだ（〝彼ら〟がだれであるにしろ）。でも、あれだけきちんとしていて恰好《かっこう》よければ、どっちにしろ、人ごみにまじっても目立っただろう。

ニューヨーカーがきちんとしてないわけじゃない。恰好よくないわけでもない。南部のKマート流パステルと、常に変わらぬにこやかな笑顔のあとだと、左右を足早に行き交う黒ずくめで、深刻な面持《おもも》ちの人々には、心底ほっとさせられた。おれは故郷に帰れてうれしかった、たとえ訪問にすぎないにしても。多くの人にはあまりにも異質で、恐ろしげなニューヨーカーが、おれにはたまらなくなつかしく見えた。

じっさい、そのうちのひとりには、ひどく見おぼえが……。

「スタッズ！」

幼なじみのアーサー・〝種馬《スタッズ》〟・ブリッツだった。スタッズとおれは親友だったが、ハイスクールにはいるとき、べつべつの道を行くことになった。おれはコニー・アイランドのリンカーン高校へはいり、やつはカルーセル──航空会社の荷物係員専門学校──へはいった。元気にやっているようだった。緑と黒の荷物係員の制服にはメダルがならんでいて、やつが荷物用の回転台《カルーセル》の下にある入り口パネルにかがみこんだひょうしに、チャリン、カランと音をたてた。携帯電話の電池を交換するつもりらしい。電話をかけるには妙な場所に思えた。

「スタッズ、おれだよ、アーヴィンだ。アーヴ！」

「アーヴ・ザ・パーヴ！」

スタッズが上体を起こす。そのひょうしに新しい電池が落ち、ころころところがった。おれは足でそいつを止めながら、ちょっとぎこちなく握手をかわした。

「幼なじみなんだ」おれはキャンディに説明しながら、かがみこんで電池を拾い、スタッズにわたした。五・二一ヴォルトのＡＸＲ。電話の電池にしては妙な感じがした。「スタッズはディトマス・プレイボーイズの創立メンバーなんだ」

「プレイボーイズ？」いまでもそうだが、キャンディは簡単にショックを受ける。「すけべ《パーヴ》？」

「メンバーはおれたちふたりだけだった」おれは説明した。「木の上の家を作ったんだ」

「ブルックリンで木の上の家ですって？　でも、たしか……」

「みんなそう思うんだよ！」おれはいった。「あの本のせいで」

「どの本？」

「じゃあ、映画だ。でも、じっさいは、ブルックリンにはたくさん木が生えてるんだ。アパートや家の裏に生えてる、通りからは見えないところに。そうだよな、スタッズ」

　スタッズはうなずき、電池を電話機にパチンとはめこんだ。

「アーヴ・ザ・パーヴ」ともういちどいう。

「キャンディはフィアンセなんだ。アラバマから飛んできたところさ」おれはいった。「ハネムーンなんだよ」

「フィアンセ？　ハネムーン？　アラバマ？」

　スタッズはうわの空のようだった。発信音がして、やつが番号を打ちこむあいだに、おれはキャンディとのなれそめを話して聞かせた（月への旅は省略して。この話は「穴のなかの穴」でしておいた）。やつが電話を回転台の下に置き、入り口パネルを元にもどすあいだ、アラバマへ引っ越したいきさつを話して聞かせた（赤方偏移と老人ホームの件は省略して。この話は「宇宙のはずれ」でしておいた）。結婚式の前にハネムーンをしている理由を説明しかけたちょうどそのとき、荷物回転台が動きだした。

「もう行かないと」とスタッズ。やつは秘密のディトマス・プレイボーイ式信号で手をふり、**関係者以外立入禁止**のドアの奥へと姿を消した。

「すてきな制服ね」と自分の制服のしわをのばしながらキャンディがいった。「それに首にかかってたあの大きな金のメダルを見た？　ノーベル賞じゃなかったかしら？」

「ノーベル荷物賞かい？　聞いたことないな」

おれたちの荷物はすでに最初の曲がり角をまわりかけていた。そいつは吉兆に思えた。

「携帯電話を回転台の下に隠してどうするのかしら？」とキャンディが訊いたのは、荷物を回収して、ドアへむかったときだった。

「きっと荷物係ならではの仕掛けでもあるんだろうよ」とおれ。

そのときは、なんにも知っちゃいなかったんだ！

2

空路でニューヨークにはいるのは、二十世紀から十九世紀にさかのぼるようなもんだ。なにもかもがこみあっていて、カラフルで、古く——のろのろしている。たとえば、ラガーディアからブルックリンまでの所要時間は、たいていハンツヴィルからラガーディアまでの所要時間より長い。

たいていは！　ところが、この新婚旅行じゃ、キャンディとおれは記録的な速さで移動してのけた。停留所に着いたとたん、三十三番バスがやってきたし、そのあとルーズヴェルト・アヴェニューじゃ、ドアが閉まるところのF列車に駆けこんだ。停留所でも駅のプラットフォームでも待たなかった。とても故郷にいるとは思えない！　もちろん、文句をいってるわけじゃない。

地下鉄の駅からすこし歩くと、ミニーおばさんが、モートおじさんと五十年前、第二次大戦直後に七千五百ドルで買ったディトマス・アヴェニューの小さな建て売り住宅の階段にすわり、煙草《たばこ》をふかしているのに出くわした。おれの知ってる人間で、まだケントを吸ってるのはおばさんだけだ。

「いまでも外で煙草を吸うのかい？」と声をかける。

「モートおじさんのことは知ってるだろう」と彼女はいった。おれが子供のころ、ミニーおばさんとモートおじさんは第二の両親のようなものだった。一ブロック半しかはなれていないところに住んでいたんだ。両親が亡くなってからは、ふたりがおれのいちばん近い身寄りになった。「おまけに逆抵当証書に書いてある——**禁煙**って！　そういう規則なんだよ！」

本国生まれのミニーおばさんは、妹、つまりおれのおふくろとはちがい、いまだに言葉が肩をすくめるような感じでものをいい終えるリフトハットヴァニア（架空の国）式のしゃべりかたをする。彼女はヤニ臭いキスをくれてから、こう訊いた。

「それで、なんでニューヨークにもどってきたんだい？」

おれは愕然《がくぜん》とした。

「手紙が届かなかったのかい？　結婚するんだよ」

ミニーおばさんは、新たに興味のこもった目をキャンディにむけ、

「旅客機のパイロットと？」

「こちらはキャンディだ！　ハンツヴィル公園管理局に勤めてる。メッセージを聞かなかったのかい？」

おれはキャンディに手を貸してスーツケースをなかへいれた。モートおじさんがむかし、地下室の作業場でこしらえた樫材《かしざい》のテーブルにつき、クラッカーと酢漬けのリフトハットをつまむあいだ、おれはこの半年の出来事をできるだけ説明した。

「そういうわけで、ここへはハネムーンできたんだ、ミニーおばさん」

そういうと、キャンディが顔を赤らめた。

「ハネムーンが先で、結婚があとなのかい!?」

ミニーおばさんはぐるっと目をまわして、ガス暖炉の上にある炉棚《ろだな》のほうへむけた。そこにモートおじさんの遺灰が保管してあるんだ。すくなくとも、おじさんは驚いてないようだった。

骨壺に描かれた装飾過多の目は、ウィンクしているも同然だった。

「しかたがなかったんだ」とおれ。「仕出し業者は木曜まで氷彫刻を手配できないっていったけど、キャンディはその前に休暇をとるか、休暇なしになるかだった。おまけにおれの新郎付き添い役は、南アメリカだか中央アメリカだか――どっちか忘れた――にいて、水曜までもどってこられない」

「想像してごらんよ、モート」また炉棚のほうを見ながら、ミニーおばさんがいった。「小さなアーヴィンが結婚するんだ。それなのに招待もしてくれなかった！」

「ミニーおばさん！　式には出てもらうよ。ほら、飛行機の搭乗券」

おれがテーブルごしに搭乗券を彼女のほうへすべらせると、おばさんは警戒の目をむけた。

「えらく安い料金だね」

「プレオウンド・エアーだよ」とおれ。おばさんがぽかんとした顔をしたので、ジングルを歌い、「ぼくらの飛行機は古いけど、あなたのポケットには黄金がざっくざっく」

「CMはご覧になってるでしょう」とキャンディが助け船をだした。

「TVは見ないんだよ」とミニーおばさんがキャンディの手をぽんとたたき、「ミシシッピまできてくれっていうのかい？　今夜？」

「アラバマ」とおれ。「それに出発は水曜だ。火曜の晩を泊まらないと、平日ノンストップ超お値打ち往復価格破壊ハネムーン・プラス・ワン料金にならないんだ。式は木曜の正午。だから明日はニューヨーク観光ができる。ということは、そろそろベッドにはいらないと。ミニーおばさん、手紙を読まなかったの？」

彼女は、炉棚に山と積まれた未開封郵便のほうを指さした。モートおじさんの遺灰をおさめた骨壺のとなりだ。

「じつは読んでないんだよ。モートおじさんが亡くなってから、あけるのをあきらめたようなものでね。おじさんはレター・オープナーをこしらえただろ、おぼえてるかい？」

もちろん、おぼえていた。おれのバルミツヴァー（ユダヤ教の成人式。十三歳）に、モートおじさんはレター・オープナーを贈ってくれた（おかげで両親はいらだった。というのも結婚祝いにもらったのとそっくりだったからだ）。ハイスクールの卒業祝いにべつのをくれた。シティ・カレッジの以下同文。モートおじさんはロー・スクールへ進むのをはげましてくれ、卒業祝いにレター・オープナーをくれた。いまでも全部持ってる。新品同様だ。じつは、いちども使ったことがない。封筒をあけるのに、専用の道具はいらないものだ。

「ミニーおばさん」おれはいった。「手紙を書いたけど、返事がこなかったから、電話したんだ、何べんも。でも、いちども出てくれなかった」

「きっと表で煙草を吸っていたんだよ。モートおじさんが、煙草の煙をいやがるのは知ってるだろう」

「留守番電話を使えばよかったんですよ」とキャンディが助け船をだした。

「留守番電話ならあるよ」とミニーおばさん。「モートが四十七丁目写真店で買ってくれたんだ、店じまいする直前に」

彼女は側卓を指さした。なるほど、電話機のとなりに小さな黒い箱がある。赤ランプが点滅していた。

「メッセージが残ってる」おれはいった。「赤ランプが点滅してるだろ？　きっとおれのだ」

「メッセージ？」彼女はいった。「だれもメッセージのことなんか教えてくれなかった。留守番電話だろう。てっきり電話に出てくれるんだと思った。あたしがわざわざ出なくてもすむように」

「でも、おばさんと話したがる人がいたらどうするのさ？」

彼女は両手を広げた。しゃべるのは英語だが、身ぶりはリフトハットヴァニア式なのだ。

「だれが寂しい婆さんと話したがるのよ？」

ミニーおばさんがキャンディを二階へ連れていき、おれたちの寝室を見せているあいだ、おれは留守電をチェックした。十一のメッセージが残っていて、ひとつ残らずおれからで、ひとつ残らず同じ内容だった。ハネムーンでニューヨークへ行く、アラバマへ帰るとき連れていくから式に出てもらうと告げ、お願いだから返事をくれと頼んでいる。

おれはメッセージを消去した。

ミニーおばさんの客用寝室は家の裏手にあり、子供のころ遊んだ狭い裏庭が窓から見えた。ちょうど中年（とにかく、もうじき）になって人生をふり返り、文字どおりそれを目のあたりにするようなものだった。おれがよじ登った柵《さく》があり、おれが盗んだ葡萄《ぶどう》の蔓《つる》があり、おれが隠れた角がある。二軒はさんで、楓《かえで》の大木が生えているスタッズの家の裏庭。おれたちが作った木の上の家はまだあった。不気味な青い光が、隙間《すきま》ごしに見てとれさえした。だれかが住んでいるんだろうか？

荷ほどきをしたあと、おれはキャンディを散歩に連れだし、むかしなつかしい隣近所を見せてやった。見た目はあまり変わっていないが、住人はさま変わりしていた。アイルランド人とイタリア人の家族にかわって、フィリピン人とメキシコ人が住んでいた。ミニーおばさんの家から二軒はさんだところにあるスタッズの両親の家は、地下室の明かりをのぞけば真っ暗だった——それに裏にある木の上の家のなかの青い光をのぞけば。一ブロック半先の東四番地にあるおれの両親の家は、いまではバングラディシュ人タクシー運転手むけの下宿屋になっていた。オーシャン・パークウェイのアパートにはロシア人があふれていた。

家にもどると、ミニーおばさんがポーチでケントをふかしていた。

「むかしなつかしい隣近所がどんなに落ちぶれたかわかったかい？　外国人ばっかり！」

「ミニーおばさん！」おれは愕然《がくぜん》とした。「おばさんだって外国人じゃないか。モートおじさんだって」

「それは話がちがうよ」

「どういうふうに？」

「おまえの知ったこっちゃない」

話題を変えることにした。

「今日空港でだれに会ったと思う？　スタッズ・ブリッツだよ、その先の。おぼえてる？」

「若いアーサーのことかい」とミニーおばさん。「あの子ならまだ家にいるよ。おやじさんは二年前に亡くなったけど。おふくろさんのメイヴィスは、下宿人を置いてる。外国人。あたしがそうせずにすんだのは、モートおじさんの保険金のおかげさ」

　彼女は骨壺をぽんとたたいた。すると猫目石がやさしげに輝いた。

　その夜、キャンディとおれのハネムーンは、はなれたベッドのあいだで手をつなぐことではじまった。キャンディは明日の夜まで待ちたがった。〝ひととおり観光をすませ〟て、〝残るはひとつになる〟まで。おまけに飛行機のせいでまだ神経がささくれだっていた。

　おれは気にしなかった。ぞくぞくしたし、ロマンチックだった。いってみれば。

「ミニーおばさんはいい人ね」キャンディがいったのは、眠りに落ちる寸前だった。「でも、ひとつ訊いていい？」

「どうぞ」

「どうしたら遺灰が煙草の煙を嫌えるの？」

3

　帰りの飛行機は水曜だ。つまり、火曜は丸一日ハネムーンで、ニューヨークを見てまわれるってこと。観光スポットの大半は（じつをいうと、すべては）マンハッタンにある。キャンディとおれは早起きして、ディトマスでF列車に乗った。列車はすぐにやってきた。マンハッタンでは終点のひとつ手前にあたる駅、五番街でおりて、ティファニー、ディズニー、トランプ・タワーの前を通ってアップタウンまで歩いた。はるばるセントラル・パークとプラザまで。新婚さんには磁石みたいなもんだ。正面階段に人がたむろしているのを見たときは、火事でもあったのかと思った。でも、煙草を吸っているだけだった。ブルックリンとまったく同じだった。

ロビーをぶらぶら歩いて、パーム・コートとオーク・ルームをおのぼりさん気分でのぞいてから、手をつないだまま、ダウンタウンへ引きかえした。キャンディは五番街でいちばんいかした女で（数少ない制服姿のうちのひとり）、彼女の目の前でおれの大都会が流れていくのを見まもるのが好きだった。ニューヨーク！　つぎに立ち寄ったのはロックフェラー・センターだ。おれたちはスケート見物の人垣にまじり、ひそかにだれかがこけるのを待った。爆音ぬきのストック・カー・レースみたいだった。キャンディの目は、ネルスンズ・オン・ザ・リンクの行列に釘付けだった。そこではローラーブレードをはいたウェイターたちが、カプチーノとラテを給仕していた。あそこにならぶのは観光客だけだ。ニューヨーカーは行列にならばないし、とりわけコーヒーのためにはならばない。でも、行列がすいすい動いているのを見て、ならばない手はないと思った。すぐに席に案内され、すぐに給仕され、お値段は（ここで話題になってるのは、四ドルのクロワッサンだ）それに見あうものだった。

「これからどうするの？」とキャンディが訊いた。小さな薔薇《ばら》のつぼみのようにほころんだ口もとには、うまそうなパンの粉がついている。ハネムーンをいっしょに過ごすのに、これ以上の相手は想像もつかない。

「もちろん、エンパイア・ステート・ビルだ」

キャンディは顔をしかめた。

「高所恐怖症なの。おまけに、あそこじゃ人を撃つんじゃなかった？」

「てっぺんへ登るわけじゃない、まさか」とおれ。「そいつは観光客のやることだ」

おれは彼女の手をとり、おれ流のエンパイア・ステート・ビル・ツアーに連れだした。そいつはビルをぐるっとまわり、見あげたり、裏から見たり、ほかのミッドタウンの建物のあいだやその向こうに見るってことだ。いうなれば、不意打ちで目にするわけだ。五番街のロード＆テイラーの外から出発し、四十丁目をブライアント公園にそって西へむかうと、アメリカン・スタンダードのとなりの狭い駐車場の裏手ごしに、エンパイア・ステート・ビルがちらっと姿をあらわした。それから六番街を進み、ヘラルド・スクエアからのながめを楽しんだ（ついでにメイシーズへ寄って、踏み段の部分が木製のエスカレーターに乗った）。それから西へ引きかえして〝リトル・コリア〟をぬけると、二カ所では開いた通風ダクトのむこうに、一カ所では急勾配《きゅうこうばい》の非常階段ごしに、エンパイア・ステート・ビルが勇姿をあらわした。単独で立っていると、エンパイア・ステート・ビルは間がぬけて見える。ちょうど大きすぎるおもちゃか、スーパーマンの人形をささえる台のように。でも、街のなかにあると、荘厳だ。ちょうどエヴェレストがじらすかのように山脈の陰に見え隠れするみたいに。おれたちは一時間近く螺旋《らせん》を内側へたどるようにして大山塊をめぐり、大きなアール・デコ調のファサードの下、五番街を（いうなれば）巻きもどった。縁石は観光客でこみあっていた。Tシャツを買ったり、バスに乗るために行列を作っていたりするのだ。Tシャツの露店商たちは渋い顔をしていた。バスがすぐにやってきて、待ち時間がないからだ。

最高のながめは最後までとっておいた。そいつは五番街のどまんなかから、まっすぐに見あげるやつだ。もちろん、信号が赤になるのときっちりタイミングをあわせなきゃいけない。キャンディとおれが、手をつないで縁石から踏みだしかけとき、三十三丁目の角にある公衆電話のかたわらで自転車にまたがっていた、黄色と黒のタイツ姿のメッセンジャー（おれたちの街のカラフルな道化のひとり）が声をかけてきた。

「よう！」

おれは足を止めた。それくらい長くアラバマにいたわけだ。

「あんたの名前はアーヴ？」

おれはうなずいた。それくらい長くアラバマにいたわけだ。

彼はウィンクらしき仕草と肩をすくめるらしき仕草をしながら受話器をおれにわたし、そいつを突きかえす暇もなく（それが本能的な動作だった）、自転車に乗って走り去った。

おれは受話器を耳にあてた。ご想像のとおり、かなりこわごわと。

「もしもし？」

「アーヴか？　やっとつかまえた！」

「ウー!?」

　だれもがウィルスン・ウーみたいな友人を持つべきだ。おれの新郎付き添い役であるウーは、ブロンクス科学学校で物理学を学び、パリでパン職人の修業をし、プリンストンで数学を専攻し、台湾で漢方を修め、ハーヴァード（いや、イエールだったか？）で法律を学び、ゴビ砂漠の隊商宿で隊商の修業をした。彼が中国系アメリカ人で、対数計算機を使えば一分以内に十二弦ギターをチューニングできて、身長が一メートル八十六あることはいったっけ？　リーガル・エイド法律事務所に勤めているときおれと出会い、ヴォルヴォを運転して、月に行った。でも、それはまたべつの話だ。それから彼はハワイへ行き、〈宇宙のはずれ〉を見つけたが、そいつもやっぱりまたべつの話だ。いま彼は気象学的昆虫学者《メテオロロジカル・エントモロジスト》として、それがなんであるにしろ、ケツァールカンのジャングルで働いている。

　それがどこであるにしろ。

「だれだと思った？」ウーは訊いた。「ようやく電話に出てくれて助かった。おまえさんとキャンディがミッドタウンで観光中だってミニーおばさんが教えてくれたんだ」

「ハネムーーンなんだよ」

「なんだって！　結婚式に出そこなったなんていうなよ！」

「もちろん、ちがうさ」とおれ。「ハネムーンを先にしないと、キャンディの休みがとれなかったんだ。ミニーおばさんが電話に出るなんて、どうやって説得した？　それをいうなら、どうやっておれをつかまえた？　もうハンツヴィルにいるのか？」

「それが問題なんだよ、アーヴ。まだケツァールカンだ。熱帯雨林、あるいはより正確にいえば、雲霧林のなかだ。じっさいは、樹冠《キャノピー》。通称キャンプ・キャノピーだ」

「でも、結婚式は木曜だ！　おたくは新郎付き添い役なんだぞ、ウー！　もうあんたのタキシードは借りてある。そいつはファイヴ・ポインツ・フォーマル・ウェアであんたを待ってる」

「よくわかってる」とウー。「でも、厄介な問題をかかえてるんだ。だから電話したんだよ。ひょっとして式を一週間のばせないか」

「一週間？　ウー、そいつは無理だ。シンディはもう氷彫刻を発注ずみだ」

シンディというのはウーの細君で、結婚式の仕出し業者だ。

「ハリケーンの季節が迫ってる」とウー。「それなのにおれの数字が狂って出てくるんだ。もっと時間がいる」

「ハリケーンがあんたの数字とどう関係するんだ？」おれは訊いた。「それとも、それをいうなら、隕石だか虫だかに」

「アーヴィン――」ウーがおれをフル・ネームで呼ぶときは、決まって説明するまでもないことを説明している気分のときだ。「気象学《メテオロロジー》は天気なんだ、隕石《メテオ》じゃなくて。それに虫はバタフライ効果に関係がある。この話は前にしただろう」

「もちろん、そうだ、思いだした」とおれ。なんとなく思いだした。でも、とにかくウーはおさらいしてくれた。熱帯雨林で蝶《ちょう》がはばたくと、二千マイルはなれたところで嵐が起きる仕組みを。

「ただの時間の問題だ」と彼はいった。「そのうちだれかが、おれたちのいる熱帯雨林の担当地区を突きとめ、蝶のクローンを作るのは。じっさいには、蛾《が》だけどな。おれたちは二十二匹飼ってる。これでハリケーンの季節を乗りきれるはずだ。ハリケーンを止められはしないが、遅らせたり、方向づけたり、すこしならそらせたりできる。だからＡＢＣがおれたちをここへ派遣したんだ」

「ＡＢＣ？」

「ハリケーン・シーズンのＴＶ放映権を買ったのさ、アーヴ。業界紙を読まないのか？　ＣＢＳはＮＢＡを手にいれ、ＮＢＣはスーパーボウルを手にいれた。ＡＢＣはテッド・ターナーを負かした。おれには願ってもない話だ。いくら熱帯性低気圧から昇格したって、ハリケーン・ジェインをほしがるのはネットワークくらいだからな。連中がおれたちを雇ったのは、ニュースが種切れになる週末にむけて、ハリケーンをできるだけじりじり進ませるためだ。それとステート・ファームが一枚かんでる。おれたちが被害をおさえられれば、連中の懐《ふところ》に金がはいるわけだからな。じつは、このささやかな宙吊りヒルトンのお足を持ってくれてるのは連中なんだ。〝お足〟ってのはちがうか。おれの足は三週間も地面とはご無沙汰だ」

「いっぺん木の上の家を作ったことがある」とおれ。「おれとスタッズ・ブリッツで、むかし、なつかしい隣近所で」

「ブルックリンで木の上の家だって？」と奇妙ななまりのある声が割ってはいった。

「だれなんだ？」とおれ。

「ドミトリ、回線に割りこむな！」ウーが怒鳴った。「あとで説明する」とこれはおれに。「でも、信号がとだえかけてる。お熱いおふたりさんはどっちへ行くんだ？」

おれたちがむかったのはダウンタウンだった。まず立ち寄ったのはスウィート・ナッシングズ、ニューヨークの歴史的ランジェリー地区におけるブライダル・ブティックだ。キャンディが買い物をするあいだ、おれは表で待っていた。ふと思いついて、オリエンタル・ノヴェルティ・アーケイドでハネムーン・バンジー（強力なゴム紐）を買った（「なんのため？」とキャンディが心配そうに訊いた。おれはあとで教えると約束した）。ロマンチックな気分になって、おれは彼女の小さな手を握り、六番街まで連れもどして、世界最大の相互作用式花束をプレゼントした——三ブロックもつづく花市場をぬけたのだ。二十六丁目でうっそうと茂るシダのトンネルからぬけだしたちょうどそのとき、角の公衆電話が鳴った。ピンときて、おれは受話器をとった。おれみたいにピンとくることがめったにない人間なら、そういうときは直観にしたがうものだ。

「アーヴィン、電話に出るのになんでこんな時間がかかるんだ？」

「最初のベルでとったぞ。ウー。とにかく、いったいどうやってこんなふうに電話をかけられたんだ？」

「ソフトウェアだ」ウーはいった。「アップル・ニュートンから手書き文字認識用のアルゴリズムを無断借用し、GPS（全地球位置把握システム）衛星フィード・プログラムに組みあわせた。それからおまえさんの郵便注文消費者プロファイル（J・クルーから盗んだ）を郵便番号

CD‐ROMをはずしたファジー論理的多量同一料金割引郵便照合機マクロに走らせ、おまえさんがこの半年をアラバマで過ごしたっていう事実を補正した。ミールの友だちが、通信衛星LAN経由の捜索フィードを分流してくれるから、そのうち〝IRV〟蓋然性場《がいぜんせいば》が崩壊し、おまえさんにいちばん近い電話が鳴る。するとおまえさんが電話をとるって寸法だ。どんなもんだい《ヴォワラ》」

「そういう意味じゃない」とおれ。「つまり、どうやってミニーおばさんに電話をとらせたかってことだ」

「呼びだし音を変えたのさ！」とウー。われながらよくやったという口ぶりだ。「ちょいと苦労したが、呼びだし音IDマクロを調整して、ベルの音を変えられるようになった。ドアベルのチャイムみたいな音にしてやったのさ。どういうわけか、そうすると電話に出てくれるんだ。数字を送ってやるよ」

「気にするな」とおれ。「おれが見たい数字《フィギュア》は、彼女のスウィート・ナッシングズのスリー・サイズだけだ」――聞いてないふりをしていたキャンディが、顔を赤らめた――「それと木曜の正午に白いタキシードを着たあんたの晴れ姿《フィギュア》！　式の日取りを変えるわけにはいかない」

「せめて二日のばせないか、アーヴ？　おれの公式が厄介なことになってるんだ」

「無理だ！　氷彫刻は待っちゃくれない。蝶を放して、ハンツヴィルにもどってこい。ハリケーンのひとつやふたつでたいしたちがいはない」

「蛾だ」とウー。「それにただのハリケーンじゃない。結婚式に雨が降ったらどうする？」

「降らない」とおれ。「降りっこない。シンディが快晴を保証してくれる。そいつもこみの料金だ」

「もちろんそうさ。でも、どうしてそうなってると思う、アーヴィン？　シンディが天気保険を買うのは、日本の婚礼産業コングロマリット、イドー・イドーからで、こっちは昆虫学的《エントモロジカル・》気象学的解決《メテオロロジカル・ソリューション》——つまり、おれたちだ——と契約して、世界じゅうの屋外披露宴の予定を立ててる。もちろん、ＥＭＳの副業にすぎん。ちょっとしたひねりさ。でも、座標が正しくなるまでは、最初の蛾を放せない。それなのに、あやふやな数字が出てきてるんだ」

「あやふや？」

「数学が働かないんだ、アーヴ。時間軸がそろわない。天気のようにカオス的なシステムでは、ひとつの定数、つまり時間しかない。それが一定しないと……」

でも、信号がとだえかけていた。キャンディが疑いの目でこちらを見ていた。おれは受話器を置いた。

「たびたびウーから電話があるのはどういうわけ？」彼女が訊いたのは、ダウンタウンにむかったときだった。「式の予定が狂ったりするの？」

「とんでもない」おれは嘘をついた。彼女のハネムーン（それにおれのだ！）に水をさす理由はない。「手を貸してもらいたがってるだけさ——その、数学の問題で」

「あの人は数学の達人だと思ってた。あなたも数学をとったとは知らなかったわ」

おれは数学をとらなかった、ハイスクールの二年生以後は。おれは歴史にすっかりのめりこんだ。いちばん好きだった教師、市民《シチズン》ティポグラフ（彼女は同志と呼ばれたがったが、校長に釘を刺された）に感化されたのだ。彼女はゲティスバーグやハーパーズ・フェリー（ともに南北戦争の戦地）のような遠い古戦場まで見学に連れていってくれた。C・Tの授業をとれば、それが女性労働史であろうと、黒人労働史であろうと、ユダヤ人労働史であろうと、ただのむかしながらのアメリカ労働史であろうと、すくなくともいちどはユニオン・スクエアへ出かけることになり、おれはみすぼらしい古い公園が大好きになっていった。そこでは馬の蹄《ひづめ》の音や、コサック（C・Tは警官をそう呼んだ）の叫びや、『インターナショナル』の勇壮な旋律がいまだに聞こえるのだ。このドラマを多少なりともキャンディと分かちあおうとしたが、礼儀正しく耳をかたむけてくれても、彼女にとってユニオン・スクエアは、いじけた草と、居眠りする浮浪者と、こわいもの知らずのリスにすぎないのが見てとれた。

キャンディは公園から出たくてうずうずしていた。ユニヴァーシティ通りと十四丁目の角にあるナッティ・ネッズ・ホーム・エレクトロニクスのショー・ウィンドウで山積みになったTVのほうにはるかに関心があったのだ。そこでは何十人ものロージー・オコンネルが、SF作家のポール・パーク（たち）と無言でおしゃべりしていた。音のしないトーク番組にまさるものはない。おれたちがふたりとも足を止め、しばらく見ていたときだった。スクリーンがひとつ残らず数字をスクロールしはじめたんだ。ロージーとゲストにかぶさって！

ピンときて、おれは店内にはいった。キャンディがついてくる。ナッティ・ネッズの店員が必死にリモコンを押し、暴走するTVを調整しようとしていた。

画面はいっせいに色を変えたが、映像はそのままだった。その映像は奇妙だが、奇妙なほどなじみがあった——

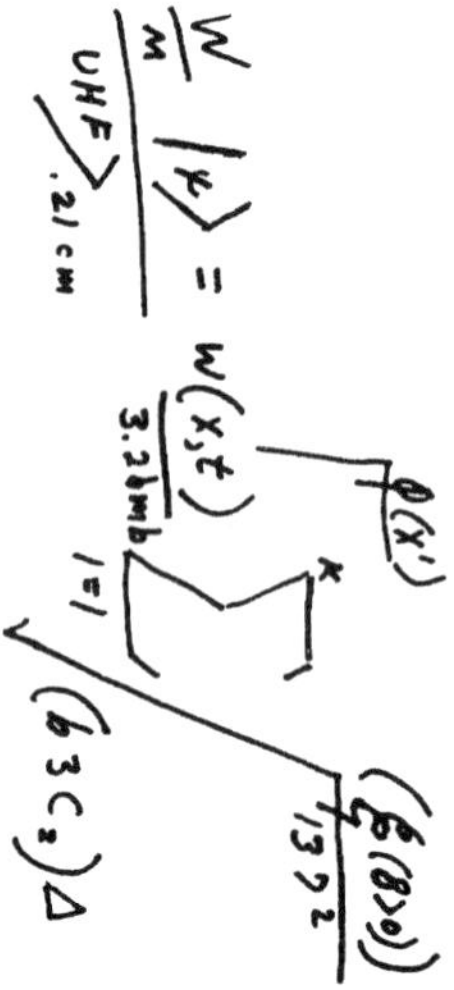

おれにはその正体がわかるような気がした。あんのじょうだった。まさにその瞬間、**売りつくしセール**のテーブルに載った携帯電話がいっぺんに鳴りだしたんだ。すさまじい騒音だった。ちょうど、いっせいに泣きだした子供でいっぱいの保育園のようだ。

おれが一台の電話に出ると、すべてが鳴りやんだ。

「ウー？　おたくかい？」

「アーヴ、おれの数字を見たか？　午前中トークネット通信衛星フィード経由で分流してるところだ。いいたいことはわかるな？　こんどのハリケーンにしては、まるっきりありそうにない日付と場所が出てくるんだ、あらゆる段階で。雨降りの結婚式はいうまでもない。しかもたしかにTなんだ」

「Tって？」

「時間軸、バタフライ効果を予想可能にする定数だよ。そいつが独立変数になってる。ここじゃ長すぎるし、そこじゃ短すぎる。そういえば、二十回もベルを鳴らさずにすめばよかったと思うよ。悠長なことはやっちゃいられないんだ。ほかにいろいろとやることがある、木の上の家に住んでると。オオコウモリに餌《えさ》をやるとか——」

「最初のベルで受話器をとったぞ」

「よくいうよ！　ベルは二十六回も鳴ったんだ」

　おれは**売りつくしセール**のテーブルに載った電話機の数をすばやく数えた。

「二十六台の電話が鳴ったんだ、ウー。でも、それぞれの電話は一回しか鳴らなかった。全部いっせいに」

「なんだって！」とウー。「並行して通じてるわけか？　そいつはねじれがあるってことかもしれんな」

「ねじれ？」

「局地的時空におけるねじれだ。もちろん、起きたことはないが、理論的には可能だ。それにおれのあやふやなT軸についても説明がつくかもしれん。ほかの時間的変則《テンポラル・アノマリー》に気づかなかったか？」

「臨時《テンポラリー》のコメディ？」

「時間がらみのおかしなことだ、アーヴィン！　そっちのニューヨークじゃ、なにかほかに時間がらみのおかしなことが起きてないか？　予定がくつがえるとか！　予期せぬ遅れが出るとか！」

「おいおい、ニューヨークじゃ遅れが出るのは日常茶飯事だ」とおれ。「でも、じつをいうと──」おれは地下鉄を待たずにすんだのをウーに話して聞かせた。あるいは、バスを待たずにすんだのを。「五番街でも、すぐにバスが来るんだぞ！」

「五番街でバスが！　どうもただの時間的変則じゃすまない気がしてきた。どこへ出しても恥ずかしくない時間的特異点を見てるのかもしれんぞ。でも、おまえさんの主観的印象がもっと必要だ、アーヴ。固い数字がいる。お熱いおふたりさんはどっちへ行くんだ？」

「ダウンタウンだ」とおれ。「もうじきランチ・タイムだ」

「完璧だ！　カルロの店にしたらどうだ？」

ウーとおれが、センター・ストリートにあるリーガル・エイドで働いていたとき、リトル・イタリーにあるカルロズ・カラマリ（食用イカ）にちょくちょく食べに行った。でも、長ーーーーいランチをとる時間があったときだけだ。

「よしてくれ！　カルロズで待たされたら、日が暮れちまう」

「まさにそのとおり！」とウー。

肩をぽんとたたかれた。

「その電話機をお買いあげですか？」

ナッティ・ネッドだった。この鼻はＴＶコマーシャルで見たおぼえがある。

「まさか」とおれ。

「なら、そいつをとっとと切ってくれませんかね」

4

「席についたとたん、メニューがきたんだ」

おれがしゃべっているのは、カルロズのカマロ（GMのスポーツカー）をかたどった電話だった。いっぽうキャンディは、コールド・シーフード・サラダをフォークでつつき、脚やら腕やら目やらだったいっさいをわきにのけていた。それは料理の大部分だった。

「そんなばかな！」とウー。

「注文したら、プリマヴェラ・ペスト・パスタがすぐにきた。もしかすると、前もって作ってあるやつを電子レンジでチンしただけかもしれん」

おれは声をひそめて、ウェイターに聞かれないようにした。彼がシシリーみたいな形をしたお盆に載せて電話機を持ってきたのだ。電話機はベージュ色で、赤い斑点《はんてん》が散っていた。乾いた血だろうか？　カルロズはチンピラのたまり場だ。伝え聞くところによると。

「すぐって、どれくらい早く？」

「さあな、ウー。時間を計ったわけじゃない」

「数字がいるんだよ、アーヴ！　棒パンはどうだ？　まだあの細長くて固い棒パンをだしてるんだろう？　注文してから料理が届くまでに何本食べた？」

「三本」

「ひとりにつき三本か？」

「ふたりで三本だ。そんなことを知ってほんとに役に立つのか？」

「もちろんだ。一と二分の一か、二分の三として使える。数字は嘘をつかない、アーヴ。並行か連続かだ。おれのT軸問題はニューヨークに中心があるって気がしてきてるんだ。そっちでは、なにもかもがすこしだけスピードアップしてるらしい。圧縮されてるんだ」

「圧縮されてるか」とおれはいった。話をしているとき、ウーは相手の反応を期待する。おれはいつもかなり無害な言葉を選んで、オウム返しすることにしている。

「わかったらしいな、アーヴ。ちょっとばかりぎくしゃくしてるTVのインタヴューみたいなもんだ。連結時間を全部つまんであるからだ——あーとか、えーとか、待ってる時間とか、間《ま》とかだ。ニューヨークじゃ連結時間になにかが起きてる。だから、ここのおれにとっては電話が十回も鳴るのに——じっさいは平均八・四一一回だが——おまえさんには一回だけなんだ」

「どうしたら電話の鳴る回数がここよりそっちのほうが多いなんてことがあるんだ？」

「相対性について聞いたことはあるか、アーヴィン？」

「あるさ。でも……」

「それに関してでもはない！」ウーはいった。「理論的には、九十度のねじれで連結時間の漏《ろう》出《しゅつ》が起こり得る。でも、そのねじれを惹き起こしてるのはなんだ？　そいつが……」

彼の声が遠のきはじめていた。正直いって、ほっとした。おれはプリマヴェラ・ペスト・パスタに集中することにした。

「胡椒《こしょう》は？」とウェイター。

「ふってくれ」とおれ。ほんとうは胡椒なんてどうでもいいんだが、例の手首を使ってまわす大きな木製の胡椒ひきをあやつる姿には惚れぼれするんだ。


キャンディは買い物が大好きだから（そうでない人間いるか？）グランド通りをわたってソーホーへむかい、ロワー・ブロードウェイでジーンズを探した。試着室の待ち時間がなかったんで（ひょっとすると、ウーはなにかをつかんだのかもしれない！）、キャンディはそれぞれの型とそれぞれの色でそれぞれのブランドを一本ずつ試してみることにした。積みあげたジーンズが三分の一まで減ったとき、女店員がビービーいいはじめた。いや、ビービーいいはじめたのは彼女のポケベルだ。

「お客さんの名前はアーヴ？」と通信文を調べながら彼女が訊いた。「売場の電話を使ってもいいわ」

それはカウンターの下、ショッピング・バッグのわきにあった。

「コーヒーの味はどうだ？」とウーがたずねた。

「コーヒー？」

「ディーン&デルカにいるんじゃないのか？」

「ジグザグ・ジーンズだ」

「グランド通りとブロードウェイの交差点の？　いまおれのファジー論理的ＧＰＳ送受信機《トランスポンダー》は、減衰を示してるんだぞ！」ウーは抗議した。「もう三ブロックもずれてるとしたら、そいつはつまり……」

　おれは耳をかたむけるのをやめた。キャンディが試着室から出てきて、店の〝バックミラー〟にリーヴァイスをはいたうしろ姿を映すところだったんだ。

「どう思う？」と彼女は訊いた。

「たまげたよ」とおれ。

「それがまさにおれの反応だ」とウー。「でも、そうなってあたりまえだ。バス、棒パン、Ｆ列車――すべての数字がニューヨーク・メトロポリタン地域のどこかで、連結時間がすこしずつ漏《も》れているのを示してる。ひとつ訊かせてくれ、飛行機は定刻についたのか？」

「ああ、着いた。じつをいえば、ゲートに。小さいベルがチーンと鳴って、みんなが七時三十二分に立ちあがった。腕時計を見たからたしかだ。到着時刻ぴったりだった」

「七と三十二か」ウーが繰りかえした。「そいつは役に立つ。空港をチェックしてみよう。保安端末に接続して、そこから発着モニターを組みあわせられる。もっとも、すこし助けてもらわないと。ドミトリ、聞いてるか？　やつはすねてるんだ」

「なんでもいいよ」

　おれはジグザグの店員に電話を返した。キャンディはラングラーズを試していた。ついでにおれも。おれはまたはじめから恋に落ちていた。制服を着ていない彼女にはめったにお目にかかれない。そいつは目のさめるような光景だ。

けっきょく、いってみれば、目移りして困った。リーヴァイス、リー、ラングラー、ゲス・フー、カルヴァン、グローリア、すべてが同じ極上の曲線を描きだした。キャンディはそれぞれ一本ずつ買うことに決め、まとめておれのクレジット・カードにつけた。彼女のカードは限度額に達してるからだ。ジグザグの女店員がジーンズをたたんで、包装し、ショッピング・バッグにつめたときには、三時三十分になっていた——ラッシュ・アワーを避けるつもりなら、そろそろブルックリンに帰る時間だ。でも、ウーのおかげでいいことを思いついた。

ディーン&デルカでイスラエル産メロンや放し飼いのピレネー産羊のチーズには手が出ないおれのような男でも、コーヒー一杯を奮発するくらいならできる。野菜売場とパン売場にはさまれた大理石のカウンターでコーヒーを買い、ピカピカのクロームの高いテーブルの前で立って飲みながら、恐ろしくファッショナブルなブロードウェイとプリンス通りの交差点をながめるのだ。

D&Dはとびっきりの思いつきで、キャンディにも魅力的に映ったようだった。彼女は制服姿にもどり、通りと通路の両方で（いつものように）盛んに称賛のまなざしを浴びていた。アメリカーノを半分も飲まないうちに、長い皮を巻いたらしいものを手にした肉屋が、店の奥から出てきた。最初は極小のブッチャーペーパー（羊の胎児のチョップ？）かと思ったが、じっさいは肉売場にある旧式の加算機に使う感熱紙だった。ディーン&デルカの尊大な魅力の秘訣は、なにもかもが（もちろん顧客をのぞいて）すこしだけ旧式なことだ。したがって、感熱紙なんだ。

「あんたアーヴ？」

おれはうなずいた。

彼はおれに小さな巻きとりをわたした。広げていくと、ちっぽけな数字でおおわれているのがわかったんで、元どおりにくるくると巻かせた。

「ウーから？」とキャンディが訊いた。

「そうらしい」とおれ。「でも、まずコーヒーを飲みおえよう」

まさにその瞬間、ブロードウェイを歩いていたひとりの男が、アルマーニのスーツから携帯電話をとりだし、耳にあてると、立ち止まった。彼は通りの前後に目をやり、それから窓ごしにこちらを見た。

おれはうなずいた、すこしばかり渋々と。男が電話を店内まで持ってきてくれると期待するのは不作法、それどころか傲慢《ごうまん》でさえあったので、おれはキャンディに失礼といって、通りへ出た。

「おれのファックスを受けとったか？」とウーが訊いた。

「まあな」

とおれ。キャンディにむけて一本の指をくるくるまわしてみせると、すぐに意味を呑《の》みこんでくれた。彼女は感熱紙の小さな巻きとりを広げ、窓ガラスにかかげた――

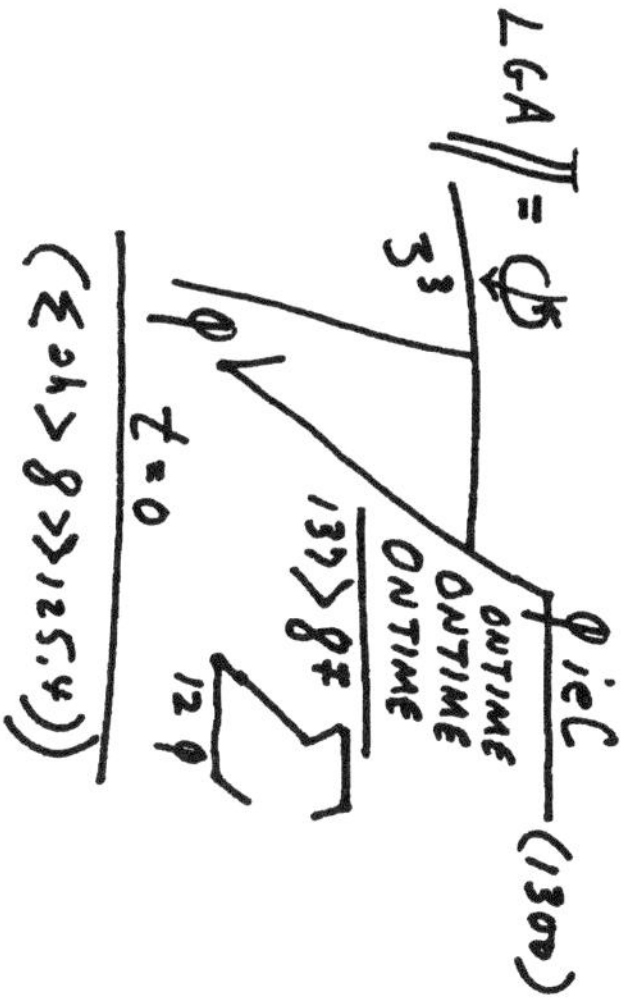

「そういうことだ」

「そういうことか！」おれは答えた。ウーはたいていそれで満足するが、今回はもっとなにかいってほしそうなのがわかった。ウーの相手をしていると、ときどき役に立つのは質問することだ。知性にあふれるやつを思いつけたらの話だが。「オンタイム・オンタイム・オンタイムってのはなんだ？」

「そいつは空港の数字だ、アーヴ！　特定すれば、ラガーディア。全部の飛行機が定刻なんだよ！　そいつでなにがわかる？」

「漏れはラガーディアにあるのか？」といってみる。

「まさにそのとおり！　数字は嘘をつかない、アーヴ、その計算がはっきり示すように、ラガーディアの連結時間的転置は、おれが世界規模でこうむってる時間軸のねじれとぴったり一致する。地球の自転を補正し、五・二一一で割ればだが。そこんところがわからないんだ」

「その数字はこの前どこかで見たな」とおれ。なにかがころがるところが、ぼんやりと思いだされた。「靴のサイズかな？　電話番号か？」

「思いだしてくれ」とウー。「その数字が漏出まで連れていってくれるかもしれん。ラガーディアのどこかなのはわかってるんだ。あとはピンポイントで突き止めるだけ。そうしたら栓《せん》をするんだ」

「なんで栓をする？　この遅れなしのおかげで、人生は快適になるだけだ。だれが空港で延々と待ちたがる？」

「よく考えろ、アーヴィン！」

彼の声には棘《とげ》があった。まるでおれがばかのふりをしているると思っているみたいに。じっさいは、ばかのふりなどしたことはない。そいつはばかのやることだ。

「低圧地帯がほかから空気を吸いこむ仕組みは知ってるだろう？　時間でも同じだ。系はひとりでに安定しようとしている。だからハリケーン救済保険、あるいは、それをいうならイドー・イドーのためのEMS数字が正しく得られないんだ。だから最初に結婚式を遅らせてくれと頼んだんだよ」

「わかった、わかった」とおれ。間近に迫ったハネムーンのことで頭がいっぱいだったんで、結婚式のことをすっかり忘れていた。「じゃあ栓をしよう。おれにどうしてほしいんだ？」

「ラガーディアへ行って、おれの電話を待つんだ」

「ラガーディア？！？　ミニーおばさんが夕食を楽しみにしてるんだぞ」

「たしかおばさんはリフトハットヴァニア人だったな。彼らに料理はできない！」

「できるさ！　おまけに、ピザを注文してある。おまけに」――と声を低くして――「今夜はキャンディとおれが正式にハネムーンをする夜なんだ」

ハネムーンは、キスのまねをぬきにしてはいえない言葉のひとつだ。キャンディは、ディーン＆デルカの窓ごしにおれの唇を読んでいたにちがいない。顔を赤らめたからだ。色っぽく、と付け加えてもかまわない。

でも、ウーはおれの言葉を聞いてなかったにちがいない。なぜなら、「ラガーディアに着きしだい……」といってるうちに、その声が遠くなったからだ。接続がとだえかけていた。

そのあいだ、電話の持ち主は腕時計に目をやっていた。時計はモヴェイドだった。〈ニューヨーカー〉の広告で見たおぼえがある。ハンツヴィルへ引っ越したあとも、定期購読をつづけていたんだ。男に電話を返し、おれたちは地下鉄の駅にむかった。

いくらウーだって、ハネムーンの夜におれがラガーディアでぶらぶらし、彼の電話を待つなんて思うのはどうかしてる。ひょっとしてクィーンズ行きの列車が先にきたら、それに乗っていたかもしれないが、やっぱり乗らなかったと思う。じっさいはこなかった。おれはキャンディと手をつないで、ブルックリン行きのF列車に乗った。まだ本格的なラッシュ・アワーじゃなかった。つまりデランシー通りに着いたとたん、すわれたってことだ。列車がすぐにきたのは話したっけ？

いくらニューヨークで生まれ育ったとはいえ（それとも、だからこそだろうか）、イースト・リヴァーの下を通るトンネルのなかで列車が止まると、ちょっとばかりそわそわする。この列車は走りだしては止まり、走りだしては止まった。

やがて止まった。

明かりが消えた。

またついた。

「ただいま信号がでびちぼばびぐぼじでぼぎばずぎがばず待ちください」とスピーカーがいった。「いましばらくぼがぎずらざび」

「なんていったの？」とキャンディがたずねた。「どうかしたの？」

「心配ないよ」とおれ。

おれたちが乗ったのは、車掌室のある車輛《しゃりょう》だった。明かりがちらちらしたが、消えはしなかった。女の車掌がちっぽけな車掌室から、電話機を持って出てきた。

「あんざぼがだべがアーヴィン？」と彼女は訊いた。

おれはうなずいた。

「なるげずげじぎばびすませてね」といって、彼女がおれに電話をわたした。

「もしもし？」といってみる。もちろん、だれからかはわかっていた。

「アーヴ、荷物回収所へ行ってくれ」とウー。

「どこへだって?」

「連結時間漏出に近づいてるんだ。どうやら荷物回収所と地上輸送機関の階のどこかにある電話らしい。そこまで行って、どの公衆電話の受話器がはずれてるか見てくれ。そうすれば……。その音はなんだ?」

「地下鉄がまた動きだしたんだ」

「地下鉄? てっきり空港にいるんだと思った」

「教えようとしたんだ、ウー。夕食には帰るとミニーおばさんと約束した。それに今夜はおれのハネムーンだ。それに、あんたの探してるのは公衆電話じゃない」

「どうしてわかる?」

「五・二一一だよ。いまそれがなにか思いだした。携帯電話の電池なんだ。ころがってたから、おれが足で止めた」

「そうに決まってる!」とウー。「おれはなんてばかなんだ! おまえさんは、アーヴ、天才だよ! 動くなよ、すぐに……」

でも、信号がとだえかけていた。

「さしつかえばざっぱだざべびぺぼざびづ」とすこしいらだたしげに車掌。彼女は電話を受けとると、ちっぽけな車掌室にもどり、ドアを閉めた。

5

まずいピザは千差万別だが、うまいピザはどれも同じだ。ディトマスとマクドナルドの角、高架鉄道の下にあるブルーノズは、おれのひいきの店で、ミニーおばさんのひいきでもある。新しいピザがオーヴンに放りこまれたのは、キャンディとおれがドアをくぐったときで、ブルーノ・ジュニアはおれたちの分だと請けあった。

箱を手にして家へむかおうとすると、ジプシー・キャブ（もぐりの流し営業タクシー）のおんぼろビュイックが縁石に乗りつけた。おれは首をふりながら、用はないと手をふった。てっきり運転手が勘違いしたのだと思ったのだ。でも、そうじゃなかった。

運転手がパワー・ウィンドウをおろすと、ウーの声が双方向無線の空電にかぶさって聞こえた。

「アーヴ、行ってもらうのはけっきょくブルックリンだ。見つけたよ。アーヴ、聞いてるか？」

運転手がエジプト語でなにかいいながら、おれに小さなマイクをわたそうとしていた。おれはキャンディにピザをわたし、マイクを受けとった。

「小さいボタンを押せ」とウー。

おれは小さいボタンを押した。

「見つけたってなにを？」

「漏出だよ。五・二一一が手がかりだった」とウー。「低周波高密度短絡長距離携帯電話用の特殊な二年ものカドウミウム・シリコン電池だとピンとこなくちゃいけなかったんだ。おまえさんが情報を流してくれたんで、その電話がイースタン／ブラニフ／パンナム／ピードモント／ピープルの荷物回転台の下に隠れてるのを突き止めた」

「知ってる」と小さなボタンを押しながらおれはいった。「そこで見た。そうすると、おれにラガーディアへ行って、そいつを切ってくれっていうわけか？」

「そうあせるな、アーヴ！　電話機はただの導管《コンジット》、この時間線を通して連結時間が排出されてるわけだ。見つけなくちゃいけないのは、その電話のかかっている番号——漏出の源、時間にあいたじっさいの穴、ねじれだ。それはなにか異様な天然の特異点かもしれん。時間の渦巻きとか竜巻みたいなもんだな。さもなければ、もっとまずいことに、信じられないほど進歩した悪魔的な機械で、時空に穴をこじあけ、おれたちの宇宙から切れ端をつまみとるよう設計されているのかもしれん。電話回線を開いておけば、そこまでたどれるはずだ、それがなんであろうと。なんだと思う？」

「なにが？」

「その電話のかかってる番号は、ブルックリンのだ。なんだと思う？」

「なにが？」

「レイディオ・ジャーム博士の電話番号なんだよ！」

彼はラウ＝ディオと発音した。おれはいった。

「降参」

「世界的に有名なリフトハットヴァニア人リゾート開発業者じゃないか、アーヴィン！」とじれったげにウー。「一九八二年度ノーベル不動産賞の受賞者だよ！　おぼえてないのか？」

「ああ、博士か。なんとなく思いだした」とおれは嘘をついた。

「受賞はあとで取り消された。博士が非合法宇宙の創造を試みたかどで起訴されたときに。でも、そいつはまたべつの話だ。で、なんだと思う？」

「なにが？」

「じつをいうと、博士はディトマスのどこか、おまえのおばさんの家の近所に住んでるんだ。正確な住所はまだ突き止めようとしてるところだ」

「なんて偶然だ。おれたちはいまディトマスにいる。ピザをとってきたところなんだ」

「どういうやつだ？」

「半分はマッシュルームと胡椒で、ミニーおばさん用。もう半分はオリーヴとソーセージで、キャンディ用。おれは両方いただく。マッシュルームもソーセージも好物だからな」

「なんて偶然だ。おれもオリーヴと胡椒が好物なんだ」ため息をつき、「ニューヨークのピザのためなら人を殺したっていい。木の上の家で六週間過ごしたことは？」

「宇宙ステーションで六週間過ごしたことは？」と奇妙ななまりのある声がいった。

「ひっこんでろ、ドミトリ」とウーがいった（どっちかというと乱暴に、とおれは思った）。

「例の住所を探してるはずじゃなかったのか？」

「いっぺん木の上の家で三泊したことがある」とおれ。「おれとスタッズで。もちろん、TVはあった」

「木の上の家にTVだって？」

「ただの白黒だよ。モートおじさんの地下室にあった古い六インチのデューモントだ」

「六インチのデューモント！」とウー。「そうに決まってる！　おれはなんてばかなんだアーヴ、そいつには……」

でも、信号がとだえかけていた。文字どおり。ジプシー・キャブの運転手が窓から身を乗りだし、エジプト語で叫びながら、マイクに手をのばしていたんだ。

「きっとノルマがきついんだよ」とおれがキャンディに説明したのは、運転手が小さなマイクをおれの手からむしりとり、タイアの焦げ跡をつけて、走り去ったときだった。「冷めないうちに、このピザをミニーおばさんのところへ届けよう。さもないとおばさんが料理する。おばさんは料理ができないんだ」

異文化は死や、死ぬことや、死者に対して異なる流儀で対処する。おれはミニーおばさんのリフトハットヴァニア流奇矯さに慣れていたが、おばさんがディナーにそなえてモートおじさんの遺灰をテーブルの上座に置いたとき、キャンディがそれをどう受けとるか心配だった。けれども、キャンディは冷静だった。夕食が終わるとすぐ、ミニーおばさんを手伝って皿を片づけ（たいした仕事じゃない）、玄関ポーチでケントをふかすおばさんとならんですわった。

そして、たぶん、女同士の会話をした。おれはこの機を逃さず二階にあがり、リトル・コリアで買った一ドル九十九セントのハネムーン・バンジーでツイン・ベッドの脚を結びあわせた。大いなる夕べがもうじきはじまるんだ！　ドレッサーの上にはスウィート・ナッシングズの艶々《つやつや》した小さなつつみ――キャンディのハネムーン・ネグリジェだ。なかをのぞきたい誘惑に駆られたが、もちろんのぞかなかった。

びっくりしたかったんだ。なにもかも完璧にしたかった。

二階の窓からは、スタッズの家の裏庭に生えた大きな楓の木が見えた。あたりは暗くなりかかっていて、木の上の家の隙間という隙間から青い光がこぼれ出ていた。隙間はたくさんあった。

ドアのチャイムが鳴った。そいつは奇妙に思えた。キャンディとミニーおばさんが玄関ポーチにいるのを知っていたからだ。と、電話だと気がついた。おれは下へおりて受話器をとった。

「対角線、でいいんだな？」

「なんだって？」

「ブラウン管だよ、アーヴィン！　木の上の家にあったデューモントの。六インチっていっただろう。標準型対角線だったか？」

「もちろんだ。いつも標準型対角線だった。ウー、いったいどういうことだ？」

「薄色のキャビネットか？」

「しゃれた薄色のベニヤ板」とおれ。「ドリームシックル™の色。ほんとうに古いやつだったんだ。ミニーおばさんとモートおじさんが五十年代に買った最初のやつだ。観音開きの小さな扉さえついていて、見てないときは閉じるようになってた。小さな扉は、カウボーイを閉じこめておくためのものだとずっと思ってたよ」

「ブルックリンでカウボーイだって？」と奇妙ななまりのある声が訊いた。

「ひっこんでろ、ドミトリ」とウー。「アーヴ、おまえさんは天才だ。ねじれが見つかったぞ」

「そうかな？　見つかったのか？」

「絶対確実だ。一九五七年の大がかりなデューモント床置き式キャビネット贈収賄リコール騒ぎをおぼえてるか？」

「おぼえてるとはいえんな。まだ生まれてなかった。あんたもそうだ」

「いいか、じつをいうと、そいつは贈収賄なんかじゃまったくなかったんだ。はるかに重大なことにからんでたんだ。量子物理学だよ。デューモント六インチ床置き式キャビネット内の3 5 4 V 6 7真空管の下にある#5 1 5ゲージ・ボソン整流器には、八・四八七五六ガウスの干渉波を調整する周波数変調器がついていて、そいつを家庭用の百十ヴォルトにつなぐと、振動する八十八度の支線漏洩《ろうえい》を時空連続体の構造にあけたんだ」

「ねじれか？」

「まさにそのとおり。そして九十度にそれだけ近ければ、小さな漏れが生じる。それをアンダーライターズ研究所の下《した》っ端《ぱ》職員がまったく偶然に発見したのは、ＴＶセットが市場に出てから十一カ月後だった。出荷され、売られていた」

「そんなのは初耳だ」

「当然だ。国家権力によってもみ消された。というか、当時の権力に。いや、いまだに権力か。自宅の居間にあるTVセットが、宇宙に穴をこじあけているのを二十五万人以上の人々が発見したら、どんなパニックが起きると思う？　たとえちっぽけな穴でも。そうなったら揺籃期《ようらんき》にある産業がおしまいになりかねなかった。箝口令《かんこうれい》が敷かれたんだよ、アーヴ。闇から闇に葬られたんだ。それから三十三万七千八百七十七台が回収され、破壊された。その薄色の木製キャビネットは壊されて薪《たきぎ》となり、回路は溶かされて新しい一セント硬貨となり、＃515ゲージ・ボソン整流器はガラスに密封され、ウェスト・ヴァージニア州イースト・グランブリンの地下三百六十メートルの廃坑になった岩塩鉱に埋められた」

「それでなにがいいたいんだ？　回収から漏れたのがあるとでも？」

「まさにそのとおりだ、アーヴ。破壊されたのは三十三万七千八百七十七台だが、製造されたのは三十三万七千八百七十八台だった。数字は嘘をつかない。計算してみろ」

「ふむむむ。ミニーおばさんが回収を知らなかったってことはあり得るな。ほら、おばさんはめったに郵便物をあけないだろう。スタッズとおれは、そいつをモートおじさんの地下作業場で見つけた。長いことほったらかしになっていたけど、ちゃんと映るようだった。まさか時間に穴をあけてるとは知らなかった」

「もちろん気づかないさ。ちっぽけな穴だ。でも、塵《ちり》も積もればなんとやらだ。じっさい、おれたちが目にしているのは、そのなんとやらなんだ。何百万もの連結ミリ秒がおれたちの宇宙から排出されてきた——おそらく故意に盗まれたんだ、たぶん」

おれはほっと胸をなでおろした。犯罪だとしたら、おれの責任じゃないってことだ。ハネムーンに集中できる。

「なら警察に電話しよう」とおれ。

ウーは笑っただけだった。

「警察にはこういうものに対処する準備ができてないんだ、アーヴ。こいつは量子物理学、ファインマン関係で、連中の手にはあまる。おれたちでなんとかするしかない。ドミトリがジャーム博士の住所を見つけたら、伝説の失われたD6のその後もわかりそうな気がする」

「こいつがちょっとした偶然の一致ですむのか？」とおれ。「ケツァールカンであんたを邪魔してる原因が、おれの生まれ育ったブルックリン界隈《かいわい》にあるなんて確率はどれくらいだ？　およそありそうもないぞ」

「そいつは、おまえさんが蓋然性《がいぜんせい》を理解してないからだ、アーヴィン」とウー。「あらゆることは、起きるまではありそうにないんだ。こういう見かたをしてみろ——雨の降る確率が十パーセントなら、降らない確率は九十パーセントだな？」

「そうだ」

「なら、雨が降りだしたらどうなる？　確率波が崩壊し、十パーセントは百パーセントになり、九十はゼロになる。ありそうにない事象が確実になるわけだ」

納得がいった。

「そうすると、ここは土砂降りだ、ウー」とおれ。「確率波は狂ったように崩壊してるよ。なにしろあんたの探してるTVが、まだ木の上の家にあるんだから。じっさい、ついてる。ここから青い光が見える。スタッズの家の裏庭に生えてる楓の木だ、三軒先の」

「ディトマスか？」

「ディトマスだ」

「そうすると、おまえさんの友だちのスタッズが一枚かんでるのか？」

「そいつをいおうとしてたんだよ！」とおれ。「やつはラガーディアで荷物回転台を運転してる。下に電話機を隠したやつだ」

「話がこみいってきたな」とウー。話がこみいってくるのが大好きなんだ。「連結時間を排出して、荷物の引きわたしをスピードアップしてるにちがいない！　でも、その時間はどこへ行くんだ？　それにジャームはこの犯罪でどんな役割をはたしてるんだ？　じきにわかるだろう」

「じきにわかる？」

「おまえさんが連中と対決するときだよ、アーヴ、いってみれば、犯罪現場で。たったの三軒先だっていっただろう」

「だめだ」おれはいった。「今夜はだめだ」

「どうして？」

「だーれだ？」手で目隠しされた。

「キャンディ、それが理由だ」とおれ。

「大あたり！」とキャンディ。顔を赤らめ（指先さえ赤らんでいた）、蚊《か》の鳴くような声で、「二階へあがらない？」

「つまり、ハネムーンか？」とウー。

「ああ、もちろんハネムーンだよ！」とおれ。キャンディがミニーおばさんにお休みのキスをし、二階へあがるのを目で追い、「だれとも対決したくない！　とにかく、男とは。リモコンでTVを消すだけじゃすまないのか？」

「古いデューモントにリモコンはついてないんだ、アーヴ。電源《プラグ》をぬかなけりゃならん」

「じゃあ、明日だ」

「今夜だ」とウー。「たったの五分ですむ。もし今夜じゅうに漏れに栓《プラグ》をすれば、朝には計算をやり直し、最初の蛾を放せる。そのあとケツァールカン市で直行便に乗れれば、ハンツヴィルでタキシードをとってくるのに間にあう。でも、だめだったら、おまえさんは新郎付き添い役なしだ。さもなければ指輪も。さもなければ、ことによると結婚式さえ。忘れるなよ、この蛾はイドー・イドーの仕事もするんだ。雨が降ったらどうする？」

「わかった、わかった。納得した。でも、あそこまで走っていって、電源をぬくだけだぞ」おれはミニーおばさんにお休みのキスをし（おばさんは、モートおじさんの遺灰を膝《ひざ》に載せ、TVの正面にある長椅子で眠る）、それから二階のキャンディに声をかけた。

「あと一分！」

それから裏口へまわった。

6

いとこのルーシーが住むニュージャージーをはじめて訪ねたときのことは、決して忘れないだろう。郊外ではいろんなことがちがっていた。木々はほっそりしていて、家々は背が低く、車は新しくて、通りは広く、庭は大きくて、草は目がさめるほど緑が濃かった。でも、なにより忘れられないのは、パニックにおちいったことだ——隠れるところがどこにもない。どの家にもひとつずつあるピクチャー・ウィンドウ（一枚ガラスのはめ殺し窓）が、だれも隠すもののない世界をじっと見つめているように思えた。思春期直前（おれにとっては十一歳から十五歳）の子供には、身の毛もよだつ考えだ。なにしろ思春期というのは経験が無垢《むく》に着々と勝利をおさめていくことであり、十代には隠しておきたいものがいろいろとあるのだから。

ブルックリンにもどるとほっとした。そこではだれもがおれを知っていたけれど、だれもおれを見ていなかったからだ。キッチンのドアからミニーおばさんの家のちっぽけな（そして悲しいほどおろそかにされた）裏庭へぬけだしたとき、おれは同じ感情を味わった。ブルックリンでは、とにかくディトマスでは、裏庭は狭い敷地で、板塀、金網塀、へぎ板塀、網塀で仕切られている。アメリカじゃおとなが塀をよじ登ることはめったにないから、おれはガキにもどった気分を味わいながら、鉄網のたるんだ部分を慎重に乗りこえ、となりのマーフィー家の裏庭にはいった。もちろん、もうマーフィー家じゃない。ウィン・タンなんとか家で、キーキーいう古いぶらんこにかわって、海賊船の形に板を囲った、ビニールとゴムの遊び場が新しくできていた。

そのとなり、パテリ家の裏庭はますますなじみがなかった。むかしは花と雑草が、頭のくらくらするようなとんでもないまじりかたで、いつも生《お》い茂《しげ》っていたものだ。その上にはきちんと手入れされた葡萄の棚《たな》があり、おじいさんが一年じゅうのんびりと世話をしていた。葡萄がのびるのをやめたのは、〝ドン・パテリ〟が亡くなったときで、おれがハイスクールに入学した年だった。「葡萄は犬に似てる」とモートおじさんがいったことがある。「最後まで忠実なんだ」モートおじさんが犬について知っていることは、一から十まで本から仕入れた知識だった。

家のなかで明かりがつき、おれはパテリ家がもうそこに住んでいないのや、おれがもう近所の子供でないのを――いや、子供でさえないのを――思いだしてどきっとした。だれかがおれを見かけたら、警察に通報するだろう。おれは暗がりにさがった。見あげると、一軒か二軒うしろで、二階の窓にかかったブラインドにすらりとしたシルエットが浮かびあがっていた。ベッドにはいろうと着替えをしてる娘だ！　おれはのぞきをしている罪悪感を楽しんだ。やがてその影は、ミニーおばさんの客用寝室にいるキャンディだと思いあたった。それでますますこたえられなくなった。

でも、そろそろ動きださないと。まぬけなＴＶのプラグをぬいて、さっさとかたをつけるんだ。

パテリ家の古びた板塀のぐらぐらになった板は、いまだに開いておれを通してくれた。ちょっとばかりきつかったが、なんとかくぐりぬけると——そこはブリッツ家の裏庭で、蔦におおわれた太い楓の幹《みき》が目の前にあった。スタッズとおれが木に釘で打ちつけた板の階段はいまだにあったが、ありがたいことに、三十センチのアルミ梯子《はしご》が追加されていた。

梯子のてっぺん、低い木の股に押しこまれているのは、スタッズとおれが一九六八年の夏に建てた木の上の家だった。高さが一メートル八十、幅が一メートル五十ほどの三角形をした小屋で、ベニヤの廃材と材木を釘で打ちあわせてある。三十年近くたつのに、まだ無事だとはとても信じられなかった。それでも、そこにあった。

そしておれはここにいる。窓はないが、隙間ごしに、青い光が見えた。

おれはアルミ梯子を登った。模造樅《もみ》の羽目板《はめいた》で作ったドアは、外側から南京錠をかけられていた。その南京錠にも見おぼえがあった。あける前に、てっぺんの広い隙間からなかをのぞいてみた。目に映ったものには驚いた。

ふつう、子供のころの情景にもどると、それが小学校だろうと隣人の裏庭だろうと、なにもかもが信じられないほど小さく見えるものだ。スタッズとおれが十一歳のときに建てた木の上の家もそういうふうだろうと思っていた。てっきり内部はちっぽけに見えると思っていたんだ。

ところが、だだっ広く見えた。

おれは目をしばたたき、見なおした。木の上の家の内部は、体育館なみに大きく見えた。右手の近いほうの角に、TVが見える——六インチのデューモント床置き式だ。扉は開いていて、ブラウン管から出る灰青色の光が、木の上の家の広大な内側全体を照らしていた。左手の遠いほうの角——すくなくとも半ブロックははなれているように思えた——には、茶色いソファとならんで鉢植えの椰子《やし》がある。

その見かけが気にいらなかった。最初の衝動は、梯子をおりて家へ帰ることだった。一段おりかけさえした。そのとき背後に目をやった。ミニーおばさんの家の二階にある客用寝室の窓、キャンディのシルエットが見えたほうに。明かりは消えていた。彼女はベッドにはいって、おれを待っている。おれたちのハネムーンがはじまるのを待っている。

おれがやらなければならないのは、ろくでもないTVのプラグをぬくことだけだ。

妙な話だが、心が忘れているものを指はよくおぼえているものだ。そのダイアル錠は、おれのミドルスクールのロッカーからとってきたものだった。ダイアルをまわしはじめたとたん、指がはじめる場所と止める場所を思いだした。L5、R32、L2。

錠をあけ、腕木にぶらさげたままわきへやる。おれは背中をそらしてドアをあけた。最後にあけてから長い歳月がたったしるしに、てっきりうなるかきしむと思ったが、まったく音をたてなかった。

最後の一段は長いやつで、おれは膝をついて木の上の家によじ登った。かび臭かった、ちょうど接着剤と木材と古雑誌のように。ドアはうしろであけはなしにしておく。立ちあがると、ベニヤ板の床が心強くきしんだ。

うしろに気をつけろ。

木の上の家の内部はだだっ広く見えたが、だだっ広い感じはしなかった。遠い角にあるソファと鉢植えの椰子は、ミニチュアも同然で、その気になれば手をのばしてさわれそうだった。その気にはならなかった。それは空中にぶらさがっているようで、ほんとうに小さいのか、ほんとうに遠くはなれているのか、その両方なのかだった。それとも、どちらでもないかだ。いちばんいいのは、そちらに目をやらないことだ。おれには、やらなくちゃいけない仕事がある。

ベニヤの床を二歩進むと、TVのある角に着いた。こっちのほうがましだった。ずっとなじみがある。おれのおふくろが愛用していたずたぼろの膝掛け。壁にはバルドーのピンナップ。古雑誌の山――〈モーター・トレンド〉、〈ボーイズ・ライフ〉、〈プレイボーイ〉、〈モデル・エアプーレン・ニューズ〉。野球のグローヴ、水鉄砲。どれも三十年近く前、スタッズとおれが置いたまさにその場所にある。こっちの角は、なにもかもが変わってないように見えた。

TV画面は青というよりは灰色だった。画像はなく、空電の砂嵐と吹雪《ふぶき》が延々とつづいているだけ。てっぺんのウサギ耳アンテナは延長されている。いっぽうの端にはブリキ箔《はく》がぶらさがり（スタッズとおれのしわざだろうか？）、アンテナのあいだの架台になにかが粘着テープで留めてある。

携帯電話だ。おれたちのしわざではないのがはっきりした。おれたちが子供のころは、携帯電話なんてなかった。あるいは、それをいうなら粘着テープも。これがラガーディアとつながった回線の反対側であるのはまちがいない。そして新しいものは、それだけじゃなかった。

緑の庭用ホースがTVの前面、音量つまみとチャンネルのあいだにある奇妙な付属品にとりつけてある。ホースは床をくねくねと這《は》って、茶色のソファと鉢植えの椰子のある角にむかっている。ホースを長く見れば見るほど、長くなるように思えた。いちばんいいのは、そちらに目をやらないことだ。おれには、やらなくちゃいけない仕事がある。

木の上の家の電力は家からとっていた。〝連結〟した延長コードが、曲がりくねりながら梢《こずえ》をぬけ、スタッズの家の二階の窓までのびている。ＴＶのプラグは、天井にあいた穴からたれさがる延長コードにさしこまれていた。手をのばしてプラグをぬこうとしたとき、冷たいものがうなじに押しあてられた。

「手をおろせ！」

「スタッズか？」

「アーヴ、おまえなのか？」

おれは両手をあげたまま、ゆっくりとふり返った。

「アーヴ・ザ・パーヴか？　いったいぜんたいここでなにをしてるんだ？」

「ＴＶのプラグをぬきにきたんだ、スタッズ」おれはいった。「そいつは本物の銃か？」

「ピンポーン。グロック・ナインだ」

「すると、そのメダルを手にいれたのは、こういう仕組みだったんだな！」

とおれは軽蔑《けいべつ》をにじませていった。両手をあげたまま、室内アンテナのあいだに携帯電話をテープで留めた六インチのデューモントを顎《あご》で示してから、スタッズの胸にずらりとならぶ勲章を示す。職場をはなれても、家にいてさえ、やつはメダルのついた制服を着ていた。

「首にかかってるのは、ほんとはおまえのノーベル賞じゃないんだろう？」

「そのとおりだよ！」やつはいうと、重そうなメダルをいじった。「教授がくれたんだ。教授が手伝ってくれたおかげでほかのもとれた。ラガーディアで荷物回転台をスピードアップさせたんだ。おまえが見てるのは、二年連続の年間最優秀職員なんだぞ」

「教授？」

スタッズはグロック・ナインで木の上の家の反対側をさした。遠いほうの角だ。驚いたことに、鉢植えの椰子とならんだ茶色のソファに老人がすわっていた。青いカヴァーオールの上に灰色のカーディガンをはおっている。

「どこからあらわれたんだ？」とおれは訊いた。

「教授は好きなようにあらわれたり消えたりするんだ」とスタッズ。「教授の宇宙なんだよ」

宇宙だって？　不意になにもかもが完璧に明らかになった。あるいは、ほぼ明らかに。

「レイディオ・ジャーム博士か？」

「ラウ＝ディオ」老人が訂正した。見かけはちっぽけだが、その声は小さくもなければ、遠くから流れてくるわけでもなかった。

「おやじが死んだあと、おふくろは下宿人を置いた」とスタッズが説明した。「ある日ジャーム博士に古い木の上の家を見せたんだ。ＴＶを見たら、教授はえらく興奮した。とりわけＴＶをつけて、いまだに映るのがわかったら。教授が携帯電話を買って、システムを組んだんだ」

「ほんとうに映るわけじゃない」とおれ。「画像がない」

「古い白黒の番組は放送されてない」とスタッズ。「とにかく、ジャーム博士は『アイ・ラヴ・ルーシー』よりでっかいことを考えてた。たとえば、新しい宇宙を創るとか」

「それが木の上の家の内側で膨張してるものか？」とおれ。

スタッズはうなずいた。

「ついでに、おれの経歴にも箔をつけてくれてる」胸をはったひょうしに、メダルがチャリンと鳴った。「おまえが見てるのは、二年連続の年間最優秀職員なんだぞ」

「さっき聞いたよ」とおれ。ソファにすわった老人に目をやり、「彼はほんとうに小さいのか、それとも遠くはなれてるのか？」

「両方だ」とスタッズ。「教授はべつの宇宙にいて、そいつはすごく大きい宇宙ってわけじゃない」

「まだ大きくないだけだ！」とジャーム博士。その声は小さくもなければ、遠くから流れてくるわけでもなかった。おれの耳のなかで鳴りひびいた。あとでウーから聞いたんだが、小さな宇宙でも共鳴器かエコーチェンバーみたいな役割をはたせるんだ。シャワー室みたいなもんだ。

「わしの宇宙はいまは小さいが、どんどん大きくなる」とジャーム博士が言葉をつづけた。「こいつは余暇宇宙だ。おまえたちの宇宙がなくしても惜しがらない連結時間だけから創りあげられている。あと一年かそこらで臨界量に達し、独自に存続できるほど大きくなる。そうなったら時間線を切り、もやい綱を解いて、おまえたちとはおさらばだ！」

「あと一年もつづきはしない」とおれ。「いますぐTVのプラグをぬかなきゃならないんだ」

おれはバタフライ効果とハリケーンについて説明した。間近に迫ったハンツヴィルでの結婚式についてさえ説明した（ハネムーンについては省略した。こっちはすぐにはじまるはずだったからだ。家を三軒と階を半分しかへだててないところで！）。

「おめでとう」とジャーム博士が、ひどいリフトハットヴァニアなまりでいった。「しかし、あいにくだが、D6のプラグをぬかせるわけにはいかん。ハリケーンのふたつや三つと結婚式より多くのものがかかっておるんだ。ここで話題になっておるのは、新しい宇宙全体なんだぞ。彼を撃て、アーサー」

スタッズがグロック・ナインをかかげ、おれの顔をまともにねらった。その手はどきっとするほどしっかりしていた。

「おまえを撃ちたくはない、アーヴ」やつは申しわけなさそうにいった。「でも、博士には借りがある。おれを二年連続の年間最優秀職員にしてくれたんだ」

「おまえは聖なる誓いを立てた身でもあるんだぞ！」とおれ。「忘れたのか？　ほかのディトマス・プレイボーイを撃ってはならない！」

これは命乞いをするための出まかせじゃなかった。ほんとうのことだった。それは会則のひとつだった。じつをいえば、ふたつしかないうちのひとつだ。

「そいつは遠いむかしの話だ」とスタッズ。見るからにとまどっているようだ。

「誓いに時間は関係ない」とおれ（ほんとうかどうかは見当もつかない。口から出まかせをいっただけだ）。

「彼を撃て！」とジャーム博士。

「この問題を解決するべつの方法がある」とおれたちのうしろで声がした。「もっと文明人らしい方法が」

7

スタッズもおれもふり返り、TVに目をむけた。見慣れた（すくなくとも、おれにとっては。スタッズは彼に会ったことがない）顔が、白黒の砂嵐のなかに映っていた。ジャングル帽子みたいなものをかぶっている。

「ウー！」おれはいった。「どこからあらわれた？」

「リアル・タイム・インターネット・フィードだ。TV電話会議ソフトウェア。宇宙飛行士《コスモノート》の友だちが、デジタル・スイッチング衛星から違法ケーブル回線で接続してくれた。電話信号を通して三角測量で位置を割りだしさえすれば、ちょろいもんだ。もっとも、携帯TV電話だと気が変になるかもしれん。周波数のはね返りが多すぎるんだ」

「これが木の上の家か？　体育館なみにでかいじゃないか！」と奇妙ななまりのある声が叫んだ。

「黙ってろ、ドミトリ。こっちは取りこみ中だ。銃をわたせ、ブリッツ」

「TVから見えるのか?」おれは仰天してたずねた。

「すこしだけなら」とウー。「遠隔位置のにじみに便乗した画素逆転だ。逆抵当みたいなもんだな。いってみれば、電子的平衡《へいこう》にすがってるわけだ。だからそいつとうまくやらなくちゃいけない。銃をわたせ、スタッズ。グロック・ナインを」

　スタッズは忠誠心の板ばさみになって、ぴくりともしなかった。

「どうしたらTVのなかの男に銃をわたせるんだ?」と泣き声でいう。

「キャビネットの上に置けばいいんじゃないか」とおれ。

「だめだ、アーサー!」ジャーム博士が割ってはいった。「銃をわしに寄こせ。いますぐ!」

　スタッズは救われた。博士の下した命令には、したがえたからだ。やつはグロック・ナインを木の上の家のむこう側へ放った。銃はどんどん小さくなり、どんどん遅くなったが、驚いたことに、とうとうジャーム博士がキャッチした。彼は弾倉を調べると、ちっぽけな、あるいは遠い、あるいはその両方である膝の上に銃を置いた。

「銃なんか撃たなくても決着をつけられる」とウー。

「ウィルスン・ウー!」とジャーム博士がいった。「ひさしぶりだな!」

「ひさしぶり?」おれは驚いて小声でいった。驚くほうがどうかしていた。

「おれは七十年代後半にベイ・リッジ・リアルティ・カレッジでジャーム博士の院生助手をつとめていたんだ」とウーが説明した。「博士がノーベル不動産賞をとる直前に」

「そのあとそいつを盗まれたのだ!」とジャーム博士。

「賞はのちにスウェーデン国王に没収された」とウーが説明した。「ジャーム博士が未使用休暇時間から非合法宇宙を創造しようとしたかどで起訴されたときに。濡れ衣だと思ったよ。いくら法律上は時間が企業のものだとしても」

「訴えはとりさげられた」とジャーム。「だが、スウェーデン国王はとりあってくれんかった」

スタッズがノーベル賞のメダルをいじり、

「本物じゃないのか？」

「もちろん本物だ！」とジャーム。「チャリンと鳴らせば、チャリンと鳴る。ちゃんと質量がある。だから返却を断ったのだ」

「とにかく、あなたの計画はうまくいかなかったはずだ、ジャーム博士」とウー。「おれは数字を検討した。宇宙を膨張《インフレート》させるには、未使用休暇時間が足りない。いまはまだ」

「おまえはいつも最高の生徒だった、ウー」とジャーム。「いつものように、おまえのいうとおりだ。しかし、ご覧のとおり、わしは会社の休日をちびちびとちょろまかすよりましな時間の源に行きあたったのだ」ソファと鉢植えにぐるっと手をふり、「連結時間だ！ありあまるほどある。必要なのは、それをすべりこませられるほど大きな穴を時空構造にあけることだけだった。そして見つけたのだ！」

「D6だ」とウー。

「まさにそのとおり。もちろん、伝説的な失われたD6のことは耳にしていたが、神話だと思っていた。自分の家の——いってみれば——裏庭でそれを見つけたときの驚きと喜びを想像してみるがいい！　アーサーの助けがあれば、ラガーディアから電話で連結時間を流しこむのは、単純な帯域幅の問題だった。あそこなら連結時間がなくなっても惜しむ者はいない。あとはD6のゲージ・ボソン整流器のねじれを通して——わし自身の宇宙へ流しこむだけだった！」

「でも、ソファと鉢植えだけじゃないか」とおれ。「なんでそこに住みたがる？」

「きみにとって〝不死〟という言葉はなにかを意味しないのかね？」とジャームがさげすむように訊いた。「たしかに、わしの余暇宇宙は小さい。それはかまわないのだ。とにかく、世間はまだべつの宇宙で休暇をとる用意ができておらん。しかし、不動産は待機戦術以外のなにものでもない。わしの宇宙は大きくなる。そして待っているあいだ、わしは非常にゆっくりした割合で年をとる。連結時間だけで創られた宇宙で過ごす人生は、われわれ命にかぎりある者にとって、不死にもっとも近いものだ」

「すばらしい」とウー。「あなたがその天才を私益ではなく、科学のためだけに使えば、もうひとつノーベル賞をとるのも夢ではないのに」

「科学なんぞくそくらえだ！」とジャーム。そのちっぽけな（あるいは遠い、あるいはその両方である）口がねじれて作り笑いを浮かべたとたん、大きな声が木の上の家にとどろきわたった。「わしがほしいのは自分自身の宇宙だ。それにノーベル賞はもうとった。だからそのプラグにだれも手をのばすな。おまえの蝶の数字を狂わせたのなら気の毒だが、ウィルスン、おまえたちの宇宙はあと二、三ミリ分の連結時間をなくしても惜しくはないだろう。わしの宇宙を切りはなすのは、独自に存続し、成長をつづけられるようになったときだ。その前ではない」

「それをいおうとしてたんだ！」とウー。「おれに関するかぎり、宇宙は多ければ多いほどいい。こいつを見てくれ……」

ＴＶ画面に映ったウーの顔がまっすぐ前を見つめたとたん、一連の方程式がそれにかぶさって流れた——

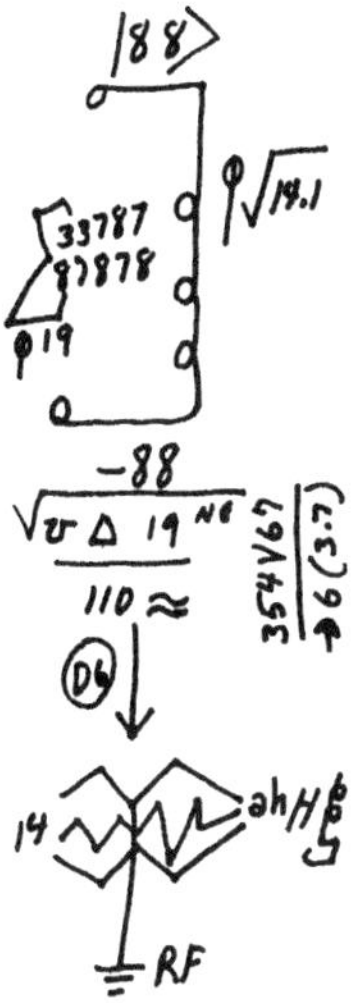

「そんなばかな！」とジャーム。

「数字は嘘をつかない」とウー。「あなたの数字はまちがっていたんだ、教授。われわれの時間で、十九・五六四分前に臨界量に達した。あなたの余暇宇宙はいまにも切りはなされ、生まれようとしている。アーヴがしなければならないのは——」

「ＴＶのプラグをぬくことか？」とおれ。プラグに手をのばすと、銃声が鳴りひびいた。

ズキューーーン！

つづいてガラスの割れる音。

バリンッ！

「殺しちまった！」スタッズが叫んだ。

最初はおれのことかと思ったが、頭はだいじょうぶだし、両手もだいじょうぶで、まだつながっているプラグの両側にあった。そのとき、割れた分厚いガラスが床にあるのが目にはいり、なにが起きたのかわかった。室内で威嚇射撃をすると、ちょくちょく電気器具にあたるのは知ってるだろう。そう、そいつがジャーム博士のしたことだった。おれをプラグから遠ざけるつもりで、ＴＶを撃ってしまったんだ。Ｄ６はもうない。ブラウン管は粉々になり、ウーは消えていた。

おれは木の上の家のむこう側にあるソファ、鉢植えの椰子、小さい男に目をやった。すこしばかりチラチラしていたが、まだそこにあった。

「殺しちまった！」とスタッズが繰りかえした。

「事故だ」とジャーム。「威嚇射撃のつもりだった」

「ただのＴＶ電話会議の映像だ」とおれ。「きっとウーは無事だ。おまけに、彼は正しかった！」

「正しかった？」と異口同音にふたり。

おれはジャーム博士を指さし、

「ＴＶが消えたのに、あんたの宇宙はまだそこにある」

「いまのところはな」とジャーム。「だが、時間線はまだ開いているから、連結時間がおまえたちの宇宙に逆流している」そういううちにも、彼はますます小さくなり、あるいはますます遠ざかり、あるいはその両方になっていった。その声がどんどんうつろになっていく。

「どうすりゃいい？」と半狂乱でスタッズ。「電話を切るのか？」

おれのほうが一歩先を行っていた。もう電話を留めたテープをはがし、「切」のボタンを探していたんだ。そいつを押したとたん、電話が鳴った。

もちろん、ウーだった。

「だいじょうぶか？　接続が切れた」

おれはなにがあったかを話して聞かせた。そのあいだ、ジャーム博士は一秒ごとに小さくなっていった。あるいは遠ざかっていった。あるいはその両方だった。

「早くなんとかしろ！」ウーがいった。「宇宙は風船みたいなもんだ。途中で止めないと、縮んで無になるぞ！」

「わかってる。だから電話を切ったんだ」

「時間線ちがいだ。その電話は荷物回転台とD6をつないでる。D6からジャーム博士の余暇宇宙へ通じるべつの回線があるにちがいない。そいつがまだ開いているんだ。アナログ式の狭帯域、たぶん緑のやつを探せ」

ジャーム博士がちっぽけなソファの上に立ち、TVの前面のほうを狂ったように指さしていた。

「庭のホースみたいなもんか？」とおれ。

「かもしれん」とウー。「そうだとしたら、ねじっても役に立たん。時間は水とちがって、無限に圧縮できる。はずすしかない」

ホースはTVセットの前面、チャンネルと音量つまみのあいだにある風変わりな真鍮《しんちゅう》の付属品にとりつけられていた。ホースをねじってはずそうとした。左へまわしたが、びくともしない。右へまわしたが、びくともしない。押してみた。引いてみた。

びくともしない。

「そいつは特殊な付属品だ！」とジャーム。「クロノ・サプライに特注で作らせたんだ！」その声はかろうじて聞こえるだけだった。博士はまちがいなく小さく、あるいは遠ざかって、あるいはその両方になっていた。

「おれにやらせてくれ！」とスタッズ。その狼狽《ろうばい》ぶりで、みるみる消えていこうとしている老人への敬愛ぶりがうかがえた。やつは付属品を左にまわした。右にまわした。押してみた。引いてみた。ひっぱった。ひねった。

びくともしない。

「あたしがやってもいい？」と聞き慣れた声がした。

「彼女をいれるなんて絶対にだめだ！」とスタッズが叫んだ。

キャンディだった。そしてスタッズのいうとおりだった。**女人禁制**がおれたちのもうひとつの会則なのだ。それにもかかわらず、やつの抗議を無視して、おれはキャンディに手を貸し、梯子から引きあげドアをくぐらせた。彼女が立ちあがり、膝のほこりを払ったとたん、スタッズもおれも息を呑んだ。制服を脱いだキャンディなら見たことがある。でも、こいつはちがっていた。まるっきりちがっていた。

彼女が身につけていたのは、スウィート・ナッシングズで買った特別なハネムーン・ランジェリーだったんだ。

それなのに、彼女はてきぱきとビジネスライクだった。

「子供にははずせない安全キャップみたいなものよ」

彼女は身をかがめ(色っぽく!)、謎めいた動きですばやく手首をひとひねりすると、付属品からホースをはずした。そいつは蛇《へび》のようにばたばたと動きはじめ、雷のように轟音《ごうおん》をたてはじめた。キャンディが悲鳴をあげ、ホースをとり落とす。そのあいだ、ジャーム博士はソファの上でホースをたぐり寄せ、ぐるぐると巻いていた。ソファが回転をはじめていた。最初はゆっくりと、ついでますますゆっくりと。

さらに轟音があがり、猛烈な風が木の上の家を吹きぬけた。

雑誌のページがバタバタとめくれ、木材が裂ける音がした。

床がかたむき、キャンディに手をのばしたとき、スタッズがわめいた。

「だからいったじゃないか! だからいったじゃないか!」

つぎに気がついたのは、楓の木の下で山になった板材の上に横たわり、キャンディを腕に抱いていることだった。彼女のスウィート・ナッシングズ・ハネムーン・ランジェリーは、肘《ひじ》と膝を守るには短くて、何カ所かすり傷ができていた。おれはおふくろの古いぼろぼろの膝掛けで彼女をくるみ、ふたりでスタッズを助け起こした。

「だからいったじゃないか」

「だれになにを？」

答えるかわりに、やつはなぐりかかってきた。さいわい、あたらなかった。スタッズはむかしから喧嘩《けんか》が苦手だった。

「会則だよ。女人禁制。ほら、見ろ！」スタッズは木の下に散らばった古雑誌を蹴《け》った。

「キャンディのせいじゃない！　おまえの大事な教授と、彼の余暇宇宙のせいだ！」

スタッズはまたなぐりかかってきた。よけるのは簡単だった。近所の家で二、三の明かりがついていたが、早くもまた消えかけていた。裏庭には板、雑誌、野球グローヴ、ピンナップ、水鉄砲、ポケットナイフが散乱していた。ちょうど子供時代の残骸《ざんがい》のように――じっさいに子供時代の残骸なのだ――すべてが集まって、ひとつの悲しい山になっていた。

スタッズは泣いていた。ほんとうに、おいおい泣いていた。泣きながら残骸をまさぐり、（たぶん）探していた――小さなソファ、ミニチュアの鉢植えの椰子、あるいはひょっとすると、崩壊する宇宙から墜落して気絶したちっぽけな男を。

キャンディとおれはしばらくながめていたが、手を貸すことにした。レイディオ・ジャーム博士は影も形もなかった。ホースさえ見つからなかった。

「そいつは吉兆だ」とおれは指摘した。「最後に見えたのは、博士がソファの上でホースを巻いてるところだった」

「だからどうした？」

スタッズがまたなぐりかかってきたんで、キャンディとおれはそろそろ立ち去ることにした。身をかがめて、パテリ家の柵のぐらぐらになった板をすりぬけようとしたとき、うしろで電話が鳴った。くぐもって聞こえるのは、板とベニヤの下にあるからだろう。おれは引きかえして、電話に出ようとしかけたが、キャンディがおれの腕をつかみ——目をあわせてきた。

けっきょく、まだおれたちのハネムーンなんだ。たとえ墜落のせいで頭がずきずきするにしても。あとでわかったが、キャンディもそうだった。

8

それでディトマス・プレイボーイズはおしまいだと思ったが、あくる日ラガーディアへ行くと、スタッズが1‐17ゲートへ通じるエスカレーターのてっぺんでおれたちを待っていた。昨夜の災厄のあと、制服を洗濯するか、替えるかしていた。メダルもピカピカだった。もっとも、おれは気づいたのだが、ノーベル賞ははずしていた。

最初はなぐりかかってくるのかと思ったが、やつはかわりにおれの手をとった。

「おまえの友だちのウーが、きのうの晩電話をくれたんだ」と彼はいった。「おまえとなんとかさんが行ったすぐあとに」

「キャンディだ」とおれはいった。「おれのフィアンセ」

彼女とミニーおばさんはおれのすぐ横に立っていたが、スタッズはそちらに目をむけようとしなかった。スタッズはいつも女性とおとなが苦手だった――だからジャーム博士にあれほど心酔していたのに驚いたんだ。もしかすると、頭は切れるが突飛なリフトハットヴァニア人不動産業者がとても小さい、あるいは遠くはなれている、あるいはその両方であった、あるいはそう思えたからかもしれない。

「なんでもいい」とスタッズ。「とにかく、おまえの友だちが教えてくれた。彼にわかるかぎりじゃ、余暇宇宙は無事に切りはなされ、出発した。ジャーム博士は生きのびたそうだ」

「よかったな」おれはいった。「さて、そろそろお別れだ。飛行機に乗らないといけないんだ」

「アーサーはなんてすてきな子なんだろうね」

とミニーおばさんがいったのは、飛行機に搭乗するときだった。おれは答える必要を感じなかった。というのも、おばさんが話しかけているのは、モートおじさんであって、おれではなかったからだ。

「あなたもあのメダルを見ればよかったのに」

出発は遅れた。おかげで妙に心が安まった。キャンディがまんなかの席にすわり、目をしっかり閉じたので、おれは窓ぎわの席をミニーおばさんにゆずった。おばさんが飛行機に乗るのははじめてだ。彼女はモートおじさんの遺灰をおさめた骨壺を窓に押しつけ、離陸にそなえた。「おじさんが飛行機に乗るのははじめてだから」と彼女はいった。「〈リーダーズ・ダイジェスト〉で読んだけど、起きてることが見えさえすれば、不安が減るんだって」

「そんなの信じないわ」とキャンディがつぶやき、目をぎゅっとつむった。「とにかく、どうしたら遺灰が不安になれるわけ？」

飛行機はプレオウンド・エアーのおんぼろかもしれないが、インテリアは改装を重ねて新しくなっていた。座席の背中には、クレジット・カード式の小さな電話さえついていた。一分につき十五ドルもだして話をしたい相手はいなかったが、電話が鳴っても驚きはしなかった。

「おれだ。飛行機の出発は遅れたか？」

「十八分」とメモをあらためながらおれ。

「数字は嘘をつかない！」とウー。「事態は旧に復しつつある。じつは、もう知ってたんだ。今朝はおれの計算が完璧にあったからな。午前九時十四分に最初の蛾を熱帯雨林に放した、東部標準時で」

彼のうしろで轟音がしていた。きっと雨だろう。

「おめでとう」おれはいった。「ジャーム博士と彼の余暇宇宙はどうなった？」

「じいさんはうまくやったらしい」とウー。「彼の宇宙がつぶれていたら、おれの数字はこれほどちゃんと出てこなかっただろう。もちろん、たしかなところはわからん。おれたちの宇宙と彼の宇宙が分離したからには、情報のやりとりはあり得ないんだ。光でもだめだ」

「リゾートによさそうには聞こえんな」

「ジャームはそこまで考えなかったんだ。むかしから、そこのところが不動産業者としての弱点だった。とはいえ、彼は永遠に、あるいはほぼ永遠に生きるだろう。それも彼には大事なことだ。昨夜そう教えてやったら、おまえさんの友だちのスタッズは、ほっとしたのか、悲しいのか、あるいはその両方なのかでわんわん泣いたよ。あの老人によっぽど心酔してたらしいな」

「正確には友だちじゃない」とおれ。「どっちかっていうと幼なじみだ」

「なんでもいい」とウー。「ハネムーンはどうだった？」

おれは頭痛（ふたり分）について話して聞かせた。ウーとおれのあいだに隠しごとはない。声をひそめなけりゃならなかった。キャンディを動揺させたくなかったからだ。眠っているのかもしれないが、よくわからなかった。飛行機が滑走路を走りだしてから、その目はずっと閉じられていたのだ。

「まあ、式のあともういちど試せばいいさ」とウーが哀れみの声でいった。

「そうするさ」とおれ。「あんたが指輪を持ってハンツヴィルに遅れずにきてくれればな！」

「きわどいところなんだ、アーヴ。電話してるのは、ちょうどケツァールカン市を飛びたとうとしてる三発機からなんだ」

「L1011か？　DC10か？」轟音が前にもまして大きくなった。

「フォード・トライモーターだ」ウーはいった。「直行便に乗りそこねたんで、チャーターした。これしかなかったんだ。きわどいところだな。時速百八十キロしか出ない」

「フォード・トライモーターは一九二九年に生産中止になった。機内電話なんかあるわけない」

「操縦席で無線を使ってるんだ。パイロットのウアン・フアンとおれは、奉天《ほうてん》でいっしょに飛行学校に通った仲だ」

もう驚きもしなかった。おれは身を乗りだし、窓の外に目をやった。するとはるか眼下にスクウィレル・リッジ空港の見慣れた滑走路が見えた。

「着陸態勢にはいった。結婚式で会おうぜ！」

おれは電話を切った。ミニーおばさんが骨壺を窓へさしあげた。キャンディはますますぎゅっと目をつむった。

9

ドストエフスキー、あるいはほかのロシア人によれば、離婚はみんなそっくりだが、結婚はひとつひとつが独特、あるいは異なる、あるいはなにかだという。おれたちの結婚式も例外ではなかった。

すべりだしは最高だった。午前中の式にまさるものはない。たったひとつの心残りは、キャンディが半日しか休みをとれなかったことだ。

天気は完璧だった。雲ひとつない空から太陽が、スクウィレル・リッジ聖教会の長く平らな芝生《しばふ》にさんさんと照りつけていた。シンディのケータリング・ヴァンは十時に到着し、彼女とふたりの子供、エスとエムが、屋外昼食披露宴用の折りたたみテーブルと紙皿、プラスチックの爪楊枝《つまようじ》と切り花、クラブ・ケーキとハム・ビスケットでいっぱいのクーラー・ボックスをおろしはじめた。

ハンツヴィル公園管理局のキャンディの友人たちが勢揃《せいぞろ》いしていた。それにおれたち共通の友人。たとえばボニー・バゲットのボニー（彼女は小さな黒板を持ってきていた。まるでそいつが脳味噌《のうみそ》であるかのように）、ダイアモンドの鼻ピアスでばっちり決めたスクウィレル・リッジ——老人ホームだ——のブザー。おれの友人、ホッピーズ・グッド・ガルフのホッピー——彼はたまたま聖教会の伝道師だった——が式を執り行っていた（「ここにホイッパー・ウィルんとこの娘っことホイッパー・ウィルんとこの北部野郎《ヤンク》とをめあわせる、そんなとこかな」）。

ミニーおばさんは、カラフルなリフトハットヴァニア農婦の民族衣裳（赤と青で、袖《そで》にピンクのレースがあしらってある）を着てきれいだった。衣裳はかすかに防虫剤のにおいがした。モートおじさんさえ、骨壺に派手なリボンを巻いておめかししていた。

なにもかも完璧だ。ただし——ウーはどこだ？

「いまにくるわ」とシンディがいったのは、ロバート・E・リー将軍の愛馬、トラヴェラー（地元の氷彫刻職人はこれしか彫りかたを知らない）をかたどった氷彫刻を荷ほどきし、エスとエムを祭壇のそばに花をならべさせにやったときだった。

「ひどい鈍足の飛行機に乗ってるんだ」とおれ。

とうとう、式をはじめるしかなくなった。新郎付き添い役がいようといまいと。十一時五十五分で、客はへたりはじめていた。おれが渋々うなずくと、二丁のフィドルが「結婚行進曲」を奏《かな》ではじめ——

そして花嫁が登場した。キャンディを目にするのは昨夜以来だ。彼女はまばゆいばかりだった。白いドレス制服をまとい、ヴェールをかむり、メダルを陽射しにきらめかせている。花嫁の付き添い役は、ひとり残らずカーキ色とピンクで決めていた。

指輪がなかったので、ホッピーがフォードC6トランスミッションのフロント・ポンプについているゴム製Oリングをおれの手にすべりこませた。

「こいつを使えよ、ヤンク」とささやき声でいう。「あとで本物ととり換えればいい」

「兄弟姉妹ならびに同胞《はらから》、われら今日ここに集いて……」ホッピーが式辞を述べはじめた。と、言葉を切り、ブーンという遠い音のほうに頭をもたげて、「あれはフォードじゃないかな?」

たしかにそうだった。結婚式を中断させるのに、教会の芝生に舞いおりる〝ブリキのガチョウ〟にまさるものはない。その分厚い翼を生やした小型旅客機は、たいていの場所に着陸できるのだ。

この飛行機はハム・ビスケットとパンチのテーブルのあいだを地上走行し、ふたつのバックファイアとひとつの派手なゲホゲホという音をたてて、三つのエンジンすべてを止めた。静けさは耳が痛くなるほどだった。

小さな客室ドアが開き、淡青色のタキシードとすり切れた革のヘルメットを身につけた一メートル八十六センチの中国人がおりてきた。おれの新郎付き添い役、ウィルスン・ウーだ。彼はヘルメットを脱ぎながら通路を駆けてきて、上品な喝采《かっさい》に迎えられた。

「遅れてすまん!」ウーは小声でいい、おれの手に指輪をすべりこませた。

「その青いタキシードはどういうことだ?」ファイヴ・ポインツ・フォーマル・ウェアで予約しておいたやつじゃないのは一目瞭然だった。

「昨夜、ボーズマンで給油に寄った隙《すき》に買ったんだ」彼はいった。「ちょうどプロム（学校のダンスパーティ）の夜で、青しか残ってなかった」

ホッピーがおれの袖をひっぱりながら、問いかけをしていた。

「もちろんするよ！」おれはいった。「するったらする！」

指輪――本物――の交換があった（「それってプラチナ、それともただのホワイトゴールド（ニッケル・銅などと金の合金）？」とシンディが息を呑んだ）。それから花嫁にキスをする番だった。

それからまた花嫁にキスをする番だった。

式が終わったとたん、二丁のフィドルが「ブランドニュー・テネシー・ワルツ」を奏で、おれたちは軽食をつまみに、トライモーターの翳《かげ》になったテーブルまでぞろぞろともどった。見なれないマヤと中国の混血男が、目を皿のようにしてエビを見つめていたんで、おれたちは歓迎した。ウーのパイロット仲間、ウアン・ファンだった。エスとエムが冷凍サラダをとり分けた。その前に金切り声をあげ、六週間ぶりに会う父親に抱きついたのはいうまでもない。

「たしかに心配するまでもなかったよ、ウー」おれはいった。「でも、ボーズマンといわなかったか？　モンタナじゃなかったっけ？」

「そうだ」彼はポテト・サラダを皿に山盛りにしながらいった。「ケツァールカン東部からアラバマ北部への途中にはない、大三角針路をとらないかぎり」

訊いてほしがっているのがわかったんで、訊いてみた――

「大なんだって？」

ウーは誇らしげな笑みを浮かべると、ハム・ビスケットをひと山とった。

「大圏針路が地図上では長く見えるが、じつは丸い地球のほんとうの表面をよぎる最短路だってのは知ってるな？」

「まあな」

おれはエビのおかわりを手にとった。飛ぶように売れている。二丁のフィドルが曲目を「オレンジ・ブロッサム・スペシャル」に切りかえた。

「じつは、ＥＭＳのためにさんざん時間軸と格闘してるうちに、局地的時空の否定的に折りたたまれた表面をよぎる最短路を偶然にも発見したんだ。局地的ってのは、おれたちの宇宙って意味だ。ほら」

ウーはタキシードのポケットから地図らしきものをとりだし、広げた。それは数字でおおわれていた――

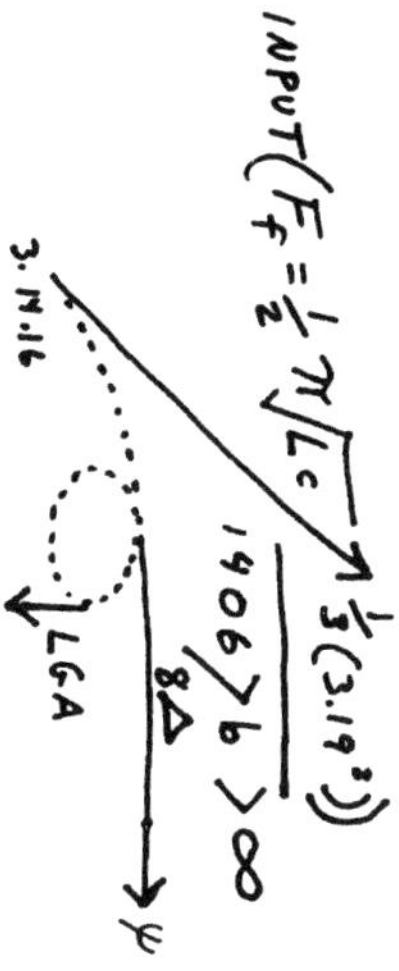

「ご覧のとおり、直観に反して見える」彼はいった。「つまり、ある一定のパターンと高度を厳密に守って飛ぶわけだ。もちろん、うまくいくのは三発機に乗ってるときだけ。でも、そういう経路があるんだよ。ケツァールカン市からハンツヴィルまでの最短大三角時空針路は、グレート・プレーンズを縦断し、チェサピーク湾のへりをかすめてるのさ」

「たまげたな」とおれ。西ケンタッキーの淡水湖じゃ、ピストルの銃把《じゅうは》くらいもあるエビが養殖されている。食べだしたら止まらなかった。

「数字は嘘をつかない」とウー。「給油時間を勘定にいれずに、フォード・トライモーターの場合、そいつはたっぷりあるんだが、ウアン・ファンとおれは、最高速度百八十キロの飛行機で一万三百六十二・四六キロ飛ぶのに、二十二時間しかかからなかった。そのばかでかいエビをひとつ味見させてくれよ」

「たいしたもんだ」おれはいい、まばらになった人ごみにキャンディを探した。「でも、もうじき十二時二十分だ。キャンディは一時には仕事にもどらなきゃならない」

ウーは愕然としたようだった。

「ハネムーンなしか？」

おれはかぶりをふった。

「キャンディは勤務時間を変更してニューヨーク旅行をしたんで、いまは夜勤についてるんだ。おまけに週末いっぱい」

「あんまりロマンチックじゃないけど」とキャンディが、おれのかたわらへにじり寄り、「でも、それしか手がなかったの。ウアン・フアン、巨大エビの味見はした？」

パイロットは答えずにうなずいた。彼とウーは小声でなにやら話しあっていた。晴れあがった青空を見あげてから、広げた紙の上の計算に目を落とす。

「両者は親密にからみあってるんだ」というウーの声が聞こえた（彼の話しているのは、キャンディとおれのことだと思った。あとでわかったんだが、彼の話していたのは、時間と空間のことだった）。「両者を解きほぐし、逆転させるには、このNにこの三十四・八を代入し、高度七百八十七メートルで時速百五十五キロの対気速度を維持するだけでいい。そういうふうに飛べるか？」

ウアン・フアンはうなずき、つぎの巨大エビに手をのばした。

「なにがどうなってるんだ？」とおれ。

「空中散歩としゃれこもう」ウーはそういうと、革のヘルメットの顎紐《あごひも》をパチンと締め、「鳩《はと》が豆鉄砲をくらったような顔をするな。このトライモーターには、高級寝台車なみの贅沢《ぜいたく》な設備がそなわってる。むかしはラテン・アメリカの独裁者の専用機だったんだ」

「どこへ行くんだ？」おれはキャンディをわきへ引き寄せながら訊いた。

「どこへも行かないさ！　圧縮されて逆転されたスクウィレル・リッジ上空の大三角配置を二十三分間飛ぶんだ。そうすれば、おまえさんたちは経験できる、ええと――」彼は目をすがめ、暗算した――「二・六時間のハネムーン・タイムを。巨大エビとハム・ビスケットを持っていったほうがいいぞ」

シンディがキャンディに花束をわたした。ホッピーとボニーを筆頭に、友人たちがひとり残らず拍手喝采していた。

「あれはどうした──わかるだろ?」とおれはキャンディにささやいた。彼女がスウィート・ナッシングズで買ったハネムーン・ランジェリーのことをいったのだ。

彼女ははにかんだ笑みを浮かべて、彼女はおれをわきへひっぱった。エムとエスが飛行機の尾翼に靴を結びつけるあいだ、そしてウアン・ファンとウーが、耳をつんざく轟音つきで骨董品のような三基の空冷エンジンをクランクで始動させるあいだ、そしてほかの客が巨大エビをきれいに平らげるあいだ、キャンディは上着のいちばん上のボタンをはずし、下に着ているものをちらっと見せてくれた。

それからおれたちは飛行機に乗りこみ、紺碧《こんぺき》の空へ舞いあがった。でも、それはまるっきりべつの話だ。

編訳者あとがき——ザ・ベスト・オブ・ビッスン

ここにお届けするのは、わが国で独自に編んだテリー・ビッスンの短篇集である。

著者はアメリカSF界屈指の技巧派で、短篇の名手として知られている。その証拠に、アメリカSF&ファンタシー作家協会の選ぶネビュラ賞を短篇部門で二度にわたって制している。いってみれば、同業作家をも感服させる力量の持ち主なのだ。

本国では二冊の短篇集が出ているが、そのなかから傑作を選りすぐり、さらには単行本未収録の作品を加えて一冊にまとめたのが本書。「ザ・ベスト・オブ・ビッスン」と銘打っても、罰《ばち》はあたらないのではないか。

伝え聞くところによると、作者も本書の刊行を心から喜んでくれているとのこと。あとはこれを機会に、ビッスンの名前が広まって、その奇想とユーモアとペーソスに満ちた作品が、ひとりでも多くの読者を獲得することを祈るだけだ。そうなれば作者も版元も訳者もにっこり。いや、せめて訳者の苦しい台所事情だけでも好転すれば……。

あだしごとはさておき、と書いたものの、じつはあだしごとがつづく。

テリー・ビッスンにはいちどだけ会ったことがある。ときは一九九三年。ところはサンフランシスコ。同地で開かれた世界SF大会の席上だった。ビッスンは黒いTシャツを着た中年末期（あるいは初老成りたて）の白人男性で、お腹がすこし出っ張っていた。細かい字を読むときは老眼鏡をかけ、さすがに五十一歳（当時）という年齢をうかがわせたが、笑顔は驚くほど若々しかった。気さくに声をかけてくれ、こちらのまずい英語にも一所懸命に耳をかたむけてくれる。それればかりか、たまたま手にしていた刊行前の著書の見本にサインをいれて贈ってくれたのだ。前にビッスンの作品を「大好きな南部のおじさんが話してくれた物語」と評した書評を見たことがあるが、まさに本人は「大好きな南部のおじさん」という感じ。べつにアメリカ南部におじさんがいるわけじゃないけれど……。

それはともかく、先の評言はビッスン作品の本質をついている。キーワードは「南部」と「物語」だ。このふたつは、ビッスンの作風を語るさい、欠かすことのできない用語である。なぜなら……と理屈をこねる前に、まずは略歴を見ておこう。

テリー・ビッスンは一九四二年、ケンタッキー州オーエンズボロに生まれた。少年時代はSFに熱中。とりわけ、シマックの『都市』、ブラッドベリの『火星年代記』、クラークの『幼年期の終り』に多大な影響を受けたという。カレッジ在学中に創作を志し、一九六四年には短篇小説が雑誌のコンテストに入選するが、活字になるにはいたらなかった。

翌年、書きあげた長篇小説（ケルアックの『路上』の模倣だったという）を持ってニューヨークに出るが、売れ口はなく、実話雑誌の宣伝文書きなどで糊口をしのぐ。一九六八年にドロップ・アウト。コロラド山中やケンタッキーのコミューンで農作業に従事するいっぽう、自動車や農機具の修理工として働いた。ブルーグラスのバンドでリズム・ギターを弾いたこともある。新左翼系の政治運動にかかわり、その縁で一九七八年にふたたびニューヨークに出る。これが作家として再出発する転機となった。

というのも、ある出版社にコピーライターとして職を得たところ、同僚にＳＦ界きっての名編集者デイヴィッド・ハートウェルがいたからだ。ビッスンの才能を見抜いたハートウェルは、渋る作者を口説きおとし、自分の興した叢書のために長篇ファンタシーを書き下ろさせた。これが一九八一年に刊行された*Wyrldmaker*だ。ひと振りの魔剣をめぐる探索の旅を描いたヒロイック・ファンタシー調の作品だが、最後にＳＦ的な仕掛けがある。この作品を書いたおかげで「作家になりたいという気持ちが再燃した」と作者はいっている。

こうしてふたたび創作をはじめたビッスンだが、プエルトリコ独立運動や黒人権利運動に深くかかわっていたため投獄され、作家としての活動は中断した。しかし、一九八六年に長篇『世界の果てまで何マイル』をひっさげてカムバック。これは前作とはうって変わったマジック・リアリズム調の作品で、玄人筋の絶賛を浴び、世界幻想文学賞の候補にもあげられた。創造主トーキング・マンと世界を消滅させる〈非在〉の謎を追い、若い男女がポンコツ自動車を駆って、もうひとつの北米大陸を旅する物語である。つづく第三作*Fire on the Mountain*(1988)は、南北戦争がちがった風に推移した世界を描いた改変《オルタネート》歴史《ヒストリー》もので、三種類の文体を使い分けた意欲作だ。第四作『赤い惑星への航海』(一九九〇)は、ハリウッドの手で行われることになった人類初の有人火星着陸の顚末を綴った宇宙小説で、作者が「黄金時代のＳＦへのオマージュ」と呼ぶ一篇。

いっぽう一九九〇年からは短篇小説を発表するようになり、そのうちの一篇「熊が火を発見する」が翌年のSF各賞を総なめにするにおよんで、一躍その名を知られるようになる。一九九三年には第一短篇集を上梓し、まさに順風満帆かと思われた。

ところが好事魔多し。筆力を見こまれて映画『JM』のノヴェライズに手を染めたことがきっかけとなり、請け負い仕事に追われるようになったのだ。つまり、映画やTVのノヴェライズ、ヤング・アダルト向けの企画もの、ノンフィクションなどの執筆である。これらのなかには変名や無記名で発表されたものもあるほどで、ビッスンらしさが発揮されているとは到底いえなかった（もっとも、本人はこうした職人仕事を楽しんでいるようだが）。しかし、ときおり発表される短篇は佳作ぞろいで、短篇作家としての評価はますます高まった。その証拠に、一九九九年に発表した掌編「マックたち」で二度めのネビュラ賞を射止めるほか、二〇〇〇年には第二短篇集を上梓している。

いっぽう長篇第五作 *Pirates of the Universe* は一九九六年に発表された。表題は宇宙空間に浮かぶテーマ・パークの名前からとったもの（たぶん〈カリブの海賊〉のもじり）で、物語そのものは、太陽系に飛来する巨大生物狩りを軸に展開する。非常に諷刺色の濃い作品だが、その特徴は第六長篇 *The Pickup Artist* (2001) に受け継がれた。こちらは、アーカイヴの記憶容量の関係で、古い芸術を所有することが違法となった未来社会を舞台にした物語である。

ノヴェライズの類をのぞけば、決して多作とはいえないが、質の高さを考えれば当然かもしれない。本人に聞いたところだと、好きな作家はR・A・ラファティ、フィリップ・K・ディック、キム・スタンリー・ロビンスン、アーシュラ・K・ル・グィン。意外な名前も混じっているが、作風からはちょっと想像できないことに、ハードSFが好みだという。じつは、正統的なサイエンス・フィクションは、ビッスン作品の三本柱のひとつなのだ。

　では、ほかの二本はというと、ひとつは土の匂いのするファンタシーであり、もうひとつは諷刺をきかせたショートショートである。本書にはいずれの傾向の作品も収録したので、まずは現物にあたってほしい。

　だが、べつの見方をすれば、ビッスンの作品は基本的に同じ要素の組み合わせでできているといえる。つまり、ユーモア、南部、テクノロジー、魔法といった要素である。そのブレンド具合で、個々の作品は民話風になったり、現代小説風になったり、SF風になったりするわけだが、その根底にあるのは南部のほら話《トール・テール》の伝統である。その意味でビッスンの作品は、現代のトール・テールといってかまわない、というのが編訳者の持論なのだが、この点をもうちょっとくわしく説明しよう。

　話はアメリカの開拓期にさかのぼる。初期の植民地では、気候のはげしさ、開拓の苦しさ、環境の恐ろしさに加えて、宗教的に厳格なピューリタンの気風もあって、笑いは極端にすくなかった。しかし、開拓が進み、西部（いまでいう中西部）や南部に出ていくようになると、人々は政治的・経済的・宗教的にある程度の自由を勝ち得、奔放な想像力を発揮するようになる。加島祥造の『アメリカン・ユーモアの話』によれば、「人々の心はさらに開放的になり、この国の自然の大きさや珍しさを威張って語りあう。威張るためにはものごとを誇張せねばならず、アメリカ人はしだいにものごとを大仰《おおぎょう》に、誇大に話す癖をもつように」なったという。大仰なほら話や冗談話としてのトール・テールの誕生である。

こうしたほら話を生みだしたのは、娯楽の乏しい奥地へはいりこんだ開拓民や、木こりや、猟師や、河船の船乗りたちだった。彼らの誇大妄想的な自慢話のなかから、木こりのポール・バニヤン、猟師のデイヴィー・クロケット、はしけ人夫のマイク・フィンといった超人を主人公にした民話が生まれてくる。さらにその流れのなかから地方色豊かなユーモアを売りものにした作家／講演者たちの作品が登場し、その手法を集大成する形でマーク・トウェインの不朽の傑作が生まれることになる。こうしてトール・テールはアメリカのユーモアの豊かな水脈となったのだ。そのいっぽうで、トール・テールは新興の科学と結びついて、原《プロト》ＳＦを誕生させた。具体的に例をあげれば、エドガー・アラン・ポオや前記トウェインの諸作である。アメリカＳＦのルーツが、南部のトール・テールにあることは、意外に見過ごされがちだが、重要なポイントだといえる。

テリー・ビッスンの作品は、明らかにこの伝統を引いている。本人も認めるように、多くの場合その作品は、ひとつの奇想（ほら）を核にしている。たとえば、熊が火を発見したら、有名作家が南部の田舎町に続々と引っ越してきたら、英国が船のように動きはじめたら、月と地球をつなぐ次元の穴があったら……。キリがないのでこれくらいにしておくが、いずれもユーモラスなほら話といってかまわないだろう。

もちろん、ビッスンの作品の魅力が、こうした着想の奇抜さにあることは否定しない。だが、それ以上の魅力が、その語り口にあるのではないだろうか。

かつてマーク・トウェインは、アメリカのユーモアにふれて、つぎのようなことを述べた。すなわち、ユーモラスな話は、内容の面白さよりも「いかに話すか」にポイントがある、と。これは卑近な例を考えればすぐにわかる。どんなに滑稽な冗談話でも、しゃべっている本人が笑いだしたり、オチを得意げに繰り返したりすると、聞いているほうはすっかりシラけてしまう。まじめな顔で、ときに脱線しながら話を進めた末に、オチはさらっと流したほうが（一種の間を置いて）爆笑を誘うだろう。

ビッスンの語り口は、まさに後者の例である。

途方もない奇想を語るとき、ビッスンはそっけない口調を決して崩さない。そして話のはしばしに地名やら商品名やら技術的な専門用語やらをちりばめる。これは話のリアリティをますための手法だが、ときに暴走して、読者を煙に巻くことがある。その好例が本書に収録した《万能中国人ウィルスン・ウー》シリーズに見いだせるだろう。つまり、ビッスンはポオやトウェインと同じようにトール・テールを語っており、それが現代ではSFやファンタシーと呼ばれるわけだ。

ところで、ビッスンのユーモアには、たいていペーソスがにじんでいる。「おもろうてやがて悲しき」の感覚といおうか。読後にただよう一抹の淋しさ、ほろ苦さ。この点に編訳者はいちばん心惹かれる。この感覚は、作者が南部出身でありながら、ニューヨーク在住であることと無関係ではあるまい。

本書の表題作「ふたりジャネット」を読めばわかるが、ビッスンにとって、南部とは生活の場であるよりは夢の故郷であるらしい。故郷喪失者が夢見る故郷。そこにペーソスが生まれ、作品に陰影が加わる。そしてこの望郷の念が「失われたアメリカの夢」に向けられるとき、ビッスンの作品は、いいようのないノスタルジーをおびる。

ビッスン本人がいうように、アメリカの夢はヴェトナムで死んだ。この認識が、ビッスンの作品には通奏低音として流れている。したがって、そこに描かれるアメリカには、常に荒廃の翳がさしている。しかし、作品の色調は暗くても、陰々滅々としているわけではない。荒廃したアメリカにかろうじて残った「善きもの」への郷愁があるからだ。それは自動車のタイアをはめる技術であったり、エンパイア・ステート・ビルであったりするわけだが、こうした「古き善きもの」の存在が、ノスタルジーをかきたてる。その意味でビッスンの作品は、荒廃の途にあるアメリカに生まれた現代のトール・テールにほかならない。

と、結論めいたものが出たところで、各篇の解説に移ろう。


「熊が火を発見する」Bears Discover Fire　初出〈アジモフズ〉誌一九九〇年八月号。

この作品の発表で、ビッスンの名前ははじめてSF専門誌の目次を飾った。反響はすさまじく、翌年のヒューゴー賞、ネビュラ賞、ローカス賞、デイヴィス読者賞、スタージョン記念賞を獲得した。

「アンを押してください」Press Ann　初出〈アジモフズ〉誌一九九一年八月号。諷刺をきかせたショートショート。ヒューゴー賞候補作。舞台劇に脚色され、ニューヨークのウェスト・バンク・シアターで上演された。会話だけで成り立った作品が、ビッスンのショートショートには多い。その代表として選んだ。ちなみに、作中に出てくる映画の題名『金ピカの罪の宮殿』Gilded Palace of Sin は、アメリカのカントリー・ロック・バンド、フライング・ブリトー・ブラザーズが一九六九年に発表したデビュー・アルバムの題名で、『黄金の城』という邦題がついていた。

「未来からきたふたり組」Two Guys from the Future　初出〈オムニ〉誌一九九二年八月号。作者自身によれば「時間旅行とパラドックスを題材にした古典的な軽いロマンチック・コメディーへのオマージュ」とのこと。文中に出てくるラスタは、ラスタファリアンの略で、ジャマイカに生まれた宗教的民族主義者のこと。エチオピアの元皇帝ハイレ＝セラシエを崇拝し、武力革命とアフリカ回帰を唱えるところに特色がある。というような説明よりは、ボブ・マーリーをはじめとするレゲエの人たちといったほうが、わかりやすいかもしれない。なお、キャラクターの名前である「ボロゴーヴ」と「ミムジー」は、ルイス・キャロル作『鏡の国のアリス』に収められたノンセンス詩「ジャバーウォックの歌」に出てくる謎の言葉。これをモチーフにルイス・パジェット（ヘンリー・カットナー）が「ボロゴーヴはミムジイ」という中篇を書いたことはよく知られている。蛇足ついでに書いておけば、「手のこんだまね」に「ミッシュゴッシュ」とルビをふったのは、ルイス・キャロルが、少年時代に同名の家庭雑誌を発行していたからである。

「英国航行中」England Underway　初出〈オムニ〉誌一九九三年七月号。

ビッスン一流の奇想を渋い英国風の文章で料理した異色作。孤独な男の肖像を描いた佳品であり、最高の短篇として推す向きもある。ネビュラ賞候補作。なお、重要なモチーフになっているトロロプについて記す。

アントニー・トロロプ Anthony Trollope（一八一五〜一八八二）はイギリスのリアリズム作家。郵便局勤めのかたわら、六十冊におよぶ本を書いた。自叙伝によると、毎朝五時半から朝食まで、十五分間に二百五十語の割合で執筆にはげんだという。『ユースタス家のダイアモンド』*The Eustace Diamond* (1873) は、美しいが貪欲な女性リジー・グレイストックを主人公とした風俗小説。リジーは旧家の紳士フロリアン・ユースタス卿と結婚するが、まもなく死別。彼女が生前に夫からもらった時価一万ポンドのダイアモンドの首飾りをめぐって紛争が生じる。リジーはフォーン卿との再婚をはかるが、失敗し、いかがわしい相手と結婚する。

「ふたりジャネット」The Two Janets　初出〈アジモフズ〉誌一九九〇年十一月号。

「奇妙な味」とでもいうしかないような摩訶不思議な短篇。アメリカ文学好きならにやにやすること請けあいだ。もっとも、トマス・ピンチョンの顔を見分けられるかどうかは疑問が残るが。というのも、ピンチョンは素顔を公開していないからである。蛇足だが、主人公が冒頭で手にしている『ホットロッド』*Hot Rod*という本は、アメリカのヤング・アダルト小説の大家ヘンリー・G・フェルゼン Henry Gregor Felsen（一九一六〜九五）が一九五一年に発表した代表作。改造自動車と恋に夢中のティーン・エイジャーを描いた作品で、二十七年にわたり児童書のベストセラー・リストに載りつづけた。蛇足ついでに書いておくと、医者のクリッペンと聞いて多くのアメリカ人が思い浮かべるのは、妻を毒殺して若い愛人と逃げた殺人犯だろう。

「冥界飛行士」Necronauts　初出〈プレイボーイ〉誌一九九三年七月号。

臨死体験をテーマにした正統的SF。ネビュラ賞候補作。本篇について作者はこういっている――「〈アジモフズ〉誌のシーラ・ウィリアムズは、親切にもわたしの短篇を温かくてチャーミングだといってくれた。『冥界飛行士』は、そのイメージをくつがえそうとする試みだ。出発点は、画家のウェイン・バーロウの作品だった。《地獄への案内》と題された彼の一連の絵画とスケッチを説明する物語をふたりで考えようとしたことがあったのだ」

その言葉どおり、ビッスンには珍しいグルーミーな味わいの作品に仕上がっている。ちなみにバーロウの絵は、のちに画集 *Barlowe's Inferno* (1999) として刊行された。蛇足ついでに書いておくと、作中に出てくる「LAD航海者」という言葉は、おそらく幻覚剤LSDの使用者を指す隠語「LSD航海者」のもじりだろう。キプリング云々は、英国の詩人・作家ラドヤード・キプリングの詩 On the Road to Mandalay の一節「暁は雷鳴のごとくあらわれる」を踏まえている。

「穴のなかの穴」The Hole in the Hole　初出〈アジモフズ〉誌一九九四年二月号。

《万能中国人ウィルスン・ウー》シリーズ第一作。長篇『世界の果てまで何マイル』で見せた自動車マニアぶりと『赤い惑星への航海』で見せたNASAおたくぶりを絶妙にブレンドしたといった趣きがある。ちなみに、このシリーズが書籍の形にまとまるのは、今回が世界初である。

「宇宙のはずれ」The Edge of the Universe　初出〈アジモフズ〉誌一九九六年八月号。

《万能中国人ウィルスン・ウー》シリーズ第二作。題材はスーパーストリングだが、作者はこの単語から楽器の「弦」を連想したらしく、スーパーストリングの「倍音」という概念が出てくる。なお、文中の「線形」という言葉は「非線形」でないと意味が通じないと思うのだが、あえて原文のまま訳しておいた。作者も訳者も最新科学にはからっきし弱いのである。

「時間どおりに教会へ」Get Me to the Church on Time　初出〈アジモフズ〉誌一九九八年五月号。

《万能中国人ウィルスン・ウー》シリーズ第三作。本邦初訳である。題名はミュージカル『マイ・フェア・レディ』挿入歌から。作中に出てくるポール・パークは実在のＳＦ作家で、ビッスンとはいっしょにロシア旅行をした仲だそうだ。ドストエフスキーの件《くだり》は、語り手の記憶ちがいで、トルストイの名作『アンナ・カレーニナ』の冒頭のもじり。ちなみに木村彰一訳では「幸福な家庭はどれもみな似たりよったりだが、不幸な家庭は不幸のさまがひとつひとつ違っている」となっている。

冒頭に書いたように、本書は日本で独自に編んだビッスンの傑作集である。とはいえ、紙幅の都合で泣く泣く収録をあきらめた作品も多い。そのうちの二篇「平ら山のてっぺん」（一九九〇）と前述の「マックたち」は、それぞれ『20世紀ＳＦ⑥　遺伝子戦争』（河出文庫）と『90年代ＳＦ傑作選［下］』（ハヤカワ文庫ＳＦ）というアンソロジーに収められているので、未読のかたは是非とも目を通していただきたい。

さて、また私事になるが、編訳者がはじめてビッスンの作品に触れたのは、一九九〇年のことだった。当時急にふえてきた改変歴史ものに関心があったことから、第三作 *Fire on the Mountain* を読んだのが最初で、そのあと第二作『世界の果てまで何マイル』を読み、すっかりこの作家に惚れこんでしまった。その直後に短篇「熊が火を発見する」がヒューゴー賞とネビュラ賞を獲得し、紹介の機運が高まったことがさいわいして、ビッスンの作品を翻訳する機会に恵まれた。

しかし、正直いって駆け出しの翻訳家の手に負えるようなものではなく、当時から翻訳のまずさは自覚していた。今回このような機会をあたえられ、編訳者は前非を悔い、旧訳があるものも、「穴のなかの穴」と「宇宙のはずれ」をのぞいて、すべて新たに訳を起こすことにした。旧訳にくらべれば、すこしは原作の味わいを伝えられるようになっているはずである。そうした点をふくめて、編訳者のわがままを聞いてくださった河出書房新社の伊藤靖氏には深く感謝する。好きな作家の好きな作品を集めた本を作らせてもらったのだから、翻訳者冥利につきるというほかない。

中村　融

二〇〇三年十二月

テリー・ビッスン　書籍リスト

●小説

1　Wyrldmaker (1981)
2　Talking Man (1986)『世界の果てまで何マイル』中村融訳、ハヤカワ文庫ＳＦ（一九九三）。
3　Fire on the Mountain (1988)
4　Voyage to the Red Planet (1990)『赤い惑星への航海』中村融訳、ハヤカワ文庫ＳＦ（一九九五）。
5　Bears Discover Fire (1993)　短篇集。
6　Pirates of the Universe (1996)
7　In the Upper Room And Other Likely Stories (2000)　短篇集。
8　The Pickup Artist (2001)

●ノヴェライズ

1　Johnny Mnemonic (1995)『ＪＭ』嶋田洋一訳、角川文庫（一九九五）。
2　Virtuosity (1995)『バーチュオシティ』鎌田三平訳、徳間文庫（一九九六）。
3　The Fifth Elemet (1997)『フィフス・エレメント』嶋田洋一訳、ソニー・マガジンズ（一九九七）。
4　Galaxy Quest (1999)
5　The X Files : Miracle Man (2000)
6　The 6th Day (2000)
7　BOBA FETT : the Fight to Survive (2002)

●ノンフィクション

1　Nat Turner : Slave Revolt Leader (1988)
2　ON A MOVE : The Story of Mumia Abu Jamel (2001)
3　TRADIN' PAINT : Raceway Rookies and Royalty (2001)

注記　ここにリストアップしたのは、テリー・ビッスン単独名義の著作である。変名や無記名で発表された作品、あるいは従属的な共作者にとどまる作品は、煩雑になるので省略した。短篇もふくめた詳細なリストをご覧になりたいかたは、作者のホームページ（http://www.terrybisson.com/）にアクセスされたい。

テリー・ビッスン（Terry Bisson）

一九四二年、米国ケンタッキー州生まれ。アメリカＳＦ界屈指の技巧派で、短編の名手。奇想とユーモアとペーソスに満ちた作品は、まさに現代の〈ほら話〉。九〇年、「熊が火を発見する」（本書収録）を発表、ヒューゴー賞、ネビュラ賞、ローカス賞を受賞し、一躍その名を高める。著書に『世界の果てまで何マイル』『赤い惑星への航海』（ともにハヤカワ文庫ＳＦ）他。本書は、日本で初めての短篇集である。

中村融（なかむら・とおる）

一九六〇年生まれ。中央大学法学部卒。翻訳家。訳書に、レイ・ブラッドベリ『塵よりよみがえり』（河出書房新社）、スティーヴン・バクスター『マンモス――反逆のシルヴァーヘア』（早川書房）、ジェイムズ・バイロン・ハギンズ『凶獣リヴァイアサン』、他多数。編訳書に『影が行く』（以上、創元ＳＦ文庫）、『20世紀ＳＦ』（全6巻、共編訳）、『不死鳥の剣』（以上、河出文庫、共訳）。

奇想コレクション

ふたりジャネット

二〇〇四年二月二八日初版発行　二〇〇四年一二月三〇日三刷発行

著者　テリー・ビッスン　編訳者　中村融　発行者　若森繁男

発行所　株式会社河出書房新社　〒一五一-〇〇五一　東京都渋谷区千駄ヶ谷二-三二-二

電話　〇三-三四〇四-一二〇一（営業）　〇三-三四〇四-八六一一（編集）

印刷　株式会社亭有堂印刷所　製本　小泉製本株式会社

ISBN 4-309-62183-X

奇想コレクション

ミステリ、SF、ファンタジー、ホラー、現代文学のジャンルを超えて、
「すこし不思議な物語」の名作を集成

★夜更けのエントロピー　**ダン・シモンズ**　嶋田洋一訳——ISBN 4-309-62181-3

★不思議議のひと触れ　**シオドア・スタージョン**　大森望編——ISBN 4-309-62182-1

★ふたりジャネット　**テリー・ビッスン**　中村融編訳——ISBN 4-309-62183-X

★フェッセンデンの宇宙　**エドモンド・ハミルトン**　中村融編訳　ISBN 4-309-62184-8

★願い星、叶い星　**アルフレッド・ベスター**　中村融編訳——ISBN 4-309-62185-6

輝く断片　**シオドア・スタージョン**　大森望編

どんがらがん　**アヴラム・デイヴィッドスン**　殊能将之編

ごっつい野郎のごっつい玩具　**ウィル・セルフ**　安原和見訳

ページをめくると　**ゼナ・ヘンダースン**　安野玲、山田順子訳

TAP　**グレッグ・イーガン**　山岸真編訳

たんぽぽ娘　**ロバート・F・ヤング**　伊藤典夫編

最後のウィネベーゴ　**コニー・ウィリス**　大森望編訳

★は既刊。未刊については、題名は仮題です。